Ich wär so gern …

Bettina Obrecht

Wie Sophie ihre Schüchternheit vergaß

Gabriel

Sooo, der Herr Nitze

Ich bin nicht jemand, der besonders gerne zur Schule geht. Nicht, weil ich in der Schule so schlecht wäre, im Gegenteil, in den schriftlichen Tests schneide ich meistens ganz gut ab. Dass ich morgens oft schon mit Bauchschmerzen von zu Hause losfahre, hat andere Gründe.

Einer der Gründe ist unser Mathelehrer, Herr Nitze, mit seiner komischen Angewohnheit. Na ja, viele Leute haben merkwürdige Angewohnheiten: Sie kratzen sich grundlos am Ellbogen, zucken nervös mit den Füßen oder lecken sich ständig die Lippen. Das wirkt alles ein bisschen peinlich, ist aber für ihre Mitmenschen in der Regel nicht so tragisch. Bei Herrn Nitze liegt die Sache schon anders. Seine lästige Angewohnheit besteht nämlich darin, dass er ungefähr hundert Mal in der Stunde »Soooo …« sagt. Damit will er wahrscheinlich nur erreichen, dass wir ihm weiter zuhören, obwohl er selbst erstmal nachdenken muss.

Zum Beispiel sagt er: »Sooo, nun schlagt Seite hundertfünfunddreißig auf.«

Oder: »Sooo, dann hätten wir das ja geschafft.«

Und manchmal stößt er nur ein ganz langsames und nachdenkliches »Sooo …« aus, ohne überhaupt etwas hinzuzufügen, und dabei sieht er womöglich sogar aus dem Fenster. Es ist nur so eine Angewohnheit und den meisten Menschen, die Herrn Nitze begegnen, fällt sie wohl noch nicht mal groß auf. Die anderen in der Klasse äffen ihn in den Pausen manchmal nach, aber ein richtiges Problem haben sie mit dem »Sooo« auch nicht. Ist ja kein Wunder: Die heißen alle Marvin oder Lea oder Luise oder so. Keiner außer mir hat einen Namen, der mit »So« anfängt.

Und deswegen bin ich die Einzige, die jedes Mal zusammenzuckt. Ich kann schließlich nie wissen, ob auf das »So…« nicht im nächsten Moment ein »…phie« folgt. Und wenn ich damit rechnen muss, dass der Nitze meinen Namen aufruft, dann passieren in mir drin eine ganze Menge Dinge gleichzeitig, unangenehme Dinge: Mein Magen klumpt zusammen, mein Herz schlägt wie verrückt und in meinem Kopf summen hundert überdrehte Hummeln. Und wenn, was ja manchmal vorkommt, auf das »So…« dann tatsächlich ein »…phie« folgt, dann wird gleich noch meine Zunge so schlaff wie ein nasser Waschlappen und ich fange sofort an, unter den Achseln zu schwitzen. Ich starre den Nitze an, als wäre er ein Monster mit Säbelzähnen, und kann nichts mehr sagen, bis er den Kopf schüttelt und »So, so« sagt, was dann so viel heißt wie: »Aha, Sophie hat mal wieder gepennt.« Und dabei stimmt das überhaupt nicht.

Es gibt so viele schöne Vornamen! In meinen eigenen Geschichten, die ich in mein rotes Notizheft schreibe, heiße ich anders, nämlich Leandra. Leandra hat niemals so heftiges Herzklopfen und unter den Achseln schwitzt sie schon gar nicht. Davon abgesehen muss Leandra überhaupt nicht zur Schule gehen. Sie lebt mit ihren Tieren auf einer Insel, die noch nie ein anderer Mensch betreten hat. Leandra ist mit ihren Tieren glücklich, mehr braucht sie nicht.

In meinem wirklichen Leben habe ich nur zwei Tiere: zwei ungefähr drei Zentimeter lange Fische, die ich mit einer Plastiktüte im Weiher gefangen habe. Die Fische heißen Ceremonio und Vitella, so nenne ich sie jedenfalls. Genau genommen haben sie keine Namen und gehören mir auch gar nicht richtig, ich leihe sie mir nur von der Natur aus, für vier Wochen jeweils. Wenn vier Wochen um sind, lasse ich Ceremonio und Vitella wieder frei und fange zwei neue Fische, die nenne ich dann wieder genauso. Jedes Mal hoffe ich, dass ich nicht einen Fisch zum zweiten Mal fange. Das wäre nämlich ziemlich ungerecht. Bei mir müssen die Fische vier Wochen in einem Einmachglas ausharren. Okay, für so kleine Fische ist ein Einmachglas schon ein ganz ordentliches Schwimmbecken. Umgerechnet haben die dressierten Delfine in den Freizeitparks auch nicht mehr Platz. Aber es ist nicht okay und grenzt leider an Tierquälerei, Fische lebenslänglich in Einmachgläsern zu halten. Genau deswegen muss ich sie regelmäßig austauschen.

Die Fische haben tellerflache, schimmernde Augen, von denen ich jeweils immer nur eins ansehen kann. Wenn sie mal mit dem anderen Auge gucken wollen, müssen sie kehrtmachen und zurückschwimmen. Blinzeln können sie nicht, ihr Blick ist immer gleich, gleich kalt, gleich verschlossen, ohne jede Frage. Sie sind schlank und blitzen silbern, als wären sie aus einer kleinen Welle gemacht, eine von denen, die entstehen, wenn man einen Stein ins Wasser wirft. Sie scheinen überhaupt nichts zu wiegen, liegen oft reglos im Wasser herum wie auf einer Luftmatratze. Alle vier Wochen fülle ich frische Kieselsteine ins Glas. Nur ein paar ältere, die schon mit Algen bewachsen sind, lasse ich drin, weil ich beobachtet habe, dass Ceremonio und Vitella die gerne abweiden.

»Du hast sie nicht mehr alle«, sagt Lukas. Das ist mein Bruder. »Das sind doch keine richtigen Fische. Winzfische sind das und außerdem sehen sie sterbenslangweilig aus. Kauf dir doch wenigstens ein paar bunte Fische, die sind bestimmt nicht teuer.«

Er kapiert nicht, dass ich überhaupt keine »richtigen« Aquarienfische will: keine Neonfische, keine Schleierschwänze, keine Buntbarsche. Ich will Fische haben, die einfach nur wie Fische aussehen, und keinen von ihnen will ich länger gefangen halten als vier Wochen, das steht fest.

Lukas macht gerne Witze über mich, aber damit muss wohl jeder leben, der einen älteren Bruder hat. Er nennt mich beispielsweise »So-Fisch«. Das macht er besonders gerne, wenn einer seiner Skateboard-Kumpels zu Besuch ist. Aber wenn er mit mir alleine ist, kann er auch manchmal ganz nett und kumpelhaft sein. Als ich einmal auf Klassenfahrt war, hat er die Fische sogar gefüttert und gar nichts Abfälliges über sie gesagt. Ich wollte Ceremonio und Vitella ursprünglich freilassen, aber Lukas hat gesagt, das Füttern mache ihm gar nichts aus, im Gegenteil, das wäre okay. Und einmal hat er ein Namensschild am Computer gestaltet, auf dem »Ceremonio und Vitella« stand. Lukas kann total gut mit dem Computer umgehen. Er hat auch seine Fische, knallbunte natürlich, die sind aber nicht lebendig, sondern schwimmen als Bildschirmschoner auf seinem Monitor hin und her.

»Sooo«, sagt Herr Nitze und sieht sich bedeutungsvoll um. »Wir rechnen jetzt alle Aufgaben auf Seite dreiundsiebzig, der Reihe nach.«

Alarmstufe Rot. Gut, dass ich weit hinten sitze. Wenn ich abzähle, dann kann ich mir ausrechnen, bei welcher Aufgabe ich aufgerufen werde.

»Du hast die f«, flüstert Marietta mir zu.

Mir verschwimmt alles vor den Augen. Wie sieht ein f aus? Marietta beugt sich über den Tisch und tippt mit dem Zeigefinger auf die Stelle im Buch.

»Danke«, kann ich nur schwach flüstern.

Ich rechne und rechne noch mal und bin jetzt völlig durcheinander, weil Marietta sich normalerweise nie um mich kümmert. Mit so was wie mir muss sich so eine wie Marietta nicht abgeben. Die finden alle toll, ich natürlich auch, aber ich würde im Traum nicht damit rechnen, dass sie mich als Freundin haben möchte. Rechnen, genau. Ich kann ganz gut rechnen, allerdings nur zu Hause, wenn keiner zusieht. Wenn meine Mutter oder Lukas mir über die Schulter schauen, dann komme ich schon durcheinander. Aber wenn Herr Nitze mich aufruft und dabei womöglich noch ein bisschen grinst, dann ist alles verloren. Ich habe keine Chance, das richtige Ergebnis auszurechnen. Ich werde einfach nur in mein Buch starren und meine Augen werden flache, silberne Scheiben sein wie die Augen von Ceremonio und Vitella, die noch nicht mal ahnen, dass es so etwas wie Mathematikaufgaben überhaupt gibt.

Waisenkind im Wald

Wenn ich Menschen treffe, sehe ich ihnen immer zuerst in die Augen. Leider warten die meisten Leute nicht, bis ich in ihren Augen genug gesehen habe. In der Regel fangen sie sofort an, über irgendetwas zu reden. Dann erwarten sie, dass ich antworte, ganz schnell antworte, das Richtige sage, als wäre die Antwort ein speziell geformter Bauklotz, den ein Kleinkind in einen Lochkasten stecken soll. Als hätten sie selbst in ihrem ganzen Leben niemals Herzklopfen gehabt und nach Worten gesucht. Als wäre ihnen noch kein einziges Mal die Stimme weggeblieben. Mit Tieren ist alles viel einfacher: Die erwarten nicht, dass man funktioniert wie ein perfekt programmierter Computer. Aber leider ist es nun mal so, dass ich keine Tiere halten darf, abgesehen von meinen Winzfischen natürlich.

»Du weißt, dass ich Tiere gerne mag«, sagt meine Mutter immer, wenn ich damit anfange. »Aber umso weniger gefällt es mir, ein Tier im Käfig oder in einer Wohnung zu halten. Tiere gehören in die Natur oder wenigstens in den Stall, aber nicht ins Wohnzimmer.«

Und da hat sie, wie ich leider zugeben muss, ein kleines bisschen recht.

Später mal, wenn ich in einem Safaripark arbeite oder als Tierfilmerin, kriege ich garantiert kein Herzklopfen mehr. Wenn jemand mich dann nach meinem Namen fragt, werde ich ihm ganz direkt in die Augen sehen und deutlich »Leandra« sagen. Und dabei wird mein Herz nicht einen Takt schneller klopfen als sonst auch. Von unkontrollierten Schweißausbrüchen gar nicht zu reden.

Leider dauert es bis dahin noch eine ganze Weile.

Manchmal, wenn ich die Spannung im Unterricht nicht mehr aushalte, stelle ich mir vor, meine Lehrer und Mitschüler wären Tiere und ich bräuchte mich überhaupt nicht vor ihnen zu fürchten.

Herr Nitze zum Beispiel könnte ein Hirsch sein und Frau Segler, deren Englischstunde jetzt gerade anfängt, eine von diesen wunderschönen, zottigen weißen Schneeziegen, die durch die kanadischen Rocky Mountains klettern.

»Sophie, hast du deine Zunge verschluckt?«, fragt Frau Segler, die Schneeziege, und da stupst Nathalie Marietta an und flüstert so laut, dass alle es hören können: »Gleich wird sie wieder rot wie Ketchup.« Und so bleibt mir leider keine Zeit, Nathalie in ein kleines, junges Hängebauchschwein zu verwandeln und Marietta … keine Ahnung, was Marietta ist. Eine Mischung aus Schwan, Araberstute und Gazelle vielleicht. Jedenfalls etwas Perfektes mit großen, samtigen Augen.

Meine Mutter sagt immer: »Du hast es gar nicht nötig, so

schüchtern zu sein. Du brauchst dich nicht zu verstecken, schließlich bist du weder dumm noch hässlich.«

Als würde ich das mit dem Rotwerden absichtlich machen. Als würde es mir Spaß machen, dass die anderen in der Klasse über mich lästern. So was ist einfach angeboren, man kann nichts dagegen tun. Wenn diese angeborene Schüchternheit wenigstens gleichmäßig auf Lukas und mich verteilt wäre! Immerhin haben wir beide dieselben Eltern. Lukas könnte es nicht schaden, wenn er ein bisschen weniger selbstbewusst wäre.

Frau Segler wirft mir noch einen missbilligenden Blick zu, dann ruft sie Jannis auf, der natürlich wie immer genau im Bilde ist und sofort die richtige Antwort abfeuert. Nathalie flüstert Marietta noch mal etwas zu, aber die stupst sie warnend in die Seite, als Frau Segler die beiden scharf mustert.

Ich kann mir nicht vorstellen, wie es wäre, Lukas zu sein, oder Nathalie, die täglich durch das Klassenzimmer stolziert wie über einen Laufsteg. Es macht ihr gar nichts aus, wenn alle sie angucken. Im Gegenteil, sie scheint es zu genießen. Ich finde das abartig.

Da kann ich mir schon besser vorstellen, wie es wäre, Ceremonio zu sein. Oder wenn es sein muss ein Hängebauchschwein. Oder besser: ein Eichhörnchen. Die Eichhörnchen sind jetzt im Herbst natürlich sehr beschäftigt. Auf dem Grünstreifen vor der Schule hüpft schon den ganzen Morgen eines herum. Mal klettert es auf die kleine Fichte, mal wühlt es im ersten Laub unter den Kastanien herum, mal hopst es in großen Sprüngen übers Gras oder setzt sich auf die Hinterbeine und sieht sich misstrauisch um.

Eichhörnchen haben es wirklich gut. Keine Schule, niemand, der ihnen Fragen stellt. Und wie herrlich muss es sich anfühlen, so leicht und so geschickt zu sein, dass man nach Belieben Bäume und Wände hochklettern kann und von einem Ast zum anderen springen! Ich stütze mein Kinn in die Hand und starre aus dem Fenster. Heute Nachmittag gehe ich wieder in den Wald und sehe dort nach den Eichhörnchen. Ich nehme ein paar Walnüsse mit und versuche, eins der Hörnchen zu zähmen. Mein Onkel hat erzählt, dass er einmal ein zahmes Eichhörnchen hatte. Es gibt sogar Fotos, auf denen zu sehen ist, wie es ihm aus der Hand frisst. Es hat niemals im Käfig gelebt, ist einfach frei im Park herumgesaust und kam nur, wenn Onkel Georg es gerufen hat.

Gegen ein Haustier, das frei im Wald wohnt, hätte meine Mutter bestimmt nichts einzuwenden.

Als ich wieder nach vorne sehe, stelle ich fest, dass Nathalie und Simon mich längst nicht mehr beachten, sondern in ihre Hefte kritzeln. Frau Segler schreibt etwas an die Tafel. Ich versuche, möglichst unauffällig mein Heft aufzuschlagen und die Kappe von meinem Füller zu drehen. Aber ich schreibe nicht ab, was an der Tafel steht. Ich zeichne auf die karierte Din-A-4-Seite eine fast perfekte, grinsende Schneeziege.

Bloß gut, dass es den Wald gibt. Der Wald fängt nur ungefähr hundert Meter hinter unserem Mietshaus an, und wo er aufhört, das weiß ich gar nicht genau. Ich stelle mir sowieso am liebsten vor, dass er nirgendwo endet, dass der Waldrand so was ist wie eine Tür, durch die man eine vollkommen andere Welt betritt, eine Welt ohne Ende. In dieser Welt gibt es nur die Geräusche: das Klopfen des Spechts, das Gurren der Tauben – manchmal auch die Motorsägen der Waldarbeiter.

Die Sonne scheint von einem klarblauen Himmel und der Wald ist heute wieder so geheimnisvoll beleuchtet wie Leandras Reich bei Sonnenuntergang. Wenn ich von einer rötlich-gelb-schimmernden Lichtinsel zwischen den schwarzen Schattenbäumen zur nächsten laufe, raschelt das Laub unter meinen Füßen und vor meinen Augen tanzen grüne Punkte. Der Wind streicht ganz leicht durch die Baumkronen, Eichelhäher zetern im Duett, als sie mich entdecken. Nirgendwo ist ein Eichhörnchen zu sehen. Ich setze mich auf eine Baumwurzel. Zu meinen Füßen hat ein ganzes Büschel gelbbrauner Pilze seine Hüte durchs Laub gestoßen. Ich fasse sie lieber nicht an, sie könnten ja giftig sein.

Ich mache die Augen zu. Die grünen Punkte tanzen immer noch.

Im Laub raschelt es leise.

Ich mache die Augen wieder auf.

Es ist ganz beruhigend, dass es in diesem Wald keine Giftschlangen und keine Skorpione gibt oder so etwas. Ein leises Rascheln kann nichts Gefährliches bedeuten. Ich muss ganz genau hinsehen, bis ich das Tier entdecke. Es ist im Durcheinander der welken Blätter kaum auszumachen.

Ein Igel!

Na ja, ein Winz-Igel. Zwergigel gibt es nicht, jedenfalls nicht in Deutschland, also muss es ein Igelkind sein.

»Was machst du denn hier?«, frage ich. Es ist leicht, Tieren Fragen zu stellen, weil sie keine Antwort geben. Ich strecke meine Hand nach dem Igel aus. Dass der noch ein halbes Baby ist, erkennt man daran, dass er sich nicht mal richtig zusammenrollt. Er zieht bloß den Kopf so weit ein, dass man nur noch seine spitze Nase sieht, und sträubt halbherzig die Stacheln. Ich kann ihn vorsichtig hochheben und genauer ansehen.

»An dir ist ja gar nichts dran!«, stelle ich fest.

Der Igel wiegt kaum mehr als ein kleiner Vogel. Was kleine Vögel wiegen, das weiß ich seit Neuestem. Wir hatten im Sommer einen Buchfink im Klassenzimmer, einen verirrten natürlich, und weil ich mich mit Tieren am besten auskenne, war ich diejenige, die ihn fangen und ins Freie bringen durfte. An das wilde Pochen des Vogelherzens an meiner Haut kann ich mich noch gut erinnern. Aber mit Igeln habe ich keine Erfahrung.

Klar, die müssen einen Winterschlaf halten. Und damit sie den überleben, müssen sie sich vorher Winterspeck anfressen. Dieser kleine Igel hier hat aber so überhaupt nichts, was nach Winterspeck aussieht.

»Ich nehm dich mit«, erkläre ich.

Der Igel zieht sich so fest zusammen, wie er nur kann. Er versucht, wie ein Seeigel auszusehen. Ich setze ihn wieder ins

Laub. Schnell losrennen kann er bestimmt nicht. Einer, der so stachelig ist, hat es gar nicht nötig, schnell wegzulaufen. Ich ziehe eine Einkaufstasche aus Stoff aus der Jacke. Die habe ich immer dabei, weil ich manchmal für meine Mutter noch etwas besorgen muss. Ich drehe den Beutel um, sodass die Außenseite innen ist. Dann setze ich den Igel vorsichtig hinein.

»Tut mir leid«, sage ich zu ihm. »Reg dich nicht so auf. Ich kann dich nicht hierlassen. Du siehst genau aus wie einer, der im Winterschlaf einfach verhungert.«

Ich trage die Tasche sehr vorsichtig, damit sie nicht so heftig hin und her schwingt. Jetzt habe ich einen Beuteligel, denke ich und grinse ein bisschen vor mich hin. In diesem Moment entdecke ich Herrn und Frau Mersekorn. Sie wohnen im selben Haus, sind nicht unsere Lieblingsnachbarn und kommen mir jetzt direkt entgegen.

»Hallo, Sophie«, sagt Frau Mersekorn überraschend freundlich. »Heute siehst du ja mal richtig fröhlich aus!«

Und da werde ich garantiert schon wieder rot, ich spüre es genau. Ich will etwas sagen, aber mir fällt nichts ein. Ich suche immer noch nach einer passenden Antwort, als die Mersekorns längst an mir vorübergewandert sind.

Aber es ist nicht so schlimm, ich habe ja mein Waisenkind.

Nicht mal meine Mutter kann etwas dagegen haben, dass ich ein Igelbaby vor dem Verhungern rette.

Kistenigel

Meine Mutter ist nicht wirklich zu Hause. Das heißt, sie ist zwar da, ich darf sie aber nicht stören. Im Moment hat sie einen Job am Hauptbahnhof: Butterbrezeln, Käsestangen und Kaffee verkaufen und so. Ihre Kunden sind die Leute, die auf ihre verspäteten Züge warten müssen und deswegen in der Regel schlechte Laune haben. Ab und zu kommen auch mal Menschen vorbei, die sich zu Hause langweilen und sich das Treiben an einem großen Bahnhof aus der Nähe ansehen wollen. Das sind dann diejenigen, die meiner Mutter lange Storys aus ihrem Leben erzählen. Das gefällt ihr dann ganz gut. Aber neulich gab es direkt vor ihrem Verkaufsstand eine böse Schlägerei, mit blutigen Köpfen und Polizei und so, und demnächst muss Mama als Zeugin vor Gericht aussagen. Im Großen und Ganzen ist es kein schöner Job, und das Schlechteste daran ist, dass Mama oft bis Mitternacht verkaufen muss. Dann muss im Laden noch alles aufgeräumt werden und zuletzt erwischt sie dann gerade noch so die allerletzte Straßenbahn zu uns raus. Wenn sie die Bahn verpasst, muss sie ein Taxi nehmen, und das ist dann total ärgerlich, denn für das Taxi muss sie fast so viel bezahlen, wie sie den ganzen Abend über verdient hat.

Vormittags verbringt meine Mutter viel Zeit mit der Suche nach einem besseren Job, einem mit höherem Stundenlohn und ohne Nachtarbeit. Mittags kocht sie meistens für mich und Lukas, und bevor sie dann zur Arbeit fährt, muss sie ein bisschen vorschlafen. Beim Vorschlafen darf man sie nicht stören, deswegen kann ich den Beuteligel unbemerkt ins Haus schaffen.

Ich platze, ohne anzuklopfen, in Lukas' Zimmer. Lukas dreht sich auf seinem Schreibtischstuhl um und guckt freundlich.

»Gut, dass du kommst«, sagt er. »Ich muss nämlich Geschichte lernen.«

»Ich hab was.« Ich halte ihm den Beutel hin. »Guck mal da rein.«

»Was zu essen?«, fragt Lukas hoffnungsvoll. Ich schüttle den Kopf und er seufzt, als er den Beutel öffnet. Dann zuckt er richtig zurück.

»Ein Igel! Ist der tot?«

»Quatsch!« Denkt Lukas ernsthaft, dass ich jetzt schon tote Tiere mit mir rumschleppe? »Aber er ist zu klein für den Winterschlaf. Man muss ihn unbedingt aufpäppeln.«

»Was frisst er denn?« Lukas reicht mir den Beutel vorsichtig.

»Keine Ahnung«, gebe ich zu. »Kannst du nicht mal im Internet nachsehen? Ich suche solange eine Kiste.«

»Im Keller müsste noch der Karton von meiner Anlage rumliegen.« Lukas hat schon den Computer eingeschaltet, der mit einem freudigen Tusch zum Leben erwacht. »Kannst du dir holen. Geh nur, ich pass schon auf den Mickerling auf.«

Mama hat am helllichten Tag verschlafen. Als sie endlich wach wird, kann sie sich gerade noch schnell anziehen, eine Tasse Kaffee abkippen und eine Notschicht Make-up auflegen.

»Aber ich muss dir noch was zeigen!« Ich stehe hinter ihr, betrachte ich müdes Gesicht im Spiegel, das sie gerade sanft überpudert, und ziehe tatsächlich an ihrer Bluse wie ein kleines Kind.

»Zeig's mir morgen«, murmelt Mama und legt den Puder weg. Sie blinzelt. »Ich muss mich jetzt wirklich beeilen.« Sie dreht sich zu mir um und drückt mich kurz.

»Aber es muss jetzt sein. Bitte! Ganz schnell nur!«

Mama seufzt. »Ich habe genau noch elf Minuten, bis die Bahn fährt.«

Ich fasse das als Zustimmung auf, rase rüber und hole den Beuteligel, der inzwischen ein Kistenigel ist. Mama starrt ihn einen Moment lang verständnislos an.

»Was ist das jetzt?«, fragt sie vorsichtig.

»Ein Igel. Er ist zu klein für den Winterschlaf. Er verhungert!«

Mama nickt. Sie greift nach ihrer Jacke. »In der Zeitung stand letzten Samstag was drin über Igelstationen. Such dir den Artikel raus. Man muss die abgeben an Leute, die sich damit auskennen.«

Ich mache wahrscheinlich ein ziemlich enttäuschtes Gesicht, denn sie streicht mir noch mal über die Haare.

»Heute muss er wohl hierbleiben. Aber ruf am besten an und frage, was du ihm zu fressen geben sollst.«

»Er frisst Katzenfutter«, murmle ich. Eigentlich würde ich gerne sagen, dass ich den Igel auch selbst aufpäppeln kann und dass ich ihn dann im Frühjahr wieder freilasse – ich bin gut im Freilassen, weil ich das mit den Fischen ja auch so mache –, aber für Mama ist das Thema offenbar erledigt. Sie wirft noch mal einen angewiderten Blick in den Spiegel, dann greift sie nach ihrer Handtasche.

»Tut mir leid, dass ich schon wieder so in Hektik bin. Ich hoffe, das wird bald alles besser. Esst noch was. Ich habe Frischkäse mit Meerrettich gekauft, den magst du doch?«

Noch einmal wuschelt sie durch meine Haare, dann fällt die Wohnungstür schon zu.

Mama kauft immer nur samstags die Zeitung, deswegen muss ich nicht lange nach dem Artikel über die Igelstation suchen. Ich überfliege ihn nur. In einem eingerahmten Kästchen steht in fett gedruckten Buchstaben, was man mit Fundigeln machen soll, und natürlich ist da auch die Telefonnummer. Ich schnappe mir das Telefon, setze mich mit der Zeitung aufs Sofa und starre die Nummer an. Einmal drücke ich sogar die ersten drei Zahlen, aber dann lege ich schnell wieder auf. Ich weiß doch überhaupt nicht, was ich sagen soll. Dann fällt mein Blick auf die kleine goldene Standuhr, die wir von Oma geerbt haben. Gleich macht der Supermarkt zu und ich habe noch kein Katzenfutter gekauft!

»Ich bin gleich wieder da!«, rufe ich Lukas durch die geschlossene Zimmertür hindurch zu und stürme aus dem Haus.

Eigentlich habe ich mir vorgenommen, so lange wach zu bleiben, bis Mama wiederkommt. Aber das habe ich mir schon oft vorgenommen und jedes Mal bin ich dann doch eingeschlafen. Der Igel hat in den Karton gepinkelt. Der scharfe Geruch seines Urins beißt in der Nase und ich muss noch mal aufstehen und das Fenster kippen, aber dann schlafe ich doch ein, sodass ich meine Mutter erst beim Frühstück wiedersehe. Sie gießt sich gerade Kaffee ein, als ich in die Küche komme, und ihre Hand zittert ein wenig. In letzter Zeit ist sie oft sehr müde. Lukas und ich haben ihr immer wieder gesagt, dass sie für uns nicht Frühstück machen muss, dass wir das selber machen können und sie ausschlafen soll, aber dann schüttelt sie immer den Kopf und murmelt »... das werde ich ja wohl noch hinkriegen«.

Heute schiebt mir Mama sofort ein Brot mit Nutella und Banane rüber, weil sie weiß, wie gerne ich das morgens mag. Sie sieht mir zu, wie ich genüsslich in das Brot beiße, und nippt dabei an ihrem Kaffee.

»Hast du denn angerufen?«, fragt sie nach einer Weile. »Wegen dem Igel, meine ich.«

Ich schüttle den Kopf und schlucke mühsam. »Nein.«

»Soll ich für dich anrufen?«

Ich zucke mit den Achseln.

Der Igel hat schon einen Namen: Er heißt Salomon. Salomon hat die erste Katzenfutterdose komplett leer gefuttert und den Karton an drei von vier Ecken durchgeweicht. Wenn man ihn länger behalten wollte, müsste man Katzenstreu kaufen.

»Dann mache ich das nachher«, sagt Mama. Sie schmiert mir und Lukas noch die Pausenbrote, packt sie in unsere Frühstücksdosen und legt ein paar Gurken- und Paprikastücke dazu.

»Vielleicht kannst du den Igel dann heute Nachmittag wegbringen«, sagt sie. »Ich kann leider nicht mitkommen. Aber du könntest ja eine Freundin mitnehmen.«

Dabei weiß sie doch ganz genau, dass ich keine Freundin mehr habe, seit Elleni mit ihren Eltern wieder nach Griechenland gezogen ist. In meiner Klasse sind seither nur noch Mädchen und Jungs, die sich mehr oder weniger gern über mich lustig machen. Na ja, Marietta hat noch nie was Blödes über mich gesagt, jedenfalls nicht so, dass ich es hören könnte. Aber Marietta ist nicht meine Freundin und wird es wohl nie werden, leider. Sie kann sich ihre Freundinnen aussuchen. Marietta ist zweite Klassensprecherin, sie spielt Klarinette im städtischen Jugendorchester und ihre Mutter ist Engländerin – ach ja, und dann spielt sie noch im Volleyballverein. Marietta ist so eine, die sich nicht vorstellen kann, wie es sich anfühlt, Sophie zu sein.

Mühlenhof

Ich hätte mir denken können, dass Lukas nicht mitkommt. Na ja, sicherheitshalber habe ich ihn eben gefragt. Es ist noch gar nicht so lange her, da hat mich Lukas fast überallhin begleitet, wenn ich das wollte. Aber seit Kurzem ist es ihm eher peinlich, wenn man ihn mit seiner kleinen Schwester sieht.

Ich fahre nicht so gern allein mit dem Bus. Womöglich steige ich in den falschen ein, oder ich steige an der verkehrten Haltestelle aus und muss dann nach dem Weg fragen. Das klingt ja nicht so schlimm – bloß, für Menschen, die sofort schwitzen und sich verhaspeln, ist das Nach-dem-Weg-Fragen eine ziemlich komplizierte Angelegenheit.

Offenbar habe ich den richtigen Bus gefunden, denn der Fahrer hat nicht mit der Wimper gezuckt, als ich ihm gesagt habe, bis wohin ich fahren möchte. Ich sitze eingequetscht neben einer dicken Frau mit vielen prallen Plastiktüten auf dem Schoß (wie soll ich die nachher fragen, ob sie mich vorbeilässt?) und versuche, nicht daran zu denken, dass ich gleich bei wildfremden Leuten anklopfen oder klingeln muss. Muss ich das denn überhaupt? Vielleicht kann ich den Igel auch einfach vor die Tür stellen und weggehen.

Der Bus hat das letzte Gewerbegebiet der Stadt hinter sich gelassen. Bauern besprühen ihre Felder rechts und links der Straße mit irgendeinem Giftzeug. Kurz vor der richtigen Haltestelle zottelt der Bus eine ganze Weile hinter einem Traktor her, aber das ist mir ganz recht. Unweigerlich kommen wir dann aber doch an. Ich krächze ein mühsames »Darf ich mal vorbei, bitte?«, die dicke Frau baut ihren Einkaufstütenturm ab und erhebt sich mit vorwurfsvollem Blick gerade noch rechtzeitig aus dem Sitz, sodass ich aus der Tür schlüpfen kann.

Ein schmaler, geteerter Feldweg führt zum einzigen Gebäude weit und breit. Es ist ein Aussiedlerhof, ein weißes Wohnhaus mit vielen Nebengebäuden, Koppeln rundherum, auf denen eine bunt zusammengewürfelte Herde aus kleinen und großen Pferden, Eseln und anderen Tieren weidet. Ein schwarzer Schäferhund liegt breit vor der Hofeinfahrt und hebt den Kopf, als ich näher komme.

»Und, lässt du mich durch?«, frage ich ihn. Ich halte dem Hund meine Hand entgegen. Er erhebt sich, kommt einen Schritt näher und schnuppert. Dann wedelt er kurz mit dem Schwanz, setzt sich wieder hin und kratzt sich mit schief gezogenem Maul am Hals. Ich werte das als Genehmigung, weiterzugehen. Dann bellt noch ein anderer Hund, ein kleiner grauer, der aus der Einfahrt schießt und vor lauter Aufregung ständig Kreise zieht. So laut und aufgeregt bellt er, dass nach wenigen Augenblicken eine Gestalt im grünen Overall in einer Stalltür erscheint.

»Ruhe!«, befiehlt eine Frauenstimme.

Der graue Hund verstummt sofort. Die Frau sieht sich nach der Ursache für den Alarm um und entdeckt mich, wie ich mit dem Kistenigel ein bisschen verloren im Hof herumstehe.

»Der tut nichts«, sagt sie und nickt mit dem Kinn in Richtung grauer Hund. »Hat nur eine große Klappe.«

Sie wischt sich die Hände am Overall ab und kommt näher. Nur gut, dass ich mir im Bus genau überlegt habe, was ich sagen werde. Ich werde einfach sagen, dass der Igel ... nein, dass ich den Igel ... also dass Igel doch einen Winterschlaf ... oder sollte ich besser mit den Eichhörnchen anfangen ...?

»Was ist denn los?« Jetzt steht die Frau vor mir. »Was bringst du uns denn da?«

Ich stelle den Karton einfach auf den Boden und klappe ihn auf. Die Frau geht in die Hocke.

»O ja«, sagt sie. »Gut, dass du ihn hergebracht hast. Das ist ja noch ein Baby.«

Ich sehe die Frau nicht an. Die richtet sich wieder auf.

»Wir werden ihn mal wiegen«, sagt die Frau. »Kommst du mit?«

Es ist weniger eine Frage als ein Befehl.

Ich zögere.

»Es ist immer gut, wenn jemand hilft«, fügt die Frau ein bisschen freundlicher hinzu. Sie stülpt den Deckel über den Karton. »Günther, mein Freund, ist gerade losgefahren. Er soll auf einer Autobahnraststätte einen Hund einfangen. Hoffentlich ist er noch nicht vor ein Auto gelaufen. Der Hund, meine ich.« Sie wendet sich mir zu. »Oder hast du keine Zeit?«

»Doch«, flüstere ich.

»Ich bin Andrea.« Die Frau hebt den Karton hoch und hält ihn mir wieder hin. Ich nehme ihn und folge ihr zu einem weißen flachen Nebengebäude. Als sie die Tür aufschließt, schlägt mir eine Wolke bunt gemischter Tiergeruch entgegen. Mein Herz schlägt auf einmal ganz schnell.

Überall stehen Käfige. Überall flattert, zwitschert, quiekt, knurrt und raschelt es.

Es ist wie in einem kleinen Zoo. Es ist wie in einem kleinen Paradies.

Es ist wie auf Leandras Insel.

Der Wegwerfhund

Der Igel hat bestimmt Angst vor der Frau. Die hat so eine laute Stimme. Jetzt hat sie dicke Lederhandschuhe übergestreift und packt Salomon damit so unerschrocken unter dem Bauch, als wäre er ein Meerschweinchen. Dann setzt sie ihn auf die Waage und bittet mich, den Wert abzulesen, weil sie selbst ihre Brille nicht da hat. Und dann fragt sie noch zweimal »Wie bitte?«, weil ich mal wieder so leise geredet habe.

»Na, so habe ich mir das vorgestellt!« Andrea schüttelt den Kopf. Salomon sitzt immer noch auf der Waage und hält die Nase ganz gesenkt, als schäme er sich selbst für seine mickrige Gestalt.

»Na, dich päppeln wir schon wieder auf.«

Andrea nimmt den Igel von der Waage und trägt ihn durch einen von Kisten, Käfigen, Futter und Einstreusäcken fast vollkommen verrammelten Flur in einen Nebenraum mit vielen kleinen Fenstern.

»Hier befindest du dich im Igel-Rehazentrum«, verkündet sie. »Igel Nummer sieben ist das jetzt. Bin gespannt, wie viele noch kommen.« Sie wendet sich wieder mir zu. »Aber natürlich soll er nicht ›Nummer sieben‹ heißen. Hast du ihm denn schon einen Namen gegeben?«

Ich schüttle den Kopf, keine Ahnung, warum. Er heißt Salomon, Salomon!, schreit eine Stimme in meinem Kopf, aber leider ist es die Stimme, die es nie bis ins Freie schafft, die einfach in mir drin stecken bleibt.

»Dann nennen wir ihn Konrad«, beschließt Andrea. »So, hier kannst du jetzt wohnen, Konrad. Ist alles schon vorbereitet.«

Sie setzt Salomon in einen kleinen Auslauf, in dem ein Wassernapf und ein kleines Holzhäuschen als Unterschlupf bereitstehen. »Alles schon vorbereitet. Sobald ich Zeit habe, müssen wir dich allerdings entflohen.« Sie wendet sich wieder mir zu. »Such dich heute Abend gründlich ab. Igel tragen jede Menge Flöhe mit sich herum, die gehen auch gerne an Menschen.« Sie wischt sich die Haare aus der Stirn. »Wie heißt du eigentlich?«

»So...Sophie.«

»Soso.« Ich starre sie an, aber sie hat wohl nicht mit Absicht einen Witz gemacht, dazu ist sie schon wieder viel zu beschäftigt, denn der graue Hund drängt durch die Tür und draußen fährt ein Auto vor, worauf noch mehr Hunde in Gebell ausbrechen. Andrea wirft einen Blick durch den Türspalt.

»Günther ist zurück«, stellt sie fest. »Da wollen wir doch mal nachsehen, ob er den Hund erwischt hat.«

Ich trabe einfach hinter ihr her in den Hof. Das Auto parkt

vor einem leeren Zwinger. Ein bärtiger Mann mit Pferdeschwanz ist ausgestiegen. Er öffnet vorsichtig die Heckklappe und spricht dabei beschwörend vor sich hin. Andrea ist stehen geblieben, und mit ihr auch ich. Der Mann streckt eine Hand aus und im selben Moment schießt ein gelber Blitz aus dem Auto. Der Hund rast bis zum Hofeingang, dann bleibt er stehen und wendet unsicher den Kopf.

»Verdammter Mist«, flucht der Bärtige. Er knallt die Heckklappe zu. »Ich hab ihn auf der Raststätte schon fast nicht erwischt. Das ist vielleicht ein Schisser!«

»Wir werden ihn schon kriegen«, sagt die Frau. »Hilfst du mit, Sophie?«

Und so kommt es, dass ich wenige Sekunden später einen fremden gelben Hund durch ein fremdes, vollgerümpeltes Hofgelände jage. Der Hund ist ganz krumm vor Angst. Den Schwanz hat er sich so weit unter die Beine geklemmt, dass seine Spitze bis unter die Vorderläufe ragt. Endlich haben wir ihn in eine Ecke zwischen Stall und Garage gedrängt.

»Ich hole das Netz«, sagt Günther leise. »Lasst ihn nicht wieder entwischen.«

Ich sehe den Hund an.

»Du brauchst keine Angst zu haben«, flüstere ich. »Wir tun dir doch nichts. Die haben dich doch nur eingefangen, damit du nicht unter ein Auto läufst.«

Der Hund starrt mich an, er hechelt panisch. Ich höre, wie Günther wieder die Heckklappe zuschlägt. Jetzt ist er mit dem Netz unterwegs. Ich wende mich um und möchte eigentlich fragen, ob es nicht ohne geht, ob ich den Hund nicht einfach greifen kann, aber dann traue ich mich doch nicht. Er wird schon seine Gründe haben, wenn er den Hund mit dem Netz fangen will. Vielleicht hat er vorhin schon geschnappt oder so etwas.

Ich kann gar nicht richtig hinsehen. Nur aus den Augenwinkeln beobachte ich, wie Günther das Netz über den Hund wirft und ihn dann fest packt.

»Ruhig, Junge«, murmelt er. »Gleich kannst du dich erholen.«

Der Hund liegt jetzt starr in seinen Armen. Hoffentlich hat er keinen Herzschlag gekriegt. Günther trägt ihn zum Zwinger, in dem Andrea schon Wasser und Futter bereitgestellt hat.

»Jetzt sollten wir ihn mal ganz in Ruhe lassen«, sagt Günther, als er die Zwingertür hinter sich schließt. Dann runzelt er die Stirn und wendet sich direkt mir zu.

»Wer bist du eigentlich?«

»Sie hat einen Igel gebracht«, erklärt Andrea.

»Ach so.« Er sieht mich immer noch prüfend an. »Du magst Tiere, oder?«

Ich nicke heftig. Das ist eine der wenigen Fragen, die ich, ohne zu zögern, beantworten kann.

»Zu uns kommen oft Kinder, die ein bisschen mithelfen.« Günther bückt sich und streichelt eine schwarz-weiße Katze, die ihm um die Beine streicht. »Wenn du Lust hast, kannst du gerne ab und zu nach deinem Igel sehen.«

»Was passiert mit dem Hund?«, flüstere ich.

Günther wendet sich noch einmal um. Der Gelbe presst sich eng an die Rückwand des Zwingers, er hechelt.

»Erst mal sehen, ob ihn jemand vermisst. Vielleicht ist er ja weggelaufen. Glaube ich aber nicht so recht. An Autobahnraststätten werden häufig Tiere ausgesetzt. Er ist nicht tätowiert, also können wir nicht feststellen, wem er gehört.«

»Und wenn er keinem gehört?«

»Dann suchen wir eine neue Familie für ihn.« Günther legt mir die Hand auf die Schulter. »Aber jetzt sollten wir ihn wirklich in Ruhe lassen. Es war ein aufregender Tag für ihn. Wie heißt du noch mal?«

Leandra, denke ich.

»Sophie«, sagt Andrea.

»Schön, Sophie. Bis bald, hoffentlich.« Günther reicht mir eine warme, kräftige Hand.

Als ich ins Bett gehe, stelle ich mir den Wecker auf ein Uhr. Ich will Mama unbedingt alles erzählen, wenn sie nach Hause kommt. Wenn sie mit der Straßenbahn fährt, ist sie etwa viertel nach eins da.

Weil Mama so spät nach Hause kommt, muss man ihr im Notfall eben alles mitten in der Nacht erzählen. Das habe ich schon damals gemacht, als Elleni mir erzählt hat, dass sie mit ihren Eltern nach Griechenland zurückgeht. Mama hat gesagt, bei ganz wichtigen Sachen ist es in Ordnung, wenn ich mir den Wecker stelle, aber normalerweise kann alles bis zum nächsten Tag warten.

Als der Wecker piepst, bin ich sofort wieder wach. Ich strecke mich und wackle mit den Zehen. Es dauert einen Moment, bis mir einfällt, was ich meiner Mutter erzählen möchte. Ich setze mich langsam auf und erst allmählich wird mir bewusst, dass es in der Küche klappert und rappelt. Ich werfe schnell noch einen Blick auf meinen Wecker: Es ist gerade erst zwei Minuten nach eins.

Ich schlüpfe aus dem Bett, schleiche in den Flur und öffne die Küchentür. Mama sitzt am Tisch, vor ihr ein Glas Rotwein. Sie ist sehr blass und hat dunkle Ringe unter den Augen. Als ich hereinkomme, zuckt sie richtig zusammen.

»Habe ich dich geweckt? Tut mir leid.«

»Ich hatte mir sowieso den Wecker gestellt.« Ich setze mich auf die Arbeitsplatte neben dem Herd. Die hält das noch aus, obwohl ich kein kleines Kind mehr bin. »Wie bist du denn so schnell nach Hause gekommen?«

Mama murmelt irgendwas und nimmt einen Schluck Wein.

»Bist du mit dem Taxi gefahren?«, bohre ich weiter.

Mama nickt.

»Bahn verpasst«, stelle ich fest.

Mama schüttelt den Kopf. »Nein, das nicht. Es war nur … ich weiß gar nicht, ob ich dir das erzählen soll. Diese Kerle … Du erinnerst dich an die Schlägerei?«

Klar erinnere ich mich.

»Ich soll doch als Zeugin aussagen. Vor Gericht. Aber weißt du, heute Abend standen diese Kerle da. An der Haltestelle. Die Schläger, weißt du?«

Mein Herz klopft schon wieder ganz laut. Meine Mutter dreht ihr Weinglas zwischen den Fingern.

»Sie haben mich nicht bedroht … na ja, sie haben so geguckt … ich weiß nicht, wie ich das sagen soll. Sie haben mich einfach so angeguckt, als wollten sie mir raten, dass ich nicht bei Gericht aussagen soll.«

»Du musst der Polizei sagen, dass sie dir auflauern«, schlage ich vor.

Aber Mama schüttelt den Kopf. »Nein, das nützt nichts. Sie werden das einfach bestreiten. Sie haben mir ja nichts getan. Bloß habe ich mich nicht getraut, in die Straßenbahn zu steigen. Wenn die jetzt einfach alle mit eingestiegen wären, was hätte ich dann tun sollen?« Sie seufzt. »Deswegen bin ich mit dem Taxi gefahren. Das schöne Geld …«

Ich schweige. Leider ist das kein Krimi im Fernsehen, auch wenn es danach klingt. Die Angst ist echt, Mamas Angst, die ich genau spüre, und meine eigene erst recht, die kenne ich ziemlich genau. Ich stehe auf, gehe zu Mama und nehme sie in den Arm.

»Dir soll nichts passieren«, flüstere ich. »Die sollen dich in Ruhe lassen.«

Mama seufzt. »Na ja, sie haben es halt mal probiert.« Sie versucht zu lächeln. »Die haben ja noch andere Sachen zu tun, als mir aufzulauern. Nehme ich an.« Dann sieht sie mich direkt an. »Und jetzt zu dir. Was gibt es denn so Wichtiges zu berichten, dass du dir den Wecker gestellt hast?«

Ich setze mich wieder hin und gucke auf die Tischplatte.

»Ach, eigentlich nichts Wichtiges«, murmle ich. »Es war nur so.« Denn die Geschichte von Salomon, vom Raststättenhund, von Andrea und Günther, die kommt mir jetzt sehr, sehr unwichtig vor.

Nach so einer Nacht zieht sich der Unterricht besonders quälend hin. Aber es gibt dann doch noch einen Höhepunkt: Marietta bietet mir in der zweiten Pause einen Kaugummi an, Kirsch mit Minze. Na ja, sie bietet allen in der Klasse so lange Kaugummi an, bis das Päckchen leer ist. Ich kriege immerhin das zweitletzte. Marietta sagt, sie hat die Kaugummipackung von ihrer Oma gekriegt, die regelmäßig vergisst, dass Marietta Kirsch-Minze nicht mag. Ehrlich gesagt, ich mag Kirsch-Minze auch nicht, aber das fällt mir erst ein, als ich auf den Kaugummi beiße, und da kann ich ihn natürlich nicht gleich wieder ausspucken. Ich hätte nicht gedacht, dass Marietta mich überhaupt sieht, und dass sie mir etwas anbietet, ist eine Sensation. Das heißt natürlich nicht, dass sie meine Freundin ist. Ich weiß auch gar nicht, ob ich sie zur Freundin haben möchte. Ich würde mich immer klein, dumm und hässlich neben ihr fühlen.

Na ja, wenn man so eine Freundin hat wie Marietta, dann denken alle anderen vielleicht, dass man gar nicht so klein, dumm und hässlich ist?

Gleich nach der Pause, als ich den durchgekauten Kaugummi zwangsläufig ausspucken musste, haben wir Deutsch bei Frau

Wiesel-Zwacker. Die ist so weit ganz okay, hat auch keine lästigen Angewohnheiten oder so was. Wenn sie eine ihrer Ideen hat, die sie total genial findet, strahlt sie wie eine Partyfackel, und dass wir ihre Ideen dann meistens nicht so genial finden, stört sie nicht weiter.

Heute verkündet sie: »Ich mache euch alle zu kleinen Reportern!«

Diese Aussage ist schon allein deswegen merkwürdig, weil mindestens die Hälfte meiner Mitschüler überhaupt nicht »klein« ist, sondern größer als Frau Wiesel-Zwacker selbst.

»Ihr werdet lernen, wie man ein Interview führt.«

»Cool«, haucht Nathalie. Sie stellt sich vermutlich vor, dass sie irgendeinen großen Star interviewen darf und dann selbst ins Fernsehen kommt.

Ich rutsche tiefer in meinen Stuhl.

»Ich habe mir ein Thema ausgedacht, ein einfaches Thema.« Frau Wiesel-Zwacker rückt ihre Brille zurecht. »Jeder von euch wird sich eine berufstätige Person aussuchen und diese zu ihrem Arbeitsalltag interviewen.«

Ächzen und Stöhnen in der Klasse verrät, dass nicht nur Nathalie sich diese Aufgabe ein bisschen spektakulärer vorgestellt hat.

»Wir erarbeiten die Fragen gemeinsam«, sagt Frau Wiesel-Zwacker beruhigend. »Jedem von euch ist es selbst überlassen, wen er interviewt.«

Sergio hebt die Hand. »Kann es auch mein Vater sein?«, fragt er.

Frau Wiesel-Zwacker zuckt mit den Achseln. »Das ist mir ganz egal.«

»Gut«, sagt Sergio zufrieden und lehnt sich bequem zurück. Er ist natürlich fein raus, sein Vater ist nämlich Kommissar.

»Meine Eltern sind beide arbeitslos«, murmelt Mandy.

Frau Wiesel-Zwacker lächelt beruhigend. »Aber du kennst doch bestimmt nicht nur arbeitslose Menschen, oder? Es kann auch ein Nachbar sein, eine Tante …«

Ich bohre mit dem Fingernagel in meinem Radiergummi. Es ist schon eine kleine, schmutzige Kuhle drin.

Meine Mutter ist ja zum Glück nicht mehr arbeitslos, also kann ich sie interviewen. Ich muss auf gar keinen Fall auf irgendeinen Fremden zugehen und dem peinliche Fragen stellen. Das würde ich mich nämlich niemals trauen.

»Wir sammeln Fragen«, verkündet Frau Wiesel-Zwacker.

Marietta meldet sich.

»Wie viel verdienen Sie mit Ihrem Beruf?«, schlägt sie vor.

Mehrere Kinder lachen laut. Aber Marietta wird nicht rot. Sie macht unschuldige, große Augen.

Frau Wiesel-Zwacker schüttelt mit nachsichtigem Lächeln den Kopf.

»Nun, Marietta, das ist vielleicht nicht der richtige Einstieg. Über Geld möchten die Menschen nicht so gerne reden.«

»Aber das ist doch am interessantesten!«, flötet Marietta.

»Ich bitte euch dennoch, diese Frage nicht zu stellen.« Frau Wiesel-Zwacker rückt wieder an ihrer Brille. »Hat noch jemand eine andere Idee?«

Marietta lächelt elfenhaft vor sich hin.

Ihre Eltern verdienen sich wahrscheinlich dumm und dämlich.

Jetzt meldet sich Kai.

»Warum haben Sie sich diesen Beruf ausgesucht?«

»Sehr schön!« Frau Wiesel-Zwacker wirkt erleichtert. »Schreib das an die Tafel. Und die anderen übertragen bitte alles in ihr Heft.«

Ich ziehe die Kappe von meinem Füller und notiere die Frage sorgfältig.

Meine Mutter wird nicht gerne darauf antworten. Sie hat sich ihren Beruf nicht ausgesucht, jedenfalls nicht den mit den Brötchen am Bahnhof. Sie hatte ursprünglich mal etwas ganz anderes vor. Genau genommen ist sie Schneiderin. Als sie noch mit Robert – unserem Vater – zusammengelebt hat, hatte sie ein Nähzimmer. Kunden konnten zu ihr kommen und sich ein Kleid oder eine Jacke anfertigen lassen. Aber als Robert wegging, konnte sie sich so eine große Wohnung nicht mehr leisten, auch wenn der noch regelmäßig Geld für uns Kinder überweist. Mama hat seither alle möglichen Jobs und war zwischendurch auch mal ein halbes Jahr arbeitslos.

Lukas und ich haben unseren Vater seit sechs Jahren nicht mehr gesehen. Irgendwoher wissen wir, dass er eine neue Familie hat, eine junge Frau und Zwillinge, aber die haben wir noch nie gesehen und wollen das auch gar nicht. Schließlich will unser Vater offenbar auch nicht wissen, wie es uns geht.

Ich denke schnell an etwas anderes. Auf den Rand meines

Deutschhefts zeichne ich ein Tier, einen Hund. Er soll so aussehen wie der verlassene Hund von der Autobahnraststätte, aber es gelingt mir nicht ganz. Ich bin mir auch gar nicht mehr so sicher, dass ich mich richtig an ihn erinnere. War seine Schnauze nun eher breiter oder eher spitz? Und wie groß war der weiße Fleck auf seiner Brust? War das tatsächlich der einzige weiße Fleck auf dem ganzen Fell?

Am besten kann ich mich an die Augen des Hundes erinnern, diese aufgerissenen braunen Augen, in denen die blanke Angst stand.

Halbstarke und Interviews

Mama ist nervös, sehr nervös. Sie sagt, sie hat nur die halbe Nacht geschlafen. Und da nach der Arbeit am Hauptbahnhof ja sowieso nur noch eine halbe Nacht übrig ist, heißt das, dass sie nur eine Viertelnacht geschlafen hat. Sie raucht sogar, und weil sie normalerweise betont, dass sie kein Geld für Dinge aus dem Fenster wirft, die ihr nur schaden, ist das ein sehr schlechtes Zeichen.

»Hier stinkt's«, meckere ich sofort, als ich in die Küche komme.

Mama sieht mich durch den Zigarettenrauch hindurch so verwirrt an, dass sie mir fast leidtut.

»Hast du die Polizei angerufen?«, frage ich.

Aber Mama schüttelt den Kopf. »Die können doch nichts machen. Es hat mir ja keiner was getan.«

»Aber wenn die dich bedrohen?«

Mama drückt die Zigarette im Aschenbecher aus, in einem sehr sauberen, lange nicht benutzten Aschenbecher.

»Es sind doch nur dumme Jungs«, sagt sie mit leiser

Stimme. »Große Klappe, nichts dahinter. Man darf die gar nicht ernst nehmen.« Sie atmet tief durch und fängt sofort an zu husten. »Kannst du dich heute mal ein bisschen um die Wäsche kümmern? Sortiert habe ich schon, du musst nur die Maschine anwerfen und die fertige Wäsche rausholen. Und Milch kaufen, Milch habe ich vergessen.«

Mama legt sich die Hand auf die Stirn.

»Lukas kommt gleich, ich mache euch das Essen warm. Aber dann muss ich mich noch mal hinlegen, sonst halte ich heute Nacht nicht durch.«

Sie steht auf und geht zum Herd, auf dem ein großer und ein kleiner Topf stehen. Sie dreht die Herdplatten an und zieht eine Schublade auf.

»Musst du denn hingehen?«, frage ich. »Ich meine, kannst du nicht wieder als Schneiderin arbeiten? Du bist doch eigentlich Schneiderin.«

»Schön wär's«, murmelt Mama und fischt einen Kochlöffel aus der Schublade. »Seit euer Vater sich aus dem Staub gemacht hat, muss ich zusehen, wie ich uns durchbringe. Du weißt doch, wie wenig von ihm kommt. Ich kann mir nicht mehr aussuchen, womit ich mein Geld verdiene. Wenn man Kinder hat, kann man keine Risiken eingehen.«

»Was gibt's zu essen?«, frage ich.

»Reis und Hähnchenfleisch.« Mama rührt weiter. »Ich mach auch gleich noch ein bisschen Salat, ihr müsst auch mal was Frisches essen.«

Ich stehe auf und decke den Tisch, und als Lukas aus der

Schule kommt, habe ich noch keine einzige Frage zum Berufsalltag meiner Mutter gestellt.

»Interview doch deine Lehrerin selbst«, schlägt Lukas vor. »Das hat sie davon, wenn sie euch so dämliche Fragen stellt.«

»Nie im Leben!« Ich schüttle entsetzt den Kopf und spüre, dass ich schon rot werde, wenn ich nur daran denke. Frau Wiesel-Zwacker eine peinliche Frage stellen wie zum Beispiel: »Finden Sie Ihre Arbeit befriedigend?« oder »Was tun Sie in Ihrer Freizeit?« oder »Verdienen Sie genug, um Ihre Familie zu ernähren?« – vorher versinke ich im Erdboden.

»Die Wiesel-Zwacker hat gesagt, sie gibt keine Interviews«, erfinde ich einfach, damit Lukas nicht auf seiner Idee beharren kann und vielleicht eine bessere aus dem Ärmel zieht.

»Schade.« Lukas schnippt mit Daumen und Zeigefinger gegen einen Hartgummiball, der auf seiner Schreibtischplatte liegt. Der Ball rollt quer über die Platte und fällt seitlich runter, genau in den Papierkorb, aber der ist glücklicherweise so überfüllt, dass der Ball abprallt und doch noch auf dem Boden landet.

»Schade«, sagt Lukas noch einmal und meint wieder das Interview. »Ich finde es gut, wenn Lehrer auch mal Hausaufgaben kriegen.«

»Ich könnte Opa fragen.«

»Der arbeitet doch gar nicht mehr.« Lukas bückt sich nach dem Ball. »Rentner zählen nicht, glaube ich.«

»Aber er war Elektriker. Das ist doch interessant.«

»Er würde nur von Unfällen erzählen. Oder wenigstens von Beinahe-Unfällen.« Lukas lässt den Ball in seinen Ärmel rollen und schüttelt ihn wieder heraus. »Mit Berufsalltag hat das nichts zu tun.«

Ich schweige. Mir fällt kein einziger berufstätiger Mensch ein, den ich interviewen könnte, ohne zu stottern, rot anzulaufen und spätestens bei der dritten Frage im Erdboden zu versinken.

Ich stopfe die Wäsche in die Maschine, verschiebe das Milchkaufen auf später, füttere die Fische und schalte den Fernseher ein. Vor dem Hintergrund irgendeiner Musikshow erledige ich die Hausaufgaben. Erst abends komme ich dazu, das Schreibheft aufzuschlagen, in dem ich Leandras Erlebnisse auf der einsamen Insel notiere. Ich lese das letzte Kapitel noch einmal durch, in dem Leandra den gestrandeten Kleinwal findet und ihn zurück ins Meer verfrachten muss. Das ist nicht einfach, denn schon Kleinwale sind ziemlich schwer. Leandra ist kräftig, viel kräftiger als ich, weil sie ja immer draußen arbeitet und alles, was sie braucht, einfach selber baut. Aber allein schafft sie es nicht, den Wal zu bewegen. Da muss sie schon eine Art Schlitten basteln und ihr Pferd anspannen, Rubikon, den Schecken, der mit ihr auf der Insel gestrandet ist.

Leandras Insel ist so etwas wie ein Gnadenhof für Tiere. Natürlich kann keiner mal schnell einen Igel vorbeibringen und Hunde von Autobahnraststätten kommen auch keine vor. Aber es gibt aus dem Nest gefallene Vögel, eine zahnlose Zibetkatze, drei Hunde, die irgendwie schon da waren, als Leandra ankam, und immer das eine oder andere Wildtier, das Hilfe braucht und wieder in der Wildnis verschwindet, wenn es von seinen Verletzungen oder Krankheiten geheilt ist. Leandra kennt sich gut mit Kräutern aus und kann jedes Tier gesund machen. Für die Zibetkatze kocht sie einen vegetarischen Brei, weil sie natürlich kein Tier töten will.

Ich klappe das Schreibheft wieder zu. Leandras Abenteuer kommen mir heute merkwürdig fremd vor, fast ein bisschen kindisch und peinlich. Ich gehe wieder ins Wohnzimmer. Der Fernseher läuft immer noch. Aus Lukas' Zimmer höre ich verhaltene Computer-Kampfgeräusche. Lukas ist eigentlich ein ganz friedlicher Mensch, aber am Bildschirm wird er zum blutrünstigen Killer. Das habe ich noch nie verstanden und es ist mir, ehrlich gesagt, ein bisschen unheimlich.

Etwa nach einer halben Stunde taucht Lukas auf. Er hat ein bisschen verquollene Augen, verschränkt die Finger und reckt die Arme, dass es knackt.

»Hunger!«

»Guck doch in den Kühlschrank«, rate ich.

Lukas verschwindet in der Küche und taucht kurz darauf mit einem dick belegten Doppeldecker wieder auf.

»Was machst du morgen eigentlich?«, will er zwischen zwei Bissen wissen.

»Warum?«

»Samstag.«

»Ich würde zum Mühlenhof fahren und nach dem Igel sehen«, sage ich. Das überrascht mich selbst. Ich hole tief Luft. »Willst du nicht mitkommen?«

Lukas kaut einige Sekunden lang stumm.

»Kann sein«, sagt er und lässt sich in den Sessel fallen. »Vielleicht habe ich ja Lust.«

Und dann redet er den ganzen Abend nicht mehr darüber.

Ich liege schon wieder lange wach. Mama kommt so spät, dass sie bestimmt mit der Straßenbahn gefahren ist. Heute hat es offenbar keine Probleme gegeben.

Gottfried gegen Lukas

Als ich am nächsten Morgen aufstehe, bereue ich ihn schon, diesen blöden Plan mit dem Mühlenhof. Ich kann doch nicht einfach hinfahren, ganz ohne Igel oder sonstigen Grund. Was soll ich denn sagen? Die Hofbesitzer halten mich bestimmt für ganz schön aufdringlich. Womöglich sind samstags sowieso jede Menge andere Kinder auf dem Hof, die sich darum kloppen, wer mithelfen darf.

Ich rühre in meinem Müsli und bin ganz froh, dass Lukas noch nicht aufgestanden ist. Bestimmt hat er sowieso keine Lust, bleibt lieber den ganzen Morgen im Bett liegen und hört sich seinen Wummersender im Radio an. Mama schläft auch noch. Im Kühlschrank entdecke ich drei Salami-Käse-Brötchen, die waren gestern wohl am Kiosk übrig. Mama bringt solche Reste manchmal mit, weil sie die alten Brötchen am nächsten Tag nicht mehr verkaufen dürfen und deswegen alles Mögliche wegschmeißen. Das kann meine Mutter gar nicht gut haben. Sie sagt, die Leute gehen hier so miserabel mit dem Essen um, dass es eine richtige Sünde ist. Dabei geht sie nie in die Kirche und redet normalerweise nicht über so etwas wie Sünden.

Ich sitze am Tisch, nippe an meinem Glas Milch und überlege, ob ich nicht doch lieber einen Stadtbummel machen soll, mein letztes Taschengeld für irgendwelche coolen, kleinen, unnützen Dinge ausgeben – das mache ich einmal im Monat und habe dabei nur ein ganz leicht schlechtes Gewissen –, als Lukas plötzlich doch in der Küche steht. Er streckt wortlos die Hand nach einem der Salami-Käse-Brötchen aus. Ich halte ihm gleich zwei hin.

»Ich bin gleich so weit«, murmelt Lukas mit seiner heiseren Frühmorgenstimme. »In einer halben Stunde können wir los zu deinem Gnadenhof.«

O Mann. Er hat sich also doch fest vorgenommen, mit mir zum Mühlenhof zu fahren. Ich senke den Kopf.

»Ach, ich weiß nicht.«

Lukas runzelt die Stirn: »Was weißt du nicht?«

»Ob wir hinfahren sollen.«

»Feigling.« Lukas dreht sich um und wandert mit dem Brötchen in der Hand zurück in sein Zimmer.

»Halbe Stunde!«, ruft er noch über die Schulter.

Er kennt wirklich kein Pardon.

Diesmal ist es überhaupt nicht schwierig, die richtige Buslinie und die richtige Haltestelle zu finden. Wenn ich so eine Strecke einmal gefahren bin, kann ich mich gut orientieren. Wahrscheinlich, weil ich es so hasse, jemanden nach dem Weg fragen zu müssen. Es ist schon vorgekommen, dass ich kilometerweit durch die Stadt geirrt bin, immer wieder im Kreis, bloß weil ich mich nicht getraut habe, jemanden anzusprechen.

»Und was soll ich da jetzt sagen?«, jammere ich, als Lukas neben mir her den Feldweg zum Hof runterwandert.

»Was meinst du denn? Die kennen dich doch. Die haben doch gesagt, dass du ruhig wiederkommen kannst.«

»Ja, schon, aber ...«

Lukas unterbricht mich. »He, was steht denn da vorne bei den Pferden auf der Weide? Ist das etwa ein Lama?«

Ich recke den Hals. Lukas hat recht. Bei meinem ersten Besuch habe ich gar nicht weiter auf das fremde Tier geachtet, das da zwischen Pferden und Eseln grast.

»Cool!« Lukas grinst. »Ist ja wie im Zirkus! Haben die auch Elefanten?«

Ich finde das überhaupt nicht komisch.

Der schwarze Hund liegt heute nicht auf seinem Posten, auch der Graue bellt nicht. Irgendwo schreit ein Pfau und eine Katze wälzt sich im Staub. Aber sonst ist niemand zu sehen.

»Hier ist das also.« Lukas stopft die Hände in die Hosentaschen. »Und wo stecken die Leute jetzt?«

»Sind vielleicht einkaufen.« Ich mache mich möglichst klein neben Lukas.

»Na, ich weiß nicht. Es stehen doch Autos da.« Lukas lauscht. »Da drüben im Stall höre ich Stimmen. Klopf einfach mal an.«

Lukas sagt dauernd »einfach«, als wäre es einfach, an fremde

Türen zu klopfen und dann vor fremden Menschen zu stehen, die mich misstrauisch anstarren und von mir erwarten, irgendwas Sinnvolles zu sagen, so eine Art Codewort einen Sesam-öffne-dich-Spruch, den ich natürlich nicht kenne. Fremde Menschen, die dann die Augenbrauen hochziehen, wenn ich stottere oder wenn mir dieses verflixte Wort jetzt eben doch nicht einfällt, wenn ich rot werde – ich werde auf jeden Fall rot – und von einem Fuß auf den anderen trete. Die mir verständnislos nachsehen werden, wenn ich dann weglaufe.

Ich wünschte, ich wäre Lukas. Und ich wünschte, Lukas wäre ich, wenigstens mal einen Tag lang, damit er weiß, wie sich das anfühlt und dass so »einfache« Dinge eben doch nicht ganz einfach sind.

Eine Viertelstunde später ist es aber doch so, wie Lukas gesagt hat: Einfach.

Hinter der Tür, an die ich dann doch noch zögernd angeklopft habe – na ja, wenn ich allein gewesen wäre, hätte ich mich stillschweigend verdrücken können, aber mit meinem Bruder im Schlepptau musste ich ja was unternehmen –, war Günther mit Ausmisten beschäftigt.

»Sophie!«, hat er gleich gesagt. »Das ist ja schön, dass du kommst.«

Er mustert Lukas.

»Das ist mein Bruder«, stottere ich. »Er will sich alles ansehen.«

Günther gibt Lukas die Hand.

»Klar, seht euch nur alles an«, sagt er. »Falls ihr einen Hund oder eine Katze braucht, ich hätte welche abzugeben.«

»Geht leider nicht«, sagt Lukas.

»Und passt auf Gottfried auf!«, ruft Günther uns dann noch nach. »Das ist der Ziegenbock, der hat bestimmt schon wieder schlechte Laune!«

Ich nicke abwesend. Leandra hat natürlich auch Ziegen auf ihrer Insel, Milchziegen. An den Ziegenbock habe ich bisher noch nicht gedacht. Den muss es wohl auch geben. Gibt es auch gut gelaunte Ziegenböcke?

Ich drehe mich noch mal nach Günther um.

»Wie geht es denn dem Hund?«, frage ich. »Dem von der Raststätte.«

Günther weist nur mit dem Kinn in Richtung des Zwingers.

Ich nehme Lukas an der Hand und lasse ihn gleich wieder los. Ich bin kein kleines Mädchen mehr, das an der Hand seines großen Bruders gehen muss.

»Komm mit«, sage ich stattdessen.

Ich gehe voraus über den Hof. Es sind keine Menschen zu sehen, nur Tiere, deswegen habe ich keine Scheu, das Gelände zu durchqueren.

»Ich sehe keinen Hund«, stellt Lukas fest. Einen Moment lang fürchte ich, dass er recht hat, dass der Zwinger leer ist. Aber dann entdecke ich ihn. Er hat sich so reglos in die Ecke gekauert, dass er wie ein lebloses Schmutzhäufchen aussieht.

»Mann!« Lukas schüttelt den Kopf. »Der ist ja völlig verängstigt!«

Ich gehe in die Hocke. Der Hund sieht mich an, er hechelt, seine Vorderbeine zittern.

»Fast so ein Schisser wie du«, stellt Lukas fest. »Haben die denn noch andere Tiere? Ich glaube, ich sehe mir mal das Lama genauer an.«

»Bis gleich«, flüstere ich. Ich muss immer noch den verschreckten Hund ansehen. »Dir tut doch keiner was«, murmle ich beschwörend. »Du bist doch hier in Sicherheit.«

Der Hund zuckt nur ein bisschen mit den Ohren. Ich setze mich einfach in den Staub.

»Du hast es gut hier«, rede ich weiter. »Hier kümmern sie sich um verlassene Tiere wie dich, weißt du? Das riechst du bestimmt, dass hier viele Tiere sind.«

Der Hund rückt mit einer Pfote ein bisschen vor und ich erzähle einfach weiter. Ich erzähle ihm von Leandra und ihrer Insel und dann erzähle ich von meiner Mutter, die nachher wieder mit der Straßenbahn zum Hauptbahnhof fahren und Brötchen verkaufen muss; ich erzähle von Marietta und ihren Kirsch-Minze-Kaugummis, und immer wenn ich eine Pause mache, sieht der Hund mich irgendwie erwartungsvoll und fragend an und rutscht ein kleines bisschen näher.

Als mir beim besten Willen nicht mehr einfällt, was ich ihm noch erzählen soll – muss ich vielleicht wieder von vorne anfangen? –, erhebt sich der Hund auf alle vier Beine und kriecht geduckt auf seine Näpfe zu. Zuerst schlabbert er Wasser, dann senkt er die Schnauze in den Futternapf, schiebt die Brocken zögernd darin herum, bis er sich schließlich doch ein paar

Stückchen in den Rachen wirft und sie hinunterschlingt. Die ganze Zeit starrt er mich über den Rand des Futternapfs hinweg misstrauisch an. Dann zieht er sich wieder in seine Ecke zurück. Immerhin hechelt er jetzt nicht mehr und guckt jetzt eher ein bisschen neugierig.

Günther schlendert herüber. Ich rapple mich auf die Füße, klopfe Staub aus der Jacke. Günther stellt sich mit verschränkten Armen neben mich und starrt in den Hundezwinger.

»So ein Angsthase«, sagt er. »Der will ja nicht mal fressen.«

Ich sehe ihn an. »Gerade eben hat er gefressen«, erkläre ich. »So ein bisschen.«

Ich reibe mit dem Handrücken über meine Nase und frage mich sofort, ob ich mir jetzt nicht einen Schmutzstrich ins Gesicht geschmiert habe.

Günther sieht mich überrascht an. »Wie hast du das gemacht, dass er frisst?«

»Ich habe nur … nichts, ich hab nur so mit ihm geredet … irgendwas«, stottere ich. Warum stottere ich bloß schon wieder? Einen Moment lang, ganz kurz nur, habe ich mich gefühlt, als könnte ich ganz normal reden. So wie Lukas.

Lukas?

»Hilfe!«, schreit Lukas von der anderen Hofseite.

Er steht an eine Stallwand gepresst da, mit aufgerissenen Augen, und vor ihm, mit gesenktem Kopf, die Hörner im Anschlag, Gottfried, der Ziegenbock.

»Ich mache Schaschlik aus ihm«, stößt Günther wütend

hervor, bevor er losrennt, und er meint wohl eher den Bock als meinen Bruder.

Zwei Stunden später sitzen wir wieder im Bus.

Lukas hat mir das Versprechen abgenommen, nicht über diese Geschichte mit Gottfried zu reden. Er hat sich nicht wie ein richtiger Held benommen, aber das kann doch auch keiner von ihm erwarten! Immerhin sind Gottfrieds Hörner ziemlich dick und kräftig und er hat fiese, gelbe Augen.

»Außerdem ist Günther schuld«, knurrt Lukas abschließend. »Der muss auf seine Viecher aufpassen, der darf so eine Bestie doch nicht frei herumlaufen lassen.«

Ich schweige. Bei aller Tierliebe ist mir Gottfried auch nicht sonderlich sympathisch, aber Günther schon.

»Die sind alle ein bisschen bekloppt.« Lukas schlägt von innen gegen die Busscheibe. »Du gehst da besser nicht mehr hin.«

Ich sehe aus dem Fenster. Wir haben die Felder schon wieder hinter uns gelassen; um uns herum sind nur Tankstellen und Imbisse und Autowerkstätten, typischer Vorortmief.

Natürlich werde ich noch mal zum Hof rausfahren. Ich muss mich doch um den Hund kümmern! Wenn ich nicht da gewesen wäre, hätte er vielleicht nichts gefressen. Außerdem hat Günther mir versprochen, dass ich ihm einen Namen geben darf. Einen Namen für einen Hund! Wenn es bloß mein eigener wäre … Leandra findet immer die richtigen Namen für ihre Tiere. Aber davon hat Lukas keine Ahnung.

»Ich könnte vielleicht Günther interviewen«, sage ich stattdessen. »Du weißt doch, für Deutsch.«

»Den?« Lukas malt jetzt mit dem Zeigefinger eine Fratze auf das Busfenster. »Hat der denn überhaupt einen Beruf?«

»Tierpfleger vielleicht«, sage ich einfach mal so. »Oder Bauer. Jedenfalls hat er eine Arbeit, die ihm Spaß macht.«

»Vielleicht sollte er sich lieber eine Arbeit suchen, mit der er Geld verdient«, schnappt Lukas. »Dann könnte er mal sein Haus renovieren. Da ist ja fast keine Farbe mehr dran und ein paar von den Rollläden sind auch kaputt.«

Da habe ich keine Lust mehr, mich mit Lukas zu unterhalten. Ich mache die Augen zu und warte auf den perfekten Hundenamen. Für die Fischnamen habe ich damals drei Tage gebraucht, aber dafür sind sie prima gelungen. Sie passen immer wieder neu, wenn ich Fische gefangen habe.

»Mama müsste auch was anderes arbeiten«, sagt Lukas jetzt. »Etwas, womit sie mehr Geld verdient.«

»Oder etwas, was ihr mehr Spaß macht«, ergänze ich abwesend. Um sich Namen ausdenken zu können, muss man allein sein, sodass die Gedanken einem in den Kopf hineinschweben und wieder abheben können, ohne von fremden Wörtern gestört zu werden.

»Am besten beides«, sagt Lukas. »Sollen wir eine Haltestelle früher aussteigen und uns ein Eis kaufen?«

»Ich habe kein Geld mehr«, wende ich ein. Ich habe noch ein bisschen, aber es kann sein, dass ich es für Fahrkarten brauche.

»Ich lade dich ein«, bietet Lukas an. »Zur Feier des Tages.«

Mir ist nicht klar, was es zu feiern gibt, aber das ist egal.

Weil Lukas das Eis bezahlt, muss ich es kaufen. Da bedauere ich es schon fast wieder, dass ich eingeladen bin. Die Eisverkäuferin ist nämlich eine unfreundliche Strähnchenblondine, die immer dreimal nachfragt, wenn man eine Eissorte genannt hat, als würde man sehr undeutlich sprechen, nuscheln, lispeln, flüstern oder sonst etwas tun, um sie in ihrem Betrieb aufzuhalten. Lukas möchte Nuss und Pistazie, und da bestelle ich für mich einfach das Gleiche, um die Eisverkäuferin nicht weiter zu nerven. Dabei mag ich Pistazie gar nicht so gerne.

Lukas nimmt sein Eis entgegen und leckt eine Weile schweigend. Dann runzelt er die Stirn.

»Da drüben winkt eine.« Er wischt sich einen Klecks Pistazieneis vom Kinn und stupst mich an. »Kennst du die?«

Ich sehe mich um. Auf der anderen Straßenseite stehen drei Mädchen, eins davon hat die Hand grüßend erhoben.

»Die sind in meiner Klasse.« Ich sehe schnell wieder auf mein Eis, aber dann gucke ich doch wieder. »Die, die gewunken hat, ist Marietta.«

»Sieht nett aus«, stellt Lukas fest.

Jeder findet Marietta nett. Marietta macht immer alles genau richtig. Sie winkt genau richtig, sie lacht genau richtig, und als ihr Sarah jetzt kichernd den Arm um die Schulter legt, schüttelt sie mit einer Bewegung, die genau richtig ist, die Haare aus den Augen.

Ich weiß nicht, wo manche Menschen das alles gelernt haben.

Vielleicht müsste ich ein Jahr lang dicht hinter Marietta herlaufen und mir alles von ihr abgucken.

»Geh doch rüber«, sagt Lukas großzügig. »Ich kann mein Eis auch allein essen.«

Und da kann ich mir genau vorstellen, wie Lukas und Mama über mich reden.

»Immer steht sie ganz alleine rum«, haben sie wahrscheinlich schon oft gesagt. »Sie muss auch mal auf andere zugehen, sonst findet sie nie Freunde.«

Auf andere zugehen, einfach so, über die Straße gehen, während diese anderen einen ansehen, genau beobachten, wie tollpatschig man sich bewegt, ob man stolpert, ob man überhaupt richtig angezogen ist, ob man ein dummes Gesicht macht oder womöglich einen Pickel hat …

Andere können das einfach. Es kann nicht so schwierig sein. Ich hole tief Luft. Ich stelle mich gerade hin. Ich peile Marietta an. Die anderen muss ich ja nicht ansehen.

Aber genau in diesem Moment zieht Sarah Marietta einfach weiter.

»Verpasst«, stellt Lukas trocken fest und leckt kräftig über sein Eis, das nur noch eine flache Kuppel über der Waffel bildet. »Du bist aber auch wirklich selber schuld.«

Er sagt nicht genau, woran ich schuld bin.

Ich senke den Blick. Geschmolzenes Eis tropft über meine Finger, ich lecke es ab, es schmeckt salzig.

Indianerhäuptling

Natürlich, ein Indianername!

Heute Morgen im Bett ist mir das eingefallen, noch im Halbschlaf, als aus der Nachbarwohnung längst der Fernseher brüllte. Nebenan wohnt Familie Rasitsch mit drei kleinen Kindern, die sich jeden Morgen ab sechs schon das Kinderprogramm reinziehen und dann ab spätestens neun schwer bewaffnet durch den Innenhof rasen und auf jeden zielen, der aus der Tür kommt. Ehrlich gesagt, manchmal bin ich sogar ein bisschen neidisch auf sie – ich hätte nie im Leben schon so früh morgens fernsehen dürfen, schon gar nicht Sendungen, in denen so viel gebrüllt wird! Aber bei Familie Rasitsch ist es immer laut. Unsere Wohnung ist dagegen so still wie eine Grabkammer. Selbst wenn Lukas Musik hört, macht er das meistens mit Kopfhörern. Mama schläft immer mit Ohrstöpseln, nicht nur wegen der Nachbarn, sondern auch wegen der viel befahrenen Straße.

»Wenn du erwachsen bist, wohnst du mit deinen ganzen Tieren bestimmt im Grünen«, sagt Mama manchmal zu mir.

»In irgendeiner ruhigen Gegend mit sauberer Luft. Dann ziehe ich zu dir.«

Aber ich kann mir nicht vorstellen, dass es meiner Mutter auf Leandras Insel gefallen wird. Schließlich möchte sie am liebsten ein eigenes Schneideratelier haben und dafür gibt es auf der Insel nun mal absolut keine Kundschaft. Mäntelchen und Jäckchen für Hunde finde ich komplett daneben.

Also, wie gesagt, der Indianername. Aus irgendeinem Grund ist es völlig klar, dass dieser Hund einen Indianernamen braucht. Nicht so einen albernen wie »Grunzender Büffel« oder »Schielender Adler«, sondern einen echten, der fremd und kräftig klingt. Einen magischen Namen eben.

Ich mag Indianergeschichten, obwohl die irgendwie immer traurig sind. Selbst wenn eine Geschichte an sich gar nicht schlecht ausgeht, ist das Ende insgesamt doch traurig: Die Indianer werden von den Weißen vertrieben und umgebracht, die Büffel sterben aus, die Tipis verschwinden, aus den Mustangs wird Hundefutter gemacht. Aber traurige Geschichten können auch schön sein.

Leandra könnte vielleicht eine Halbindianerin sein? Nein, das ist ein kindischer Gedanke.

Mama hat heute frei.

»Keine Salami!«, sagt sie zufrieden beim Frühstück und köpft ihr perfekt weich gekochtes Ei. »Keine Butterbrezeln! Kein Käsebaguette!«

»Keine Bierfahnen«, ergänzt Lukas grinsend.

Mama betrachtet ihn nachdenklich.

»Das hört mal wieder auf«, sagt sie. »Das kann ja nicht ewig so weitergehen mit den miesen Jobs. Fürs Leben ist das nichts. Aber irgendwoher müssen die Kröten ja kommen. Wenigstens brauchen wir noch kein Geld vom Staat.«

Ich nehme mein eigenes Ei aus dem Eierbecher und rolle es auf dem Tisch hin und her.

»Wir bräuchten einfach nur ein Haus«, sage ich. »Dann könntest du dein Atelier aufmachen und ich hätte einen Hund.«

»Und ich ein Motorrad!«, fügt Lukas sofort hinzu, obwohl er in seinem Alter noch gar nicht Motorrad fahren darf.

»Na, dann spielen wir heute mal Lotto«, beschließt Mama. Sie öffnet ihre Handtasche, die an der Stuhllehne hängt, und fischt einen Lottoschein heraus.

»Sophie«, fordert sie mich auf, »sag eine Zahl zwischen eins und fünfzehn.«

Mama spielt fast nie Lotto, weil es rausgeschmissenes Geld ist. Aber manchmal spielt sie doch, nur damit sie mal kurz ein bisschen träumen kann, sagt sie.

»Vierzehn«, sage ich.

Herr Nitze hat heute nur zweimal »Sooo …« gesagt, und nach diesem guten Vorzeichen, hätte ich eigentlich damit rechnen können, dass etwas Erfreuliches passiert. Aber ich bin dann doch total überrascht, als Marietta plötzlich an meinem Tisch steht.

»Ruf mich doch mal heute Nachmittag an«, schlägt sie vor. »Wir gehen wieder in die Stadt, Sarah, Rosie und vielleicht Shirin. Wenn du anrufst, sag ich dir, wo wir uns treffen.«

Sie schiebt mir einen Zettel mit einer Handynummer zu. »Danke«, flüstere ich heiser. Ich kann Marietta gar nicht ansehen. Wahrscheinlich bin ich schon wieder puterrot im Gesicht. Was ist denn plötzlich los? Marietta hat noch nie versucht, sich mit mir zu verabreden. Und Sarah, Rosie und Shirin – die gehören zu denen, die sich über mich lustig machen. Ich packe den Zettel ins Mäppchen, schiebe ihn unter mein Geodreieck und achte darauf, ihn nicht zu knicken. Für den Rest des Vormittags bin ich völlig neben der Spur. Ein paarmal wende ich mich halb um und versuche, Mariettas Blick aufzufangen, aber sie sieht mich gar nicht an, guckt an mir vorbei, absichtlich oder aus Versehen, ich habe keine Ahnung.

Als es nach der letzten Stunde klingelt, räume ich umständlich meine Sachen in die Tasche. Vielleicht sagt Marietta noch mal irgendwas, ein paar Worte, die mir klarmachen, dass ihre Einladung ernst gemeint war. Vielleicht sagt sie wenigstens »bis später« oder so etwas. Aber Marietta ist vollkommen in irgendein Gelaber mit Sarah vertieft und die beiden schubsen sich kreischend und kichernd aus der Tür. Ich hole mein Mäppchen noch mal raus und sehe nach, ob auf dem Zettel tatsächlich eine Telefonnummer steht.

Mama hat heute gekocht, Frikadellen und Gemüse, das esse ich eigentlich gern. Aber heute kann ich mich nicht aufs Essen konzentrieren. Unablässig spreche ich mir selbst im Kopf vor, was ich Marietta am Telefon sagen möchte: »Hi, Marietta, Sophie hier. Ich sollte dich doch anrufen.« Es kann allerdings sein, dass ich anfange zu stottern. Dann sage ich etwas ganz Falsches, zum Beispiel: »Hallo, Sophie, hier ist Marietta« oder so. Und wenn ich Pech habe, schaltet Marietta gleich den Lautsprecher am Handy ein, sodass alle mithören und sich über mein Gestotter kaputtlachen. Ich gehe die Situation in der Schule noch mal Sekunde für Sekunde durch, wie im Fernsehen, wenn beim Fußball ein umstrittenes Tor gefallen ist, und suche nach Hinweisen, ob Marietta die Einladung überhaupt ernst gemeint hat. Hat sie nicht so komisch gegrinst? Hat Sarah in dem Moment neben ihr gestanden und sie ein bisschen geschubst?

Nach dem Essen nehme ich das Telefon mit in mein Zimmer und starre es eine ganze Weile an, als müsste ich die Reihenfolge der Tasten auswendig lernen.

Es ist noch zu früh. Vor drei Uhr ist Marietta bestimmt nicht in der Stadt. Also kann ich erst noch meine Hausaufgaben erledigen. Ist auch besser so, denn wenn ich in die Stadt gehe, kann es spät werden.

Meine Mutter steckt den Kopf durch den Türspalt.

»Hast du das Telefon?«

Ich reiche es ihr wortlos und sehe ihr nach, bis sie die Tür hinter sich geschlossen hat. Dann bücke ich mich und krame meine Mathesachen aus dem Rucksack, klappe das Heft auf und starre auf die Kästchen wie kurz vorher noch auf die Telefontasten.

Warum hat Marietta nicht angeboten, mich von der Stadt aus anzurufen? Das wäre doch viel einfacher. Woher soll ich schließlich wissen, wann die Mädels sich in der Stadt treffen? Ich wische über das Papier, als könnte ich Marietta und ihre Clique einfach wegwischen. Die wollen doch im Grunde gar nichts mit mir zu tun haben. Das war nur so eine momentane Laune von Marietta, ganz bestimmt. Sie hat gar nicht vor, meinen Anruf anzunehmen. Sie wird das Telefon klingeln lassen und die anderen grinsend ansehen. Und wenn ich mich doch mit der ganzen Clique treffe, werde ich alles nur verkehrt machen, was man verkehrt machen kann, und in den nächsten Tagen wird die ganze Klasse Witze über mich reißen, mein Gestotter, meinen roten Kopf, meine Unsicherheit.

Ich wäre verrückt, wenn ich diese komische Einladung annehmen würde. Ich habe sowieso keine Zeit. Schließlich muss ich zum Mühlenhof fahren und dem Hund einen Namen geben. Erst wenn er einen richtigen Namen hat, kann man richtig mit ihm reden.

Und den richtigen Namen, den habe ich inzwischen gefunden.

Die Hundeflüsterin

»Gut, dass du kommst.« Günther setzt den Eimer ab, in dem eine bräunliche Flüssigkeit schwappt. »Ich wollte dich schon anrufen. Kann es sein, dass wir deine Telefonnummer gar nicht haben? Das muss sich dringend ändern. Unser Findelkind von der Raststätte hat nämlich nach dir gerufen.«

Ich starre ihn einen Moment lang verständnislos an und sehe dabei vermutlich wieder besonders dämlich aus.

Günther lacht und legt mir die Hand auf die Schulter. Ich weiche unwillkürlich ein bisschen zurück.

»Bei deinem letzten Besuch hat er gefressen, ist doch so? Na ja, seither hat er wieder gefastet. Er trinkt nur und fragt jeden Tag nach dir. Vielleicht kannst du ihn überreden, etwas zu fressen. Anfassen lässt er sich überhaupt nicht.«

»Was ist mit seinen Besitzern?«, frage ich leise.

An die habe ich die ganze Nacht gedacht. Diese Leute, denen ihr Hund auf der Raststätte vielleicht einfach nur weggelaufen ist und die ihn seither verzweifelt suchen, die eines Tages hier auftauchen und ihn einfach wieder mitnehmen werden.

»Es hat sich keiner gemeldet«, erklärt Günther. Er hebt den Eimer wieder an. »Deinem Igel geht es übrigens gut, kannst mal nach ihm sehen. Und wenn du später noch Lust hast, geh mal zur Weide rüber. Wir haben nämlich einen neuen Gast, was ganz Besonderes: ein Känguru. Das haben Leute in ihrem Garten gefunden. So was muss man sich mal vorstellen.« Er schüttelt den Kopf. »Demnächst bringen die uns den ersten Alligator, das weiß ich jetzt schon.« Er geht los in Richtung Stall. »Vielleicht auch ein Nilpferd«, höre ich ihn noch murmeln.

Ich atme einmal tief durch, dann renne ich los. Erst in der Nähe des Zwingers bremse ich wieder ab und gehe ganz langsam weiter. Ich will den Hund ja nicht erschrecken.

»Cochise!«, rufe ich leise. »Ich bin's, Cochise. Ich, Sophie. Du kennst mich doch.«

Der Hund liegt auf der Seite. Er hebt ein kleines bisschen den Kopf. Ich setze mich einfach wieder vor den Zwinger und rede weiter.

»Ich komm dich besuchen, Cochise. Gefällt dir der Name? Cochise war ein Indianerhäuptling, weißt du. Er war mutig und stolz und hatte ein wunderbares schwarzes Pferd. (Das erfinde ich einfach mal so).«

Cochise legt sich auf den Bauch und sieht mich an.

»Indianerhäuptlinge lassen sich auch nicht einsperren«, plappere ich weiter. »Die essen dann einfach nichts mehr. Sie sitzen nur da und sehen durch die Gitterstäbe. Aber du musst nicht hier drinbleiben, weißt du? Wir holen dich bald wieder raus.«

Cochise hechelt und sieht mich aufmerksam an.

Ich halte die Hand ans Gitter und ziehe sie wieder zurück.

»Ich hätte auch mit ein paar anderen Mädels in die Stadt gehen können, aber ich wollte dich lieber besuchen. Günther hat gesagt, du frisst nicht. Du hast bestimmt überhaupt keinen Appetit vor lauter Angst.«

Der Hund klopft jetzt sanft mit der Schwanzspitze auf den Boden. Ich schweige eine Weile und spiele mit den Fingerspitzen im Sand. Ein paar Ameisen hasten davon, Fliegen summen. Es riecht nach Herbstsonne und Hundekacke. Irgendwo klappert es metallen, auf der Weide wiehert ein Pferd. Wiehern Lamas eigentlich auch oder brüllen sie wie Kamele?

»Hier wohnt jetzt ein Känguru«, berichte ich. »Wenn du dich an die Leine nehmen lässt, kann ich es dir zeigen.«

Cochise sieht an mir vorbei in die Ferne. Als würde er darauf warten, dass jemand kommt, den er gut kennt.

Ich stecke die Hand in die Tasche. In ein Papiertaschentuch gewickelt trage ich einen Zipfel Fleischwurst mit mir herum. Eigentlich soll man Hunde nicht mit Fleischwurst ernähren, das weiß ich wohl. Aber so ein kleiner Happs wird Cochise nicht schaden. Ich halte die Wurst ans Gitter. Cochise wittert. Er wittert eine ganze Weile, dann robbt er auf dem Bauch ein paar Zentimeter näher heran. Dann noch ein paar Zentimeter. Seine Nase ist nur noch eine Handbreit von der Wurst entfernt. Da wedle ich mit der anderen Hand eine Fliege weg, die mir aufdringlich um die Nase saust. Mit einem Satz ist der Hund wieder an der Rückseite des Zwingers.

»Entschuldigung«, sage ich. Ich werfe den Wurstzipfel durchs Gitter und gehe einen Meter weit weg. Da robbt Cochise doch noch mal näher, greift sich die Wurst mit spitzen Zähnen und drängt sich wieder an die Hauswand.

»Ich lass dich einen Moment in Ruhe«, sage ich. Ich klopfe mir die Hosenbeine ab. Was jetzt? Das Känguru besuchen? Den Igel? Oder Günther gleich fragen, ob ich ihm helfen kann? Aber ich kann ja überhaupt nichts und kenne mich mit den ganzen Tieren, die er hat, nicht aus. Ich mache bestimmt nur Fehler, sodass er am Ende nur zusätzliche Arbeit durch mich hat. Mein Blick fällt auf meine Armbanduhr. Es ist halb vier. Jetzt ist Marietta bestimmt in der Stadt, aber ich habe ja kein Handy und kann sie nicht anrufen. Davon abgesehen bin ich lieber hier bei den Tieren.

Vielleicht gibt es irgendeine babyleichte Aufgabe für mich?

Ich mache mich auf die Suche nach Günther.

Im Stall pralle ich zurück.

Da stehen zwei riesige Pferde, ein Brauner und ein Schecke, die ihre gewaltigen Köpfe nach mir wenden. Und neben jedem Pferd steht ein Mädchen, das dem Pferd das Fell striegelt. Eins der Mädchen sieht sich um, als ich so plötzlich auftauche.

»Hi«, sagt sie. »Hilfst du jetzt auch hier?«

Ich weiche zurück, schüttle den Kopf, zucke dann mit den Schultern und grinse verlegen.

Das kleinere, dunkelhaarige Mädchen macht sich gerade an der Mähne des Schecken zu schaffen. Das Pferd schüttelt den Kopf und schnaubt ungeduldig.

»Ziept das nicht?«, fragte ich.

»Nur ein bisschen«, erklärt die Dunkelhaarige. »Da muss er durch.«

Sie tätschelt dem Schecken den Hals, dann sieht sie mich an. »Kennst du dich mit Pferden aus?«

»Nein.« Ich senke den Kopf und denke beschämt an Leandras Hengst Rubikon. Wenn jemand mein Notizbuch lesen würde, wäre ihm gleich klar, dass ich von Pferden keine Ahnung habe.

»Kannst du nicht reiten?« Das blonde Mädchen runzelt die Stirn.

Ich schüttle den Kopf und räuspere mich mühsam.

»Hunde«, krächze ich. »Ich kenne mich mit Hunden aus und so.«

Das blonde Mädchen nickt. »Hier kommen oft Kinder her, die mit den Hunden spazieren gehen. Jetzt gibt es auch ein Känguru, hast du das schon gesehen?«

Ich schüttle wieder den Kopf.

»Mit dem muss man spazieren hüpfen«, kichert die Dunkelhaarige.

Ich hätte gerne reiten gelernt, sehr, sehr gerne – aber das war viel zu teuer. Ich habe Mama noch nicht mal gesagt, dass ich gerne reiten lernen würde, weil ich genau wusste, dass dafür kein Geld da ist.

Die beiden Mädchen arbeiten jetzt stumm weiter, ohne mich noch einmal anzusehen. Ich stehe noch eine Weile unschlüssig herum, dann murmle ich »Tschüss« und gehe. Ich höre keine Antwort. Wahrscheinlich finden die beiden Mädels mich unglaublich dumm, weil ich noch nicht mal reiten kann. So eine wie Marietta kann bestimmt reiten.

In der Stalltür pralle ich auf Andrea.

»Ach, unsere Hundeflüsterin!« Andrea strahlt. »Das ist ja schön. Hast du schon mit deinem Hund geflüstert?«

Mit meinem Hund, wie das klingt! Ich kann Andrea gar nicht angucken. Sie würde genau sehen, dass ich mir so sehr wünsche, er wäre mein Hund.

»Er hat ein bisschen gefressen«, murmle ich.

Von der Fleischwurst sage ich lieber nichts. Andrea sieht so aus, als würde sie streng darauf achten, dass Kinder keine Süßigkeiten und Hunde keine fette Wurst kriegen. Ich hole tief Luft. Ich kann ja auch Andrea fragen, ob ich irgendwo helfen kann, obwohl sie ungeschickte Helfer bestimmt nicht leiden mag. Außerdem kommen wahrscheinlich schon so viele Kinder her, dass sie niemanden mehr gebrauchen können. Schon gar nicht jemanden wie mich, der sich nicht mit Pferden auskennt. Die Pferde machen am meisten Arbeit, ganz bestimmt.

»Hast du nicht Lust, ein bisschen mitzuarbeiten?«, fragt Andrea. »Wir haben immer Tiere hier, für die man ein bisschen Geduld braucht. Die meisten Kinder haben das nicht, Geduld, weißt du?« Sie seufzt. »Die meisten Erwachsenen übrigens noch viel weniger.«

Ich nicke und kann gar nichts sagen.

»Wir können dich leider nicht bezahlen.« Andrea sieht mir in die Augen.

»Ich mach das gern«, sage ich, und dann fällt mir auf, dass ich den ganzen Satz ausgesprochen habe, ohne zu stottern, und vielleicht sogar, ohne rot zu werden.

»Du bist ja verrückt«, sagt Lukas. »Machst denen die Stallmagd, ganz umsonst. Die beuten dich doch nur aus.«

Aber ich schüttle den Kopf. »Die verdienen doch selbst nichts. Die machen das nur, weil sie den Tieren helfen wollen.«

»Dann sind es also Heilige«, stellt Lukas spöttisch fest. »Und sie ernähren sich von Pferdeäpfeln und weben ihre Kleidung aus Lamawolle.«

»Du bist vielleicht doof! Natürlich kriegen die ein bisschen Geld. Spenden und so. Aber reich werden sie bestimmt nicht.«

Lukas nickt. »Kann ja sein.«

»Ist auch so!«

»Es hat übrigens jemand für dich angerufen.« Das sagt Lukas so ganz nebenbei.

Ich starre ihn an. »Wer denn?«

»Ein Mädchen. Wohl eine aus deiner Klasse.«

»Marietta? Was hat sie gesagt?«

»Nichts.«

»Was hast du gesagt?«

»Dass du nicht da bist, natürlich.« Lukas schüttelt den Kopf.

»Und sie? Was hat sie dann gesagt?«

»Nichts. Tschüss, hat sie gesagt. Was denn sonst?« Er runzelt die Stirn. »War das die, die wir in der Stadt getroffen haben? Ich hab doch gleich gesagt, du sollst zu denen rübergehen.«

Ich würde ja gerne hören, dass Marietta »Ach, schade!« gesagt hat oder wenigstens eine traurige, enttäuschte Stimme hatte. Aber so etwas sagt Lukas nicht. Lukas wird jeden Tag ungefähr zehn Mal angerufen, es ist für ihn etwas ganz Normales. Er spart für ein Handy, weil er meint, es geht nicht, dass er für seine Freunde nicht ständig zu erreichen ist. Mama schüttelt darüber nur den Kopf und ich kann sein Problem leider auch nicht so ganz nachvollziehen.

Zwei Interviews – aber eigentlich noch keins

Interview 1

Reporter: Frau Leandra, ich möchte Ihnen heute einige Fragen zu Ihrem Beruf stellen. Wären Sie so freundlich, mir die zu beantworten?

Leandra: Bitte. Aber ich habe nicht viel Zeit. Ich muss mich um meine Tiere kümmern.

Reporter: Es geht ganz schnell. Können Sie mir als Erstes sagen, was für einen Beruf Sie haben?

Leandra: Ich habe mehrere Berufe. Ich bin Tierärztin, Tierforscherin und Schriftstellerin.

Reporter: Was für Bücher schreiben Sie denn?

Leandra: Tierbücher natürlich.

Reporter: Mussten Sie für diese Berufe lange studieren?

Leandra: Nein, ich habe mir alles selbst beigebracht.

Reporter: Verdienen Sie mit Ihren Berufen viel Geld?

Leandra: Nein.

Reporter: Sind Sie mit Ihren Berufen zufrieden?

Leandra: Ja, sehr. Ich möchte gar nichts anderes machen.

Reporter: Aber ist es Ihnen nicht manchmal zu einsam auf Ihrer Insel?
Leandra: Nein, warum? Ich habe ja meine Tiere.
Reporter: Aber fehlen Ihnen die Menschen nicht?
Leandra: Nein, kein bisschen. Auf Wiedersehen.
Reporter: Auf Wiedersehen und vielen Dank für das Interview.

Ich starre auf meinen Schreibblock. Das wird Frau Wiesel-Zwacker niemals durchgehen lassen. Selbst wenn ich das Interview noch so weit verbessere, dass es ganz echt klingt, wird sie merken, dass das nur erfunden ist. Schon allein deswegen, weil ich beim Vorlesen garantiert stottere und rot werde, vermutlich das Deutschheft fallen lasse, aus dem Klassenzimmer renne und dabei über alle Tischbeine stolpere.

Ich kann einfach kein bisschen lügen, leider.

Ich stülpe den Deckel über meinen Füller. Das Interview hat noch ein bisschen Zeit, ich habe noch andere Hausaufgaben. Außerdem ist heute mal wieder die Freilassung von Ceremonio und Vitella angesagt. Es passt mir heute nicht, weil ich lieber zu Cochise fahren möchte. Wenn ich ihn nicht regelmäßig besuche, fasst er nie Vertrauen, und womöglich frisst er auch nichts. Genau genommen ist er wichtiger als der Fisch-Termin. So kleine Fische haben sowieso keine Vorstellung von der Zeit. Sie liegen einfach im Wasser herum, klappen Maul und Kiemen auf und zu und beobachten eine völlig verzerrte Welt durch die runde Glaswand.

»Morgen, ja?«, verspreche ich ihnen. Dann zerre ich schnell meinen Matheordner aus dem Schulrucksack. Die Aufgaben sind leicht, die schaffe ich heute Abend noch. Ich flitze in die Küche. Mama sitzt am Tisch und trinkt sehr schwarzen Kaffee. Sie raucht schon wieder.

»Wo willst du hin?«, fragt sie, als ich meine Schuhe anziehe.

»Zum Mühlenhof.«

»Hast du deine Hausaufgaben gemacht?«

»Mache ich heute Abend«, flüstere ich. Ich kann, wie gesagt, nicht lügen.

Mama legt die Zigarette weg und betrachtet sie angewidert.

»Das ist teuer, ständig mit dem Bus zu fahren«, sagt sie.

»Ich hab noch Taschengeld.«

Mama stippt die Zigarette aus, als wäre sie plötzlich wütend auf ihren Glimmstängel.

»Zigaretten sind auch teuer«, sagt sie. »Ich muss damit aufhören.«

Sie seufzt.

»Ich musste gestern Nacht schon wieder Taxi fahren, wegen der Typen, weißt du? Sie standen wieder da rum, am Eingang. Hätte ich der Polizei doch lieber gar nichts erzählt.«

Ich starre auf meine Schuhe. Die passen gerade noch so. Mit der Spitze vom großen Zeh stoße ich schon vorne ans Leder.

»Kannst du jetzt nicht sagen, dass du in Wirklichkeit gar nichts gesehen hast?«, frage ich.

Aber Mama schüttelt den Kopf. »Nein, das geht jetzt nicht mehr. Es wäre auch nicht okay.«

»Und was willst du machen?«

»Ich weiß nicht. Vielleicht einen von den Kollegen fragen, ob er mich zur Haltestelle begleitet. Aber was mache ich, wenn so ein Typ mit einsteigt?« Sie verstummt und starrt auf den Aschenbecher, aus dem sich eine letzte, trotzige Rauchfahne schlängelt.

Ich setze mich wieder hin, sage nichts, spiele nur mit dem Feuerzeug herum, das neben dem Aschenbecher liegt. Es ist mit dem Schriftzug einer Versicherungsgesellschaft bedruckt, von der ich noch nie gehört habe.

Mama legt mir die Hand auf den Arm. »Geh nur, du kannst doch nichts machen. Ich pass schon auf mich auf. Es kommen wieder bessere Zeiten.«

Diesen Satz sagt Mama in letzter Zeit sehr, sehr oft.

Ich nicke, bleibe aber sitzen.

»Ich brauche einen anderen Job«, murmelt Mama.

»Ich durfte mir einen Namen für den Hund ausdenken.« Ich schnipse das Feuerzeug über den Tisch. »Ich habe ihn Cochise genannt. Indianerhäuptling Cochise, weißt du?«

»Eine nette Idee«, sagt Mama sehr freundlich. »Das passt sicher zu ihm.«

»Du kennst ihn doch gar nicht.«

Mama sieht mich einen Moment lang schweigend an. »Du hast recht. Ich kenne ihn nicht«, sagt sie dann. »Vielleicht lerne ich ihn mal kennen.«

»Wenn du mit einem Hund zum Bahnhof fahren würdest, bräuchtest du keine Angst zu haben.«

»Ach Schatz«, sagt Mama müde.

Ich stehe auf, nehme meine Jacke und gehe.

Mama würde Cochise bestimmt mögen. Sie mag Tiere, auch wenn sie keine in der Wohnung haben will. Wenn Mama einen anderen Job hätte und wir alle ein Haus mit Garten, dann könnte Cochise bei uns leben.

Im Treppenhaus höre ich wieder das Dröhnen des Rasitsch-Fernsehers. Es scheint sich um einen Zeichentrickfilm zu handeln, in dem viel gekreischt wird. Ich frage mich, was Frau Rasitsch wohl für einen Beruf hat.

Interview 2

Reporter: Guten Tag, Frau Rasitsch. Ich möchte Ihnen einige Fragen zu Ihrem Beruf stellen.

Frau Rasitsch: Okay.

Reporter: Was für einen Beruf haben Sie?

Frau Rasitsch: Ich bin Diplom-Fernsehguckerin.

Reporter: Wie sieht Ihr Tagesablauf aus?

Frau Rasitsch: Morgens wecke ich meine Kinder und dann setzen wir uns alle zusammen vor den Fernseher. Manchmal muss ich zwischendurch einkaufen.

Reporter: Verdienen Sie mit Ihrem Beruf viel Geld?

Frau Rasitsch: Nein. Aber bald gewinne ich im Lotto.

Reporter: Sind Sie mit Ihrem Beruf zufrieden?

Frau Rasitsch: Na ja. Es geht. Das Fernsehprogramm könnte besser sein. Es wird viel zu wenig geschrien.

Ein Bock und ein gerupfter Vogel

Cochise freut sich, als ich komme. Ja, wirklich, er springt auf und wedelt ein bisschen mit dem Schwanz und in seine Augen ist so ein ganz kleines Leuchten zurückgekehrt. Schnell stecke ich ihm die drei Scheiben Schinkenwurst zu, die ich mir vom Pausenbrot aufgehoben habe. Ich habe dabei ein schlechtes Gewissen, denn Mama will natürlich, dass ich meine Pausenbrote selber esse, ganz besonders die Wurst. Aber ich bin gar nicht so scharf auf Schinkenwurst, es geht auch ohne. Als Cochise alles runtergeschlungen hat, kommt er sogar noch mal ans Gitter und schnuppert an meiner Hand, ohne sie mit der Nase zu berühren. Mein Herz klopft ganz schnell.

In diesem märchenhaften Moment bricht in einer anderen Ecke des Hofs wildes Geschrei aus. Günther flucht, jemand kreischt, etwas fällt polternd und scheppernd um. Ich springe auf und Cochise weicht schnell zurück.

Gottfried ist mal wieder ausgebrochen. Er galoppiert meckernd und mit drohendem Kopfschütteln über den Hof. Günther stolpert hinter ihm her und beschimpft ihn lautstark:

»Mistbock, elendiger! Teufelsbraten! Ich mache Ragout aus dir!«

In einer Stalltür taucht Andrea auf. Sie versucht, Gottfried den Weg abzuschneiden. Die beiden Pferdemädels sind auch da, aber sie pressen sich ängstlich an die Stallwand, als Gottfried heranprescht.

Ich renne los, ohne nachzudenken. Wenn es mir gelingt, Gottfried zurückzutreiben, kann Günther ihn packen.

Gottfried donnert dreimal seine Hörner gegen die Stallwand. Eins der Mädchen kreischt kurz. Aus einem anderen Nebengebäude kommt ein Junge gelaufen, den ich noch nie gesehen habe. Er wirft kurz einen Blick auf Gottfried, dann auf mich.

»Wir nehmen ihn in die Zange«, ruft er mir zu. »Nicht rennen, das macht ihn nur noch wilder.«

Ich gehe mit klopfendem Herzen auf Gottfried zu, der Junge nähert sich von der anderen Seite. Einmal macht Gottfried einen Satz in meine Richtung und meine Knie werden doch noch etwas weich. Aber ich überwinde meine Angst und mache einen Schritt auf ihn zu.

»Geh doch zurück, Gottfried«, sage ich mit fester Stimme. »Es tut dir keiner was.«

Gottfried mustert mich kurz aus seinen kalten, gelben Augen, dann zerfetzt er mit den Hörnern einen Heuballen, dass die Halme nur so herumfliegen, macht kehrt und trabt wieder auf sein Gehege zu.

»Lauf du hintenrum!«, ruft der fremde Junge mir zu. »Damit er nicht wieder ausbricht.«

Ich gehe also nach hinten, Gottfried zottelt endlich in die richtige Richtung und wird schließlich von Günther, der ihm hinter einer Ecke aufgelauert hat, an den Hörnern gepackt.

»Du Halunke«, knurrt Günther. »Ich glaube, dich müssen wir anbinden.«

»Man sollte ihm die Hörner mit einem Kissen polstern«, schlägt der Junge vor. »Dann kann er frei herumlaufen.«

Günther grinst. »Das überleg ich mir.« Er zerrt Gottfried durch die Gattertür. Gottried meckert erbärmlich und stemmt sich mit allen vier Beinen gegen Günther.

Andrea kommt heran und legt dem Jungen die Hand auf die Schulter. »Gut gemacht.«

Sie sieht mich fragend an. »Und, hattest du Angst?«

»Ein bisschen.«

Andrea nickt. »Mutig, mutig. Kennt ihr euch schon? Das ist Paul, Günthers Neffe. Und das ist Sophie, unsere Hundeflüsterin. Mit Ziegenböcken kann sie offenbar auch ganz gut.«

Paul mustert mich mit offener Neugier, ich sehe schnell weg. Bestimmt fragt er gleich, ob ich reiten kann oder so was.

»Kommst du jetzt öfter her?«, fragt Paul.

»Na ja.« Ich weiß nicht, wo ich hinsehen soll. »Eigentlich schon. Vielleicht.«

»Hoffentlich!« Andrea lächelt breit. »Ohne dich würde Cochise wohl verhungern.«

Mir wird ganz merkwürdig, als sie »Cochise« ausspricht, als wäre es selbstverständlich, dass der Hund einen Namen trägt, den ich, Sophie, mir ausgesucht habe.

»Ich bin hauptsächlich wegen Alonso da«, erklärt Paul. »Kennst du Alonso schon?«

Ich schüttle den Kopf.

»Alonso ist unser hellroter Ara«, berichtet Andrea. »Der hat dreißig Jahre lang in einem kleinen Käfig ausgeharrt und nie die Sonne gesehen.«

»Ich zeige ihn dir«, sagt Paul. »Komm mit.«

»Ich sehe mal nach den Igeln«, beschließt Andrea. Sie dreht sich um. Ich mache einen kleinen Schritt auf sie zu; sie bemerkt es und wendet den Kopf, sieht mich fragend an.

»Mein Igel«, sage ich leise. »Er hat übrigens schon einen Namen. Salomon. Ich habe ihn Salomon genannt.«

»Das ist viel schöner als Konrad.« Andrea strahlt mich an. »Ich verbessere das gleich in den Akten.«

Will sie mich auf den Arm nehmen?

»Kommst du jetzt?«, drängelt der Junge.

»Ja, ich komme schon.«

Alonso sieht ziemlich kläglich aus. Er hat keine Schwanzfedern und seine Brust ist fast kahl. Er drückt sich ängstlich in eine Ecke der Voliere und hebt ein bisschen die Flügel, als Paul ans Gitter tritt.

»Er will wieder in seinen kleinen Käfig«, erklärt Paul. »Er hat Angst, weil die Voliere so groß ist.«

Ich starre ihn an. »Und warum darf er dann nicht wieder in seinen kleinen Käfig?«, frage ich, bevor ich noch darüber nachdenken kann, ob das nicht eine dämliche Frage ist. Aber Paul lacht nicht und schüttelt nicht entnervt den Kopf, wie es die Kinder in meiner Klasse tun, wenn ich etwas Dummes frage.

»In der großen Voliere wird es ihm viel besser gehen«, sagt er. »Wenn er kapiert, dass er keine Angst haben muss, wird es ihm besser gehen.«

Er fischt eine Erdnuss aus seiner Hosentasche und schiebt sie durch das Drahtgitter. Alonso wippt unschlüssig auf seinem Ast hin und her.

»Ich gehe lieber«, flüstere ich. »Er hat Angst vor mir.«

»Er hat vor allen Angst«, sagt Paul. »Na ja, vor mir nicht mehr so.« Er lässt die Erdnuss in den Käfig fallen und wendet sich mir zu. Er sieht mir so genau in die Augen, dass ich nicht wegsehen kann.

»Was ist mit dem Hund? Wollen wir mal zu dem rübergehen?«

Ich kann nur nicken.

»Bis gleich, Alonso.« Paul winkt dem Ara zu. Der beugt sich ganz nach vorne und sieht Paul nach.

Cochise traut Paul nicht. Ich sehe es genau an der Art, wie er den Kopf hält, die Ohren spitzt, einen kleinen Schritt zurückweicht und den Schwanz so tief senkt, dass er ihn schon fast zwischen die Beine klemmt.

Irgendwie freut es mich, dass Cochise zu mir mehr Zutrauen hat als zu Fremden. Andererseits finde ich es auch schade, dass er Paul nicht mag, denn ich finde Paul ziemlich sympathisch.

»Kannst du ihn schon streicheln?«, fragt Paul.

Ich zucke mit den Achseln.

»Probier's doch!«

Ich schüttle den Kopf. »Der will das überhaupt nicht.«

»Vielleicht will er es und traut sich bloß nicht.« Paul schlägt nach einer Fliege, die sich auf seinen Arm gesetzt hat. Cochise zuckt ein bisschen zusammen und sieht mich fragend an.

»Das ist dasselbe«, sage ich leise.

»Nein«, widerspricht Paul. »Alonso wäre garantiert viel lieber in der Voliere und könnte draußen in der Sonne sitzen. Wenn er wüsste, wie schön das ist. Er weiß es nicht, weil er sich nicht traut. Und genauso ist es mit Cochise. Jeder Hund lässt sich gerne streicheln. Man muss ihm nur klarmachen, dass es keinen Grund gibt, sich zu fürchten.«

»Kann sein.« Ich zucke mit den Achseln.

Paul steht noch eine Weile wie abwartend neben mir, dann zuckt er ebenfalls mit den Achseln.

»Ich geh dann wieder.«

»Ja. Tschüss.«

Ich höre, wie seine Schritte sich entfernen. Hätte ich nicht ein bisschen freundlicher sein können? Hätte ich ihn doch wenigstens richtig angesehen. Eigentlich kann man ihm gut in die Augen sehen, besser als den meisten anderen Leuten, die ich kenne. Nächstes Mal werde ich das tun.

Langsam gehe ich zur Zwingertür.

»Ich besuche dich jetzt«, sage ich zu Cochise. »Ich komme einfach mal zu dir rein, ja?«

Cochise beobachtet misstrauisch, wie ich den Riegel aufschiebe und die Tür gerade so weit aufdrücke, dass ich hindurchschlüpfen kann.

Ab unter die Brücke

»Du riechst nach Tier«, sagt Marietta.

Das ist eine merkwürdige Antwort, denn ich habe ihr gerade eine Hälfte von meinem Kokosriegel angeboten. Ich weiß genau, dass Marietta Kokosriegel liebt. Auf unserem letzten Klassenausflug hat sie nacheinander drei Stück aus dem Automaten am Bahnhof rausgelassen.

Ich schnuppere an meiner Jacke.

»Kann schon sein«, räume ich ein. »Ich helfe nachmittags manchmal auf einem Hof, da haben sie Pferde und so.«

»Du darfst nicht mit so einer Jacke in die Schule kommen«, sagt Marietta. Sie betrachtet den Kokosriegel, aus ihrer Miene ist nichts zu lesen. »Es gibt Leute, die haben eine Pferdehaarallergie. Die kriegen sofort Asthma.«

Ich starre sie erschrocken an.

»Hast du eine Allergie?«

»Ich doch nicht.« Marietta schüttelt den Kopf.

»Es ist ziemlich schön da«, sage ich. »Ich meine, auf dem Hof. Die haben sehr viele Tiere.«

Wenn Marietta jetzt einmal nachfragt oder nur interessiert lächelt, dann werde ich sie fragen, ob sie nicht mal mitkommen möchte. Marietta kann bestimmt reiten. So eine wie Marietta muss einfach reiten können.

Aber Marietta fragt nicht nach und lächelt auch nicht. Sie bricht mit Zeigefinger und Daumen ein sehr kleines Stück Kokosriegel ab und lächelt entschuldigend.

»Danke.«

Als ich nach Hause komme, ist Mama noch da.

»Bist du krank?«, frage ich erschrocken.

Mama ist noch blasser als vorher. Die Küche ist so verqualmt, dass man kaum noch die Zeiger der Wanduhr sehen kann.

»Ich hab mich krankgemeldet.« Mama hustet und hält sich den Handrücken vor den Mund. »Aber ich bin nicht krank. Oder vielleicht doch. Wahrscheinlich werde ich krank. Ganz bestimmt sogar.«

»Was ist los?« Mir wird ein bisschen unheimlich. So habe ich Mama noch nie erlebt. »Ist Lukas nicht da?«

»Der ist noch beim Training.« Mama greift nach einem bedruckten Bogen Papier, der vor ihr auf dem Tisch gelegen hat, und reicht ihn mir. Ich nehme das Blatt und überfliege den Text. Es handelt sich um einen Brief, der an meine Mutter gerichtet ist, einen sehr formellen Brief mit langem Briefkopf und Stempeln und vielen Nummern. Darin steht etwas von einem Mietverhältnis und von Monatsfristen, was ich nicht verstehe. Oder vielleicht nicht verstehen will. Ich lege das Blatt trotzig wieder hin.

»Ich verstehe so was nicht«, sage ich. »Ich bin erst elf.«

»Entschuldige.« Mama legt mir ihre Hand auf den Arm. »Natürlich nicht. Da drin steht, dass wir hier ausziehen müssen.«

»Was?« Ich starre Mama an. »Warum? Haben wir die Miete nicht bezahlt?«

»Doch, doch.« Mama senkt den Kopf. »Es hat nichts mit uns zu tun. Es trifft alle. Das Haus soll saniert werden. Luxusbäder sollen rein, Balkons dran und so was.«

»Aber das ist doch ganz schön.«

Mama lacht bitter. »Ja, sehr schön. Für diejenigen, die nach uns einziehen. Wir können uns die Wohnung dann nämlich nicht mehr leisten.«

»Und die Rasitschs?«, stammle ich.

Mamas Augen blitzen. »Was gehen mich die Rasitschs an?«, faucht sie. »Es geht um uns, verstehst du, um uns drei! Wir müssen uns Knall auf Fall eine andere Wohnung suchen. Weißt du, was das heißt? So eine günstige Wohnung wie die hier kriegen wir nicht wieder!«

»Vielleicht finden wir sogar eine schönere …«

Mama schüttelt den Kopf. »Vergiss es«, sagt sie leise. »Wir werden eine kleinere Wohnung nehmen müssen.« Sie wischt sich über die Stirn. »Und das jetzt, wo ich meinen Bahnhofsjob am liebsten hinschmeißen würde.«

»Günther hat mir Geld gegeben«, sage ich. »Für die Fahrkarten.«

Mama starrt mich an. »Welcher Günther? Welche Fahrkarten?«

»Zum Hof. Zum Mühlenhof.«

»Der soll dir kein Geld geben!« Mama kriegt ein ganz rotes Gesicht.

»Ich helfe doch mit. Es ist nur, weil ich dort auch was arbeite.«

»Ich hätte mich nicht krankmelden sollen.« Mama wischt ein Häufchen Asche von der Tischplatte. »Ich brauche den Job dringend. Was ist, wenn ich den Job auch noch verliere?«

»Ich muss Hausaufgaben machen«, flüstere ich und schiebe mich schnell aus der Küche.

Ceremonio und Vitella starren mich durch die runde Glaswand ihres Gefängnisses teilnahmslos an.

»Morgen lasse ich euch frei«, flüstere ich. »Versprochen.«

Und das, obwohl ich Cochise schon versprochen habe, morgen mit ihm spazieren zu gehen.

Am nächsten Morgen entschuldigt sich Mama bei mir.

»Ich hätte mich nicht so gehen lassen dürfen«, sagt sie. »Und die dämliche Qualmerei. Weißt du was? Ich habe den Rest Kippen weggeschmissen, und ich werde mir keine neuen mehr kaufen. Das führt doch zu nichts. Wir kriegen das schon hin, wir drei, hörst du?«

Ich nicke.

Natürlich habe ich mir die ganze Nacht über Sorgen gemacht.

»Kann Robert uns nicht mehr Geld geben?«, frage ich leise.

Einen Moment lang fürchte ich, dass Mama wieder wütend wird. Sie wird leicht wütend, wenn man unseren Vater erwähnt. Aber diesmal atmet sie tief durch und lächelt.

»Nein, den brauchen wir nicht. Wir schaffen das alleine.«

Sie sieht auf die Uhr. »Ich muss los. Weißt du, ich habe mir vorgenommen, mir einen besseren Job zu suchen. Ich fange direkt bei den Schneiderateliers an. Irgendeiner wartet vielleicht nur auf mich …«

Sie wirft mir eine Kusshand zu und verschwindet.

Ich sitze noch am Frühstückstisch und starre auf meine leere Milchtasse.

Man dürfte Milch nicht in weiße Tassen einschenken. Darin sieht die reinste Milch nämlich schmutzig aus.

Ceremonio ohne Vitella

Ich stehe am Ufer unseres Weihers und sehe zu, wie Ceremonio und Vitella im moorbraunen Wasser davonschwimmen.

Ob sie sich nach den vier Wochen überhaupt noch an ihre Heimat erinnern können, oder ist es für sie jetzt eine ganz neue, völlig überraschende, womöglich Furcht einflößende Welt? Keine Ahnung, wie gut ausgebildet das Gedächtnis von so einem kleinen Fisch ist und ob er so etwas wie ein Zuhause hat. Vielleicht ist er auch vollkommen zufrieden, solange ihn einigermaßen sauberes Wasser umgibt.

Ich setze mich auf einen alten Baumstamm und beobachte die Libellen. Ich stelle mir manchmal vor, sie wären Kolibris, die schimmernd über einen See auf Leandras Insel jagen. Ein Frosch quakt vorsichtig; ich recke den Kopf und kann ihn auf einem Seerosenblatt entdecken. Weiße Kaugummiblasen dringen ihm beim Quaken links und rechts aus dem Kopf, das sieht unangenehm aus. Ich überlege ziemlich lange, ob ich wirklich zwei neue Fische fangen soll. Aus irgendeinem Grund kommt mir die Geschichte plötzlich albern vor. Vitella und Ceremonio … egal, wie lange ich die beiden in ihrem Wasserglas einsperre, sie werden mich niemals freudig begrüßen, wenn ich aus der Schule komme. Ihnen ist piepegal, wer ihnen das Futter hinschmeißt. Ein Hund ist da völlig anders. Aber einen Hund kann ich mir ja nicht halten. Entschlossen lege ich mich mit meiner Plastiktüte auf die Lauer. Die Technik des Fischefangens mit Plastiktüte habe ich schon so gut drauf, dass es nur ein paar Minuten dauert und schon habe ich einen neuen Ceremonio im Glas schwimmen. Bloß mit Vitella will es heute nicht klappen. Ein ums andere Mal ziehe ich die Tüte ruckartig durchs Wasser, aber ich fange nichts mehr, außer einem empörten Wasserläufer, den ich gleich wieder freilasse.

Ich schüttle die Plastiktüte aus und gehe zu meiner Tasche, um auf die Uhr zu sehen.

Cochise!

Ceremonio muss sich wohl eine Weile alleine vergnügen. Cochise geht heute vor.

Ich habe einen Plan. Ich muss mich nur trauen, Günther zu fragen, ob das okay ist. Ich traue mich wahrscheinlich nicht. Aber wenn ich mich nicht traue, dann hat Cochise das Nachsehen. Ich muss mich trauen. Cochise kann nichts dafür, dass ich schüchtern bin. Wenn ich Günther gleich im Hof treffe, dann frage ich. Wenn Günther so aussieht, als hätte er gute Laune. Wenn er sich nicht gerade mit jemandem unterhält, sodass ich ihn nichts fragen kann. Unterbrechen kann ich ihn wegen so einer Kleinigkeit natürlich nicht.

Auf dem Weg von der Bushaltestelle zum Zwinger kann ich Günther nirgendwo entdecken. Ich bin erleichtert, gleichzeitig knabbert etwas an mir, so eine Art schlechtes Gewissen. Ich weiß ganz genau, dass Cochise heute seinen Zwinger verlassen möchte. Ich weiß ganz genau, dass ich ihn nicht rauslassen kann, ohne Günther zu fragen.

Cochise sieht mich so erwartungsvoll an, als wüsste er genau, was ich vorhatte. Er wedelt vorsichtig mit dem Schwanz.

Vielleicht kommt Günther ja von sich aus rüber, begrüßt mich, fragt, wie es mir geht?

Ich sehe mich um. Günthers Auto steht neben dem Wohnhaus. Ins Wohnhaus traue ich mich nicht. Wenn Günther im Haus ist, dann will er garantiert vor Mensch und Tier seine Ruhe haben.

Cochise drängt sich gegen das Gitter. Der Maschendraht zeichnet Muster in seinen gelben Pelz. Er seufzt und lässt den Kopf hängen.

Ich richte mich auf.

»Okay«, sage ich. »Ich mach mich noch mal auf die Suche.«

Ich spaziere über den Hof, streichle da eine Katze, da einen Hund und mache einen Bogen um eine Gänsemutter, die misstrauisch den Hals streckt, als ich mich nähere. Hinter dem Haus, in einem sehr hoch abgezäunten Stück Garten, wohnt das Känguru. Und beim Känguru finde ich Günther. Er harkt gerade Kängurukacke zusammen, aber es ist ihm gar nicht peinlich, dass ich ihn bei so einer ekligen Tätigkeit ertappe. Mist gehört zu seinem Beruf. Vielleicht ist er sogar stolz darauf.

»Hallo, Sophie«, grüßt Günther und winkt mir zu. Er trägt zerschlissene gelbe Arbeitshandschuhe. »Wie steht's?«

Ich weiß nicht, was er meint. Cochise wahrscheinlich, denn sonst weiß er ja nichts über mich und kann deswegen auch nicht nachfragen.

»Ich wollte dich was fragen«, fange ich an. Ich spreche sehr leise und Günther reagiert gar nicht. Er bückt sich und hebt eine zertretene kleine Plastikflasche auf, wirft sie stirnrunzelnd in die Schubkarre.

Ich räuspere mich. Lauter sprechen!

»Könnte ich denn … wär's okay, wenn ich Cochise …? Ich meine, der ist dauernd eingesperrt. Vielleicht könnte ich mit der Leine …«

Jetzt sieht Günther mich an. Er sieht mir direkt in die Augen, genau wie Paul, so fest, dass ich nicht wegsehen kann, und so ruhig, dass ich selbst ruhig werde.

»Ja, natürlich. Geh mal ein paar Meter mit ihm. Er wird ja trübsinnig in seinem Zwinger. An der Stallwand hängen Leinen und Halsbänder, such dir was aus.«

Und er greift wieder nach seiner Mistgabel. Ich stehe noch einen Moment lang verdutzt herum. Das war ja jetzt überhaupt nicht schwer! Und darüber habe ich mir auf der ganzen Busfahrt Gedanken gemacht?

Ich suche mir natürlich das schönste Halsband aus, ein buntes, geflochtenes, und eine passende, allerdings schon reichlich abgewetzte Leine. Als ich damit bei Cochise auftauche, wird der richtig lebendig, macht einige Sätze durch seinen Zwinger, dass die Ohren nur so fliegen. Vorsichtig gehe ich zu ihm rein, gehe in die Hocke und halte ihm Halsband und Leine zum Beschnuppern hin. Er beißt in die Leine und schüttelt kräftig, aber er wedelt dabei und legt sich spielerisch auf den Boden. Ich muss einen kleinen Ringkampf durchstehen, bis ich ihm Halsband und Leine anlegen kann. Mein Herz klopft, aber ich bin total glücklich. Es ist ein bisschen so, als wäre Cochise mein Hund.

Als wir bereit sind, werfe ich einen Blick aus dem Zwinger ins Freie. Ich sitze hinter Gittern, wie die meisten Tiere hier, kann beobachten, wie die Hühner näher trippeln, wie Andrea mit dem Traktor ein paar Heuballen in Richtung Pferdekoppel transportiert, wie die freien Hofhunde sich im Staub wälzen und alle viere in die Luft strecken.

Cochise zieht in Richtung Ausgang.

»Los geht's.«

Als ich die Zwingertür öffne, verlässt Cochise schlagartig der Mut. Er drängt rückwärts zwischen meine Beine, setzt sich hin und dreht den Kopf nach hinten.

»Da draußen ist nichts Schlimmes«, versichere ich ihm.

Er sieht mich abwartend an. Einen Moment lang weiß ich genau, wie er sich fühlt, höre ich alle Geräusche in übersteigender Lautstärke, fremde Stimmen, polternde Schritte, brüllende Maschinen. Eine ölig schillernde Geruchswolke dringt in meine Nase, Benzin, merkwürdige Tiere, fremde Menschen, alles fremd …

Wenn ich mich traue, traut er sich auch.

Ich stehe auf. »Komm mit«, fordere ich ihn auf.

Und schon steht er auf allen vier Füßen und drängt mit mir ins Freie. Draußen senkt er sofort seine Nase zum Boden, schnauft und fiept ein paarmal. Ich sehe mich vorsichtig nach Gottfried um. Wenn der Bock Cochise jetzt gleich über den Haufen rennt, dann hat er in Zukunft wohl kein Vertrauen mehr in meine Führungsrolle … Aber Gottfried ist nirgendwo zu sehen.

Eigentlich wollte ich es Cochise überlassen, wohin wir gehen. Ich habe gedacht, nachdem er so lang eingesperrt war, möchte er frei entscheiden, ob er nach links oder rechts geht. Aber es ist alles ganz anders. Cochise wartet wieder auf ein Signal von mir, auf einen Ruck, eine Bewegung in eine bestimmte Richtung. Also führe ich ihn rund um den Hof. Andrea winkt mir von Weitem zu. Einmal kommen die zwei Mädchen, die ich schon kenne, im Schritttempo durchgeritten. Auch sie grüßen freundlich, und eins der Pferde senkt den Kopf und schnuppert an Cochise, der merkwürdigerweise vor diesem Riesentier überhaupt keine Scheu zeigt. Die Hofhunde traben einer nach dem anderen herüber und begrüßen Cochise, ohne ihn danach weiter zu beachten. Vor ihnen fürchtet sich Cochise ganz offensichtlich. Er legt die Ohren zurück, steckt den Schwanz zwischen die Hinterläufe, und einmal wirft er sich sogar auf den Rücken.

In der Nähe der Volieren liegt ein Jungenfahrrad im Gras. Es könnte Pauls Fahrrad sein, aber es kann natürlich auch sein, dass eins der Mädchen mit einem Jungenfahrrad gekommen ist. Jedenfalls werde ich garantiert nicht hier herumlungern und darauf warten, dass Paul auftaucht. Ich gehe jetzt einfach mit Cochise spazieren. Der trabt ergeben mit, und weil es sich so gut anfühlt, einen Hund an der Leine zu führen, gehe ich weiter als geplant, ein Stück den Feldweg entlang. Erst als der Weg eine Biegung macht und auf die Landstraße zuführt, wird Cochise unruhig. Irgendwann bleibt er einfach stehen. Ich rucke ein bisschen an der Leine und rede ihm gut zu, aber er setzt sich hin, duckt sich und starrt hechelnd mit großen Augen auf die vorbeihuschenden Autos.

Ich hocke mich neben ihn und kraule ihn hinter den Ohren. Wenn es mir nur gelänge, seine Erinnerungen zu sehen … das Herrchen oder Frauchen, das mit ihm zur Raststätte gefahren ist, das ihn dort im Stich gelassen hat – da ist er wieder, der Stich, der so unerträglich und überall gleichzeitig juckt. Ich weiß, wie das ist, wenn man im Stich gelassen wird.

Ein Traktor kommt von vorne angetuckert. Ich ziehe Cochise zur Seite.

»Ist ja auch genug für heute«, sage ich.

Es ist bestimmt schon ziemlich spät und ich muss ja noch meinen Bus erwischen.

Cochise sieht an mir hoch. Als ich losgehe, drängt er sich so dicht an meine Beine, dass ich zweimal stolpere. Ich habe ein ganz schlechtes Gewissen, als ich ihn wieder im Zwinger abliefere. Warum kann er eigentlich nicht zu den anderen Hunden? Das würde ihm doch sicher besser gefallen.

Oder hat er Angst, dass die anderen Hunde ihn ablehnen könnten?

Kann ein Hund überhaupt so eine Angst haben, oder können das nur Menschen?

Und dann erwische ich meinen Bus wirklich nicht mehr. Cochise ist zwar wieder im Zwinger, aber dann bittet mich eins der Mädchen, mal kurz den Schecken zu halten. Vor lauter Schreck halte ich ihn wirklich und er sieht mich mit seinen großen dunklen Augen so vertrauensvoll an, dass ich gar keine Angst habe, er könnte sich losreißen. Dann muss ich ein paar Hühner in ihren Stall scheuchen und schließlich laufe ich noch Paul in die Arme, der mir unbedingt zeigen will, dass Alonso ihm jetzt eine Erdnuss aus der Hand nimmt. Na ja, da muss ich ihm natürlich noch kurz erzählen, dass Cochise mit mir spazieren gegangen ist.

»Kannst du ihn nicht einfach behalten?«, fragt Paul.

Er hat eben keine Ahnung. Woher denn auch?

»Das geht bei uns nicht. Wir haben nur eine kleine Wohnung.«

›Und die haben wir demnächst auch nicht mehr‹, denke ich. Und plötzlich sehe ich die Obdachlosen vor mir, die manchmal in Gruppen im Park herumstehen. Die haben übrigens fast alle Hunde, große, freundliche Hunde, die ohne Leine einfach mit ihnen mittraben. Kein Vermieter kann es ihnen verbieten, einen Hund zu halten. Aber so ein richtiger Trost ist das auch nicht.

Tja, und dann ist der Bus also weg. Ich habe einfach nicht aufgepasst. Aus irgendeinem Grund war es mir egal, ob der Bus ohne mich losfährt oder mit mir. Mama ist sowieso schon längst bei der Arbeit, Lukas steckt unter seinem Kopfhörer oder, was wahrscheinlicher ist, hängt bei einem seiner Freunde rum. Niemand wird mich vermissen. Hier auf dem Hof ist einfach viel mehr los als bei mir zu Hause.

Nur leider habe ich keine Ahnung, was ich jetzt tun soll. Auf den nächsten Bus warten? Der fährt erst in anderthalb Stunden.

Andrea entdeckt mich, als ich unschlüssig auf dem Hof herumstehe.

»Was ist los?«

»Bus verpasst.«

Andrea winkt ab. »Kein Problem. Ich kann dich fahren. Ich muss sowieso noch was in der Stadt abholen.« Sie sieht mich fragend an. »Oder ist dir das nicht recht?«

Ich strahle. »Doch, klar!«

»Es dauert allerdings noch einen kleinen Moment.« Andrea wischt sich über die Stirn. »Ich muss mich umziehen. So wie ich aussehe, kann ich mich doch nicht den Lichtern der Großstadt ausliefern.«

Während Andrea sich also umzieht – das dauert ziemlich lange –, gehe ich noch mal zu Cochise. Dort findet mich Andrea, als sie zur Abfahrt bereit ist. Sie stellt sich neben mich und mustert den Hund aufmerksam.

»Der hängt an dir«, sagt sie einfach.

Und da könnte ich losheulen.

Dann dauert es immer noch eine Weile, bis wir fahren, denn Gottfried ist wieder ausgebüchst, und dann klingelt noch Andreas Handy und Günther schreibt eine Liste, was noch zu besorgen ist, und weil das alles hungrig macht, schmiert Andrea sich erst noch ein Brot, bevor sie ins Auto steigt. Und so kommt es, dass es schon dämmert, als ich auf den Beifahrersitz klettere.

»Du dirigierst mich«, beschließt Andrea.

Und da habe ich einen kurzen Moment lang vergessen, wo ich wohne.

Mama kommt mir auf halbem Weg im Treppenhaus entgegen. Einen Moment lang denke ich, dass ich jetzt gleich eine fange. Mama hat die Hand schon ein bisschen erhoben, aber dann lässt sie sie gleich wieder sinken und nimmt mich stattdessen in den Arm.

»Wo warst du bloß? Wieso bleibst du so lange weg? Ich sitze hier und mache mich verrückt.«

Ich senke den Kopf. Ich habe ein schlechtes Gewissen und das macht mich trotzig.

»Ich hab eben kein Handy«, murmle ich.

Mama sieht mich an, schüttelt den Kopf und geht dann nach oben in die Wohnung. Ich bleibe noch einen Moment lang im Flur stehen, dann folge ich ihr. Vor der Wohnungstür bleibe ich wieder stehen und ziehe die Schuhe aus, an denen noch Entenmist und Schlamm klebt.

Mama steht am Küchenfenster und starrt auf die Straße. Die Autos fahren schon mit Licht. Gerade blinzeln die Straßenlaternen.

»Warum bist du nicht bei der Arbeit?«, frage ich.

Mama dreht sich nicht um und antwortet auch nicht. Sie muss auch gar nichts sagen. Die Typen. Garantiert sind die Typen wieder da gewesen, haben ihr aufgelauert, als sie zum Bahnhof wollte. Ich setze mich an den Tisch. Da liegen noch mein unberührtes Vesperbrettchen und ein Messer. Ich nehme das Messer in die Hand und zeichne damit Muster in die Tischdecke. Ich denke an Cochise. Morgen gehe ich wieder eine Runde mit ihm. Ich werde ausprobieren, ob er ein paar Kommandos versteht. Vielleicht kommt Paul mit.

Ich stehe wieder auf und hole Butter und Aufschnitt aus dem Kühlschrank. Meine Mutter sehe ich dabei nicht an.

»Hast du eine andere Stelle gefunden?«, frage ich leise.

»Ich habe vielleicht etwas in Aussicht.« Mamas Stimme klingt gespielt munter. »Als Verkäuferin in einem Modegeschäft. Das wär's doch, oder? Da krieg ich die Sachen bestimmt auch billiger.«

»Aber du bist doch Schneiderin, keine Verkäuferin.« Jetzt sehe ich Mama an. Sie runzelt die Stirn.

»Wenn ich erst mal wieder in der Modebranche bin, dann ergibt sich das von allein«, behauptet sie. »Kannst du mir auch noch ein Brot machen? Ich hatte vorhin gar keinen Hunger.«

Ich mache ihr also auch noch ein Wurstbrot und dann sitzen wir beide am Tisch, kauen vor uns hin und reden nicht mehr über die Halbstarken und den Job. Stattdessen fragt Mama mich: »Was ist mit deinen Fischen? Du hast ja nur noch einen, hab ich gesehen.«

»O Mann!« Ich lege das angebissene Brot weg. »An die habe ich gar nicht mehr gedacht.«

»Lass ihn doch frei«, rät Mama. »Du hast doch was ganz anderes im Kopf.«

»Ich bin heute mit dem Hund spazieren gegangen.« Ich sehe Mama fest an. »Mit dem Hund von der Raststätte, weißt du? Er hat vor mir keine Angst mehr. Vor allen anderen hat er Angst.«

»Er hat sicher etwas Schlimmes erlebt«, sagt Mama. »Der arme Kerl.«

Und da hätte ich um ein Haar gefragt, ob ich den Hund nicht doch behalten kann. Aber in diesem Moment fällt mir die gekündigte Wohnung wieder ein.

Und überhaupt sieht Mama nicht so aus, als könnte sie ein zusätzliches Problem gebrauchen.

Der Abgabetermin für das Interview ist auch schon wieder näher gerückt. Heute Mittag habe ich einen kurzen Moment lang daran gedacht, unsere Briefträgerin zu interviewen, weil die mit ihrem schweren Karren gerade vor unserer Haustür stand. Aber die hat so hektisch die Post in die Briefkästen gestopft und ihren Karren gleich wieder angeschoben, da habe ich mich doch nicht getraut. Die hat bestimmt keine Zeit für solche Sachen und muss ihre Post im Akkord austragen.

Ich bin richtig wütend auf die Wiesel-Zwacker. Nur Lehrerinnen können sich solche Sachen ausdenken. Denen macht es ja nichts aus, fremden Leuten Fragen zu stellen. Im Gegenteil, sie haben sich genau das als Beruf ausgesucht. Dass das für andere Menschen ungefähr so schwierig ist wie barfuß auf den Kilimandscharo zu klettern, das können sie sich natürlich nicht vorstellen.

»Ich müsste vielleicht Robert interviewen«, sage ich zu Lukas, als er spät abends noch in meinem Zimmer herumsitzt.

»Na, super.« Lukas schüttelt den Kopf.

Das habe ich mir in letzter Zeit ein paar Mal vorgestellt: »Einfach« meinen Vater interviewen. Der muss ja auch irgendeinen Beruf haben, wenn er immer Geld schickt. So genau weiß ich es nicht. Mama hat irgendwas von Büro und Krawatte gesagt. Keine Ahnung, ob er ein Chef oder nur ein kleines Würstchen ist.

»Garantiert ein kleines Würstchen«, sagt Lukas böse. Und er kritzelt auf meine Schreibtischunterlage ein dickes Würstchen mit schräg gestreifter Krawatte. Wir haben uns beide vorgenommen, unseren Vater irgendwann zu besuchen. Irgendwann, wenn wir erwachsen sind und selbst Geld verdienen und wir einfach hingehen können, um ihm zu sagen, dass wir ihn jetzt nicht mehr brauchen. Lukas erinnert sich ein bisschen besser an ihn und er ist total sauer.

»Vielleicht hat er ein großes Haus.« Ich kaue auf einer Haarsträhne herum. »Das besetzen wir, wenn wir hier aus der Wohnung fliegen.«

»Und die Rasitschs bringen wir mit!« Lukas kichert.

»Au ja, alle fünf! Und die sollen ihren Fernseher mitbringen!« Ich lasse mich auf den Rücken fallen und grinse die Zimmerdecke an. Aber dann werde ich wieder ernst.

»Davon habe ich aber immer noch kein Interview.«

»Was ist mit den Leuten von deinem Hof? Dieser Andrea und dem Typen – wie heißt er?«

»Günther. Nee, kommt nicht infrage.«

»Warum denn nicht? Die sind doch ganz okay, oder?«

Ich werfe Lukas einen vernichtenden Blick zu.

Der hat einfach keine Ahnung. Keinen blassen Schimmer hat er, wie peinlich es sein kann, wenn man das Falsche fragt.

Interview, umgekehrt

»Was meinst du, Cochise?«, frage ich. »Soll ich ihn interviewen oder nicht?«

Cochise hat dazu keine Meinung. Er ist vollkommen damit beschäftigt, sich den Hals zu kratzen, von allen Seiten. Vielleicht ist er gegen das Halsband allergisch. Ich seufze. Natürlich kann ich Günther eigentlich nicht interviewen. Aber sonst fällt mir niemand ein und der Abgabetermin rückt immer näher. Ich gebe zu, ich habe versucht, ein Interview mit der Briefträgerin zu erfinden, aber mir ist nichts eingefallen. Ich kann mir nicht vorstellen, wie es ist, Briefträgerin zu sein und dauernd mit fremden Menschen reden zu müssen. So einen Beruf möchte ich niemals haben. Wenn, dann würde ich die Briefe ganz früh morgens austragen, zu einer Uhrzeit, zu der alle normalen Leute noch schlafen. Nur mein treuer Hund Cochise würde mich begleiten.

»Ich glaube, ich muss den interviewen«, stelle ich fest. »Andrea nicht. Andrea ist immer so beschäftigt.«

Cochise riecht an seiner Hinterpfote und niest. Dann steht

er auf, trottet ans Gitter und sieht hinaus. Eine Katze schlendert sehr lässig vorbei und wirft Cochise einen sehr überlegenen Blick zu. Fast wie Marietta, denke ich einen Moment, aber dann schäme ich mich, weil Marietta eigentlich ja nett zu mir ist. Immer wenn ich beschließe, sie nicht mehr zu beachten, taucht sie doch wieder auf, mit kleinen Angeboten und Freundlichkeiten, als könnte sie es einfach nicht ertragen, dass jemand in der Klasse sich nicht um ihre Gunst reißt.

Also, Günther suchen. Es ist ein so schrecklich schwieriges Unterfangen, dass ich am besten gleich loslege. Hat keinen Sinn, das auf die lange Bank zu schieben. Ich stehe auf und klopfe mir den Staub von der Hose.

Cochise sieht mich erwartungsvoll an.

Ich überlege nur einen kleinen Moment.

»Du kannst ja mitkommen«, sage ich.

Günther ist weder im Stall noch auf der Koppel zu finden. Das Känguru, das inzwischen Margarete heißt, sitzt ganz alleine da und kaut nachdenklich auf einem Grashalm herum, der ihm weit aus dem Maul ragt. Es ist das kleinste Känguru, das ich jemals gesehen habe.

»War Günther hier?«, frage ich.

Das Känguru lässt ein Ohr zur Seite klappen, starrt Cochise rätselnd an und kaut einfach weiter. Ich suche das ganze Gelände ab. Günthers Wagen steht da, also ist er wohl zu Hause. Ich treffe Andrea, aber die ist schon wieder so beschäftigt, dass sie kaum grüßen kann.

»Wen suchst du denn?«, ruft sie immerhin über die Schulter.

»Ist Günther irgendwo?«, frage ich zurück.

»Im Wohnhaus.« Andrea ist schon fast um die Ecke verschwunden. »Geh einfach rein, die Klingel funktioniert sowieso nicht.«

Fast wäre ich wieder umgekehrt.

Ich kann doch nicht einfach in ein fremdes Haus gehen, wenn noch nicht mal die Klingel funktioniert!

Ich stehe eine Weile unschlüssig herum. Cochise sieht mich an, er erwartet von mir irgendeine Entscheidung. Ich glaube, er kann es gar nicht leiden, wenn ich nicht weiß, was ich tun soll.

Ich setze mich vorsichtig in Richtung Haus in Bewegung. Erleichtert trabt Cochise neben mir los. Könnte ja sein, dass Günther irgendwo vor dem Haus zu entdecken ist ... Garage, Garten .... Aber er ist nirgendwo zu sehen. Schließlich stehe ich doch vor der Haustür. Ich kann die Klingel ja mal ausprobieren. Bloß, welche Klingel könnte es sein? Da sind nämlich drei, in einer Reihe untereinander, und an keiner steht ein Name.

Ich schaffe das nicht. Ich muss wieder umkehren.

»Geh einfach rein!«, ruft Andrea von Weitem.

Der Rückweg ist mir abgeschnitten.

Ich umklammere Cochises Leine, hole tief Luft und drücke die Haustür auf. Jetzt stehe ich in einem feuchten Treppenhaus, in dem es nach alten Gummistiefeln und warmem Essen riecht.

»Hallo?«, rufe ich sehr leise. »Günther?«

Keine Reaktion. Cochise zieht mich einfach die Treppe hoch bis zu einer Holztür mit einem gelblichen Glasstreifen in der Mitte. Ich klopfe gegen den Holzrahmen, aber ich fühle mich so schwach, dass das Klopfen wahrscheinlich kaum zu hören ist.

»Herein!«, ruft eine Stimme.

Ich öffne die Tür. Günther steht fast direkt vor mir, seine karierte Arbeitsjacke hat er über den Arm gehängt.

»Sophie!«, sagt er überrascht. »Mit Cochise! Na, das ist aber nett, dass ihr mal reinguckt.«

»Das Haus ist ganz schön groß«, stottere ich.

Günther nickt. »Viel zu groß! Oben wohnt leider keiner mehr. Anfangs waren Freunde von uns da drin. Die Sache mit dem Hof hatten wir eigentlich zu viert angezettelt. Aber wie es so geht … denen war es zu viel. Kann ich verstehen, ist aber scheiße für die, an denen alles hängen bleibt.« Er sieht mich genauer an. »Was kann ich für dich tun?«

»Ich … ich muss was für die Schule machen.«

»Und ich kann dir helfen?« Günther zieht die Augenbrauen hoch. »Na, vielleicht. Ich war nie besonders gut in der Schule, weißt du? Hat mich nicht so interessiert.« Er sieht sich um. »Kommt, wir gehen in die Küche. Ich warte noch auf einen Anruf.« Er tätschelt seine ausgebeulte Hosentasche, in der sich wahrscheinlich das Telefon verbirgt. »Es gibt nämlich Leute, die Interesse an Cochise hätten. Eine Familie. Haus mit Garten und so, da hätte er Glück.«

Und da stehe ich wie vom Blitz getroffen vor ihm.

Cochise?

Günther will Cochise weggeben?

»Aber … aber er gehört vielleicht jemandem …«

Meine Augen brennen. Ich kann doch jetzt nicht vor Günther losheulen!

Günther dreht sich wieder zu mir um. »Cochise? Bisher hat sich niemand gemeldet.« Er betrachtet mich aufmerksam, dann kommt er einen Schritt näher und legt mir eine Hand auf den Kopf.

»Du würdest ihn lieber behalten, oder? Weißt du, ich würde ihn auch am liebsten dir geben. Bist du sicher, dass er nicht in eure Wohnung passt?«

Und da fange ich leider an zu heulen.

Eine Viertelstunde später sitze ich am Küchentisch, vor mir steht ein volles Glas Orangenlimo, und leider sieht es jetzt so aus, dass Günther mich interviewt anstatt umgekehrt. Wenigstens schreibt er nicht mit. Na ja, ich erzähle auch so viel wirr durcheinander, dass ein sehr merkwürdiger Bericht herauskäme. Was hat denn bitte schön so ein Tümpelfisch mit den Halbstarken am Hauptbahnhof zu tun, was Mariettas Handy mit Alonso, dem Roten Ara, und was dieses dämliche Interview mit der gekündigten Wohnung?

Allerdings nickt Günther so verständnisvoll, als hätte das eben alles doch miteinander zu tun.

Als ich endlich verstumme, kratzt sich Günther noch einen Moment lang am Kopf.

»Ganz schöner Mist, das alles«, stellt er fest. »Kann dein Vater nicht doch ein bisschen mehr blechen?«

»Mama fragt ihn nicht. Sie hat gesagt, lieber schläft sie unter der Brücke, als dass sie bei ihm betteln geht.«

Günther nickt. »Klar, die hat auch ihren Stolz.«

In diesem Moment klingelt das Telefon in Günthers Hosentasche.

Ich zucke zusammen und starre auf die Telefontasche wie auf eine Bombe, die jeden Moment explodieren kann. Günther tastet vorsichtig nach dem Telefon, dann legt er die Hand wieder auf den Tisch.

»Egal. Lass den Anrufbeantworter drangehen.«

Wir schweigen beide, während im Nebenzimmer die Ansage des Anrufbeantworters läuft und eine Frauenstimme auf Band spricht. Verstehen kann ich nichts, aber es ist bestimmt die Familie, die mir Cochise wegnehmen will.

Als es nach einigem Knacken und Rauschen wieder still geworden ist, nimmt Günther die halb volle Mineralwasserflasche, die auch auf dem Tisch steht, und gießt sein Glas voll. Er nimmt einen Schluck und stellt das Glas wieder hin.

»Es wird sich schon eine Lösung finden«, sagt er ruhig. »Das mit Cochise, das hat keine Eile. Im Moment können wir ihn sowieso noch nicht abgeben, sondern müssen abwarten, ob sich sein Besitzer meldet.«

Ich nicke.

Günther steht auf.

»Schade, dass wir niemanden finden, der Gottfried haben

will«, seufzt er. »Der Kerl macht uns nur Ärger. Weißt du übrigens, dass er in unser Känguru verliebt ist? Leider will es überhaupt nichts von ihm wissen. Jetzt hat er natürlich erst recht schlechte Laune.«

Da muss ich schon wieder lachen.

Aber interviewt habe ich Günther trotzdem nicht.

Margarete, das Känguru, interessiert sich für keinen seiner neuen Mitbewohner, egal ob zwei- oder vierbeinig. Es sitzt da, ein Ohr nach links geklappt, das andere aufgestellt, und kaut im Zeitlupentempo auf irgendetwas herum, wobei es sich mit der Vorderpfote den Bauch kratzt.

»Ich habe mir Kängurus immer viel größer vorgestellt«, sagt Paul. Er steht an einen Zaunpfosten gelehnt da und beobachtet das Känguru genau.

»Es gibt ja auch größere!«, sage ich eifrig. »Zum Beispiel das Rote Riesenkänguru. Die können zwölf Meter weit springen.« Ich verstumme und spüre, wie ich rot werde. Jetzt hält mich Paul bestimmt für eine doofe Besserwisserin. In der Schule würde ich niemals so eine Schlaumeier-Bemerkung machen, selbst wenn ich im Unterricht was weiß, was die anderen nicht wissen. Das kommt öfter vor.

Aber Paul murmelt nur »Cool!« und starrt weiter auf Margarete.

»Wie geht es Alonso?«, frage ich.

»Geht einfach nicht ins Freie.« Paul seufzt. »Kannst du dir das vorstellen? Er sitzt auf seiner Stange, als wäre er immer noch angekettet. Vorgestern ist er immerhin bis an sein Durchschlupfloch geklettert. Er hat einmal rausgeguckt und dann gleich hysterisch losgeschrien. Er denkt wahrscheinlich, sobald er einen Fuß raussetzt, wird er gerupft und gebraten.« Paul schüttelt den Kopf. »Er müsste sich nur ein einziges Mal trauen. Ein einziges Mal. Ich kapier das einfach nicht.«

»Ich kapier das«, sage ich … und habe schon wieder schneller geredet als gedacht. Muss ich mich denn vor Paul unbedingt als Oberfeigling outen? Schnell wieder sachlich werden!

»Kannst du ihn nicht mit seinem Lieblingsfutter rauslocken?«

»Vergiss es. Alonso ist unbestechlich. Kann ich verstehen, weißt du? Mein Sportlehrer könnte mich mit meiner Lieblingspizza locken und ich würde trotzdem keinen Salto vom Trampolin machen.«

Da muss ich lachen. Ich sehe diesen unbekannten Sportlehrer vor mir, wie er Paul mit einer riesigen Pizza lockt …

Paul sieht mich forschend an.

Denkt er etwa, ich lache ihn aus?

»Ich trau mich auch nicht«, sage ich schnell.

Paul nickt. »Gehst du noch eine Runde mit Cochise?«

»Ja, wahrscheinlich.« Ich kriege heiße Ohren. Ich muss ihn fragen, ob er mitkommen will.

»Ich könnte ja mitkommen«, sagt Paul.

»Ich würde … ich meine, kannst du gern … hast du denn Lust?«

»Wir sollten Gottfried mitnehmen«, schlägt Paul vor. »Der

braucht auch ein bisschen Abwechslung. Besonders jetzt, wo er Liebeskummer hat.«

Er kichert.

O Mann, warum müssen alle ständig Dinge sagen, von denen ich so ein heißes Gesicht kriege! Na ja, wenn Paul so was sagt, kann ich trotzdem ein bisschen darüber lachen.

Gemischtes Eis ohne Sahne

Mama ist eigentlich schon vor zehn Minuten vom Einkaufen nach Hause gekommen, aber sie steht immer noch im Treppenhaus und redet mit Frau Rasitsch. Ihre Stimmen kann ich hören, aber nicht verstehen, worüber sie reden. Ich kann mich nicht erinnern, dass Mama schon mal so lange mit der Rasitsch geredet hat.

Endlich schließt Mama die Wohnungstür auf. Sie stellt eine volle Stofftasche auf den Boden und zieht ihre Jacke aus. Ich beobachte sie durch die offene Küchentür.

»Was wollte denn die Rasitsch?«

»Frau Rasitsch, meinst du wohl«, verbessert mich Mama automatisch. »Sie hat gesagt, sie zieht nicht hier aus, sie bleibt einfach hier wohnen, bis die Polizei kommt.«

»Kommt sie dann ins Gefängnis?« Ich starre Mama an.

»Ach was. Eigentlich muss der Vermieter für uns alle neue Wohnungen besorgen. Wir kommen schon unter.« Mama seufzt. Es ist leicht zu erkennen, dass sie sich von einer vom Vermieter besorgten neuen Wohnung nicht viel verspricht.

Ich setze mich wieder an den Tisch und gieße Früchtetee in ein Glas. Er hat so eine wunderschöne, tiefrote Farbe.

»Es müsste so eine Art Gnadenhof für Menschen geben«, sage ich nachdenklich. »Wir sind doch dann auch ausgesetzt, oder?«

»So weit kommt's noch«, schnaubt Mama verächtlich. »Wir sind doch keine alten Köter, die irgendwo ihr Gnadenbrot bekommen.«

»Mein ich ja nicht«, sage ich schnell. »Ich meine nur, dass man uns vielleicht irgendwo gut findet und nett zu uns ist.«

»Gibt's noch Tee?«, fragt Mama. »Zu viel Kaffee macht mich ganz zittrig.« Sie lässt sich auf einen Küchenstuhl fallen. »Räumst du nachher die Einkaufstaschen aus, bitte? Pass auf, dass die Sahne nicht kaputtgeht.«

»Ich mach gleich Hausaufgaben, dann fahr ich raus zu Cochise.«

Mama reagiert nicht. Ich stelle die volle Tasche auf einen Stuhl und räume aus, stopfe einen dicken Salatkopf in die Gemüseschublade im Kühlschrank. Die Sahne schiebe ich vorsichtig nach hinten zwischen die fast leere Erdbeermarmelade und den großen Becher Naturjoghurt. Warum sagt Mama nichts? Warum stellt sie keine Frage? Nach Cochise zum Beispiel. Aber Mama sagt etwas ganz anderes.

»Ich gehe heute nicht zur Arbeit.«

Ich drehe mich um.

»Sieh mich nicht so an«, fährt sie fort. »Ich bin ganz offiziell krankgeschrieben.«

»Bist du denn krank?«

Mama lacht bitter. »Die Nerven. Ich bin einfach nur mit den Nerven runter. Ich kann das einfach nicht mehr … allein zwei Kinder großziehen, ein Scheißjob nach dem anderen, die Wohnung weg und jetzt noch diese Typen, die mir auflauern. Das hält keiner aus. Ich kann nicht mehr, weißt du?«

»Sind die denn immer noch da?« Ich setze mich neben sie. »Die Typen?«

»Ständig. Die sind irgendwie ständig da. Stehen in Gruppen da rum, neben dem Eingang. Vielleicht warten die auch gar nicht auf mich. Aber wenn sie mich erkennen … ich muss da ja immer durch …«

»Cochise hat keine Angst mehr vor mir«, sage ich. »Aber er lässt sich von keinem anderen anfassen. Alonso, das ist ein Roter Ara, hat eine Erdnuss aus meiner Hand genommen. Und heute soll ich das Lama ein bisschen spazieren führen. Lamas spucken nur auf andere Lamas, sagt Günther. Er sagt, ich habe ein Gefühl für Tiere.«

»Was?«

»Ich sollte später unbedingt was mit Tieren machen. Sagt Günther.«

»Tust du eigentlich auch noch was für die Schule?«

Mama steht auf, nimmt ein Glas aus dem Schrank und füllt es an der Spüle mit Wasser.

»Gottfried – der Ziegenbock, weißt du? – ist in das Känguru verliebt. Kannst du dir die Kinder vorstellen? Kängurus mit Hörnern – oder Beutelziegen.«

Mama lacht nicht. Sie nippt am Leitungswasser und starrt durch mich durch. Im Raum ist es ganz still. Ich warte noch einen Moment, dann gehe ich zu Lukas.

»Leihst du mir deinen Fotoapparat?«, frage ich. »Ich möchte Cochise fotografieren. Ihn und die anderen Tiere.«

»Okay.« Lukas sieht nicht vom Bildschirm auf. »Aber pass auf, dass er nicht in irgendeinen Misthaufen fällt oder so.«

»Ich pass schon auf. Danke.«

Ich setze mich aufs Bett und sehe zu, wie Lukas sich den Weg durch eine Horde von Bösewichtern in nagelbespickten Kampfanzügen freischießt. Ich finde es immer noch merkwürdig, dass Lukas, der normalerweise so friedlich ist, Spiele mag, in denen tankwagenweise Blut vergossen wird.

Das Telefon klingelt. Schneller als man gucken kann, ist Lukas von seinem Stuhl aufgesprungen und im Flur verschwunden. Im nächsten Moment taucht er schon wieder auf und hält mir das Telefon hin: »Für dich.«

Ich nehme das Telefon.

»Hallo?«

»Hi, Sophie. Ich bin's, Marietta. Hast du heute was vor? Wir gehen wieder in die Stadt, Eis essen. Du könntest dich mit uns treffen.«

»Das …«, stottere ich. »Ich …«

Wieso kann ich nichts Vernünftiges sagen, obwohl ich mich total freue? Na ja, eigentlich wollte ich ja nicht mehr auf Mariettas Gunst warten. Aber sie klingt am Telefon so freundlich … vielleicht interessiert sie sich ja doch für mich.

»Hast du keine Zeit?«

»Doch, ich … ich meine gern, klar! Wann denn?«

»Um drei im *Venezia* – kennst du das?«

»Ja. Um drei dann.«

»Okay, wir sehen uns! Bis später! Ciao!«

»Ciao … Tschüss.«

Ich lege auf und atme tief durch.

Alles klar, Plan geändert! Der Mühlenhof läuft nicht weg, morgen ist auch noch ein Tag. Schließlich werde ich nicht jeden Tag von so jemandem wie Marietta angerufen.

Eine Stunde später sitze ich schon im Eiscafé *Venezia*. Ich bin eine Viertelstunde zu früh und der Kellner ist nicht begeistert davon, dass ich noch nichts bestellen möchte. Ich habe gesagt, ich warte noch auf meine Freundinnen, und das hört sich ganz fremd an, wie aus einer Fernsehserie. Ich nehme mir eine Zeitschrift, die an einem Ständer hängt, und blättere darin herum, ohne etwas zu sehen. Ich habe mich so hingesetzt, dass die Mädchen mich sofort entdecken müssen, wenn sie das Eiscafé betreten. In der Tasche fühle ich nach meinem Geldbeutel. Das wäre vielleicht peinlich, wenn ich ein Eis bestellen würde und dann nicht bezahlen könnte! Aber der Geldbeutel ist noch da. Viel ist nicht drin, aber für ein kleines Eis wird es reichen. Einen dieser prächtigen, mit exotischen Früchten, raffinierten Soßen und Sahnehäubchen dekorierten Mammutbecher kann ich mir nicht leisten, aber das ist auch nicht so wichtig.

Nachdem der Kellner dreimal nachgefragt hat, gibt er auf

und kümmert sich nur noch um die Nachbartische. Ich atme auf.

Ich lese in meiner Zeitschrift eine »wahre Geschichte« über eine Frau, die mit ihren drei kleinen Kindern von ihrem Mann im Stich gelassen worden ist. Es fängt wieder alles an zu jucken. Es ist genau drei Uhr.

Ob Marietta pünktlich kommt? Eher nicht. So eine wie Marietta hat bestimmt immer noch schnell eine Idee, irgendeine Sache, die sie erledigen muss, oder ihr Handy klingelt, oder eins der anderen Mädchen verspätet sich. Es ist also gar nicht bedenklich.

Es ist fünf nach drei.

Ich sehe mich nervös nach dem Kellner um. Wie lange dauert es, bis ein Gast, der nichts bestellt, aus dem Lokal gewiesen wird? Sicherheitshalber werde ich jetzt einfach bestellen. Wenn die anderen kommen, dann kann ich ohne mein Eis sitzen bleiben.

Ich gebe dem Kellner ein Zeichen.

»Ein kleines gemischtes Eis ohne Sahne bitte.«

Der Kellner verzieht keine Miene. Er geht zu seiner Theke und beginnt zu hantieren. Ich starre gebannt auf den Eingang.

Der Kellner bringt das Eis in einer gläsernen Schale. Er hat eine hübsche, fächerförmige Waffel in die Erdbeereiskugel gesteckt. Ich nehme die Waffel ab und knabbere in Zeitlupe daran herum.

Viertel nach drei.

Das Eis beginnt zu schmelzen. Mit dem gelben Plastiklöffel

schabe ich die geschmolzene Schicht von der obersten Eiskugel. Das Eis hat kaum Geschmack. Es könnte auch an mir liegen, ich habe so einen trockenen Mund.

Löffel für Löffel verspeise ich die Erdbeereiskugel, dann die Schokoeiskugel und zuletzt auch noch die Vanilleeiskugel. Gäste kommen und gehen. Einmal sind es vier kichernde Mädchen, aber sie sind älter als ich und würdigen mich keines Blickes.

Es ist fünf nach halb vier.

Die Glasschale ist leer. Ich kratze die letzten Eisschlieren vom Boden der Schale. Wie Kanonenkugeln liegen die Eiskugeln in meinem Magen. Der Kellner guckt jetzt irgendwie mitleidig. Er weiß genau, dass ich versetzt worden bin.

Plötzlich will ich nur eins: Nichts wie weg aus der Eisdiele. Ich zahle, das Eis kostet drei neunzig.

»Stimmt so«, sage ich, als ich dem Kellner vier Euro gebe. Zehn Cent sind kein richtiges Trinkgeld. Ich hätte noch etwas dazulegen müssen, einen Fünfziger vielleicht. Aber das macht jetzt auch nichts mehr, denn ich werde in meinem ganzen Leben nicht ins Eiscafé *Venezia* zurückkehren.

Auf dem Rückweg bin ich mir ganz sicher, dass ich alles falsch gemacht habe. Ich habe den Namen der Eisdiele falsch verstanden. Ich hätte länger warten müssen – eine halbe Stunde, das ist doch gar nichts. Eine halbe Stunde kann sich jeder mal verspäten. Sicher sitzen die Mädchen inzwischen doch im Eiscafé und wundern sich, dass ich nicht da bin.

Ich zögere, dann fahre ich in einem Bogen zurück. Ich schiebe mein Fahrrad ganz langsam an der Eisdiele vorbei. Es ist kurz vor vier. Keine Marietta zu sehen. Also schwinge ich mich wieder auf den Sattel und fahre so schnell ich kann nach Hause.

»Wo ist Mama?«, frage ich Lukas, der am Küchentisch sitzt und im Werbeprospekt eines Elektronikfachmarkts blättert.

»Stellensuche«, murmelt Lukas. »Damit sie nicht mehr zum Bahnhof muss.«

Er sieht auf. »Du bist aber schnell wieder da.«

»Marietta musste nach Hause«, lüge ich. Ich kann doch gar nicht lügen. Wenn Lukas mich richtig ansehen würde, dann wüsste er genau, dass das nicht stimmt. Aber er blättert schon wieder, und bevor ich ihm die ganze Sache erzähle, muss ich selbst erst wissen, was passiert ist.

Ich lungere noch eine Weile in der Küche herum und warte darauf, dass Lukas mir was ausrichtet, eine telefonische Nachricht zum Beispiel. Aber Lukas schweigt und liest die Beschreibungen von Flachbildschirmen, Digitalkameras und DVD-Rekordern durch, als könne er sich so was leisten.

Ich gehe in mein Zimmer. Auf meinem Schreibtisch liegt Lukas' Fotoapparat, den ich auf den Hof mitnehmen wollte. Ich habe immer noch kein Foto von Cochise. Cochise hat bestimmt auf mich gewartet. Er hat in seinem Zwinger gesessen und auf meine Schritte, meine Stimme gelauscht, so wie ich in der Eisdiele gesessen und auf Marietta gewartet habe.

Oder hat Günther jetzt doch noch die Familie angerufen, die Cochise adoptieren möchte? Wenn ich morgen zum Mühlenhof komme, ist der Zwinger dann leer?

Ich liege auf dem Bett, mein Magen ist aus Blei. Und dann wächst in mir drin etwas Fremdes. Erst erkenne ich es gar nicht, halte es für die übliche Angst. Aber dann wird es größer und größer, und allmählich wird mir klar, dass es ein anderes Gefühl ist, ein fremdes, überraschendes Gefühl:

Wut!

Wut auf Marietta, die mich versetzt hat.

Wut auf mich selbst, weil ich Marietta nachlaufe.

Wut auf … den Vermieter, der uns die Wohnung kündigt. Auf die Halbstarken, die Mama am Bahnhof so eine Angst einjagen. Auf meinen Vater, der sich vor so vielen Jahren aus dem Staub gemacht hat und bei seiner neuen Familie wohnt. So eine Wut, dass ich die Faust balle und in mein Kopfkissen schlage, dann das Kissen packe und gegen das Bücherregal schleudere. Einen Bilderrahmen und eine geschnitzte Katze fegt es zu Boden. Mit klopfendem Herzen starre ich auf das Chaos vor meinem Bücherregal. Ich atme tief durch. Und merkwürdigerweise fühle ich mich plötzlich besser, als hätte ich ein Fenster aufgemacht und lang abgestandene Luft hätte sich endlich verflüchtigt.

Am nächsten Morgen setze ich mich an meinen Platz im Klassenzimmer, ohne Marietta eines Blickes zu würdigen. Eigentlich rechne ich damit, dass sie von selbst auftaucht.

Das tut sie irgendwann auch, aber erst in der Pause.

»Wegen gestern«, fängt sie an.

Ich gucke gar nicht von meinem Heft hoch.

»Wir sind dann doch lieber ins *Dolomiti* gegangen«, sagt Marietta. »Siri hat gesagt, es ist billiger und außerdem haben die einen geilen Meloneneisbecher, den hat das *Venezia* nicht.«

Ich nicke nur. Was soll ich denn sagen.

Marietta holt tief Luft. »Du hast eben kein Handy. Wenn du ein Handy hättest, hätte ich dir Bescheid geben können.«

Und wieder nicke ich stumm.

»Du musst deiner Mutter sagen, dass du unbedingt ein Handy brauchst«, fügt Marietta noch hinzu. Dann steht sie noch einen kurzen Moment lang stumm neben meinem Tisch.

»Ich mag das *Venezia* lieber«, murmle ich, ohne sie anzusehen. Obwohl ich in meinem ganzen Leben noch nie ein Eis im *Dolomiti* gegessen habe und von daher wirklich kein gerechtes Urteil fällen kann.

Und jetzt nickt Marietta und geht wieder an ihren Platz. Kurz darauf höre ich sie wieder mit Siri kichern.

Ich habe meine Wut dabei, eine kleine, kräftige Wut, wie eine geballte Faust, die nicht zuschlagen wird, mit der man sich nur selbst zeigen kann, wie stark man ist.

Kanarische Wölfe

Paul hat auf mich gewartet, kommt sofort angelaufen, als ich den Feldweg herunterkomme. Der schwarze und der graue Hund springen um ihn herum und halten seine Eile wohl für ein großartiges Unterhaltungsprogramm.

»Gut, dass du kommst«, keucht Paul. »Es sind Leute hier, die interessieren sich für Cochise!«

Mir wird so schwindlig, dass ich stehen bleibe.

»Aber Cochise kann noch nicht weg«, sage ich mühsam. »Günther hat gesagt, er muss noch eine Weile hierbleiben.«

Paul schüttelt den Kopf. »Die nehmen ihn nicht mit. Die wollen ihn nur mal kennenlernen, hat Andrea gesagt.«

Ich stehe da wie festgewurzelt. Wenn ich jetzt sofort umdrehe, kann ich den Bus in die Gegenrichtung noch erwischen und wieder nach Hause fahren. Dann muss ich nie wieder zum Mühlenhof kommen. Ich kann alles vergessen: Cochise, Salomon, Margarete, das Lama, Günther und Andrea, Paul und Alonso … sogar die Bushaltestelle kann ich aus meinem Leben streichen, die ganze Buslinie …

»Was willst du jetzt tun?«, fragt Paul.

Tun?

Was meint er damit?

»Ich kann gar nichts tun«, murmle ich.

»Aber du willst doch nicht, dass die ihn mitnehmen.«

»Vielleicht ist es ja besser für ihn.«

Paul betrachtet mich mit sehr unzufriedener Miene.

»Du musst für ihn kämpfen.«

»Mann«, fauche ich. »Du guckst zu viele Kitschfilme.«

Aber in mir drin regt sich was, fast an derselben Stelle, an der gestern auch die Wut aufgekeimt ist.

Das kann ich mir doch nicht gefallen lassen! Cochise ist mein Hund, das weiß ich ganz genau … und wenn ich ihn jetzt noch nicht mit nach Hause nehmen kann, na und? Ich kann auch hier für ihn sorgen. Ich werde irgendwie Geld verdienen und das Hundefutter kaufen und jeden Tag mit ihm spazieren gehen.

»Hast du eine Idee?«, frage ich Paul.

Er schüttelt den Kopf.

Wir rasen zum Zwinger. Cochise steht schon auf den Hinterbeinen am Zwingergitter. Er wedelt wild mit dem Schwanz.

»Er freut sich wie verrückt«, stellt Paul fest. »Schade, dass Alonso nicht mit dem Schwanz wedeln kann.«

Da muss ich schon wieder lachen. Ein schwanzwedelnder Papagei, das wäre eine echte Sensation auf dem Mühlenhof, besser als jedes Känguru. Aber dann sehe ich Cochise wieder in die Augen.

»Ich will nicht, dass die ihn wegholen.« Ich kann nur mit fast erstickter Stimme reden. »Können wir denen nicht irgendwas Schlechtes über ihn erzählen?«

Paul starrt mich an.

»Wie meinst du das?«

»Irgendwas ... sodass sie ihn gar nicht wollen.« Ich lasse den Kopf hängen. »Aber ich kann das nicht. Ich kann überhaupt nicht schwindeln und so was.«

Als ich wieder aufsehe, grinst Paul über beide Ohren.

»Lass mich mal machen«, sagt er. »Ich kann das.«

Ich halte Cochise meine Hand hin, er schnuppert durchs Gitter und wirft Paul dabei einen misstrauischen Blick zu.

»Wenn ich dir ein Zeichen gebe, dann tust du so, als hätte er dich gebissen«, flüstert Paul

»Was?«

»Probier's einfach. Sie kommen!«

Paul bleibt ein paar Sekunden lang stumm, dann kommt das Signal: »Jetzt!«

»Au!«, schreie ich laut und ziehe ruckartig die Hand weg. »Was soll denn das?«

In der Schule mussten wir mal ein Theaterstück aufführen. Ich hatte die kleinste Rolle, die einer alten Dienerin, die nur einmal auftritt und: »Wehe uns allen!«, sagen muss. Ich konnte damals nächtelang nicht schlafen, weil ich befürchtete, ich könnte meinen Text vergessen.

»Was ist passiert?«, fragt Paul unschuldig. Er würde in einem Theaterstück wahrscheinlich die Hauptrolle kriegen.

»Er hat …« Ich kann nicht lügen! Nicht mal im Notfall. »Ach, nichts.«

»Hat er nach dir geschnappt?« Paul geht einen Schritt zurück, so fällt es nicht auf, dass er sehr laut redet.

Jetzt erst entdecke ich die Familie, die sich dem Zwinger nähert. Die Frau, die den etwa fünfjährigen Jungen an der Hand führt, guckt besorgt zu Boden, als fürchte sie, in einen Hunde- oder sonstigen Kothaufen zu treten. Der Mann beschleunigt seinen Schritt und steht mit gerunzelter Stirn vor mir. Cochise weicht wie ein Blitz an die hintere Zwingerwand zurück und beobachtet die Ankömmlinge mit aufgerissenen Augen.

»Ist etwas passiert?«, fragt der Mann so streng, als würde er vermuten, dass ich Cochise gebissen habe, nicht umgekehrt.

»Nein«, stammle ich. Bestimmt werde ich rot, weil ich immer rot werde, wenn Unbekannte mich ansprechen. Leider glauben die meisten Menschen, dass Kinder nur dann rot werden, wenn sie lügen.

»Erzähl mir nichts«, sagt der Mann prompt. Er sagt es nicht unfreundlich, aber auch nicht besonders geduldig. »Ich hab's doch gesehen. Zeig mal deine Hand.«

»Es ist überhaupt nichts passiert!«, beteuere ich.

»Er ist eigentlich ganz lieb«, fügt Paul hinzu.

Der Mann greift nach meiner Hand. Die Frau ist nun auch herangekommen. Sie mustert Cochise, der sich immer noch platt gegen die Wand drückt, als wollte er hindurchschlüpfen.

»Ein niedlicher Kerl«, sagt sie. »Ich finde, er hat einen ganz speziellen Ausdruck, nicht wahr? Einen Charakterkopf.«

Der kleine Junge wagt sich ans Gitter.

»Cochise, mach Sitz!«, schreit er. »Mach Sitz! Sitz!«

»Komm da weg.« Der Vater zieht ihn zurück. »Siehst du nicht, dass er Angst hat? Womöglich schnappt er auch noch nach dir.«

»Schnappt er etwa?« Die Frau wendet sich verblüfft um.

»Er ist nicht böse«, wirft Paul ein. »Er ist bloß unsicher. Er ist ausgesetzt worden, wissen Sie? Man weiß nicht, was er schon alles erlebt hat.«

»Armer Kerl!« Die Frau geht vor dem Zwinger in die Hocke. »Na, komm mal her.«

Sie ist eigentlich ziemlich sympathisch und Cochise hätte es wahrscheinlich gut bei ihr. Unser Spiel ist echt ein bisschen gemein.

»Man weiß natürlich auch nicht, warum die früheren Besitzer ihn nicht mehr haben wollten.« Paul zuckt mit den Schultern. »Ich glaube aber nicht, dass er jemand ernsthaft gebissen hat.«

Die Frau wendet sich zu ihm und sieht ihm in die Augen. »Hat er dich denn schon mal gebissen?«

»Er hat mich noch nie so nah rangelassen«, erklärt Paul.

»Mir gefällt er.« Die Frau wendet sich an ihren Mann. »Dir nicht.«

»Ich weiß nicht.« Der Mann kratzt sich am Kinn. »Wir müssen aber schon sicher sein, dass er einen guten Charakter hat. Denk an Michel.«

Die Frau wirft einen kurzen Blick auf ihren Sohn, der gerade kleine Steinchen in Richtung Cochise wirft. Er wirft sie nicht wirklich nach dem Hund, sondern nur vor ihn hin, wohl um seine Aufmerksamkeit zu erregen.

»Wir müssen uns ja nicht heute entscheiden«, sagt sie nachdenklich.

»Das Problem hat man immer, wenn man nicht weiß, wo ein Hund herkommt.« Der Mann sieht Paul streng an. Er könnte Lehrer sein. »Es ist immer am besten, wenn man die Eltern von einem Hund kennt oder wenigstens die Leute, bei denen er aufgewachsen ist.«

»Wie ein Rassehund sieht er aus«, sagt die Frau.

»Genau! Aber die Rasse von Cochise ist sehr selten«, beteuert Paul.

Die Frau runzelt die Stirn. »Selten? Man sieht solche Hunde doch ganz häufig. Ist das nicht der klassische Familienhund?«

»Nein nein, der sieht nur ähnlich aus«, erklärt Paul. »Das hier ist ein kanarischer Ziegenhund.«

»Ein was?«

»Auf den Kanarischen Inseln mussten die früher die Ziegen hüten. Es war wichtig, da aggressive Hunde zu haben, wegen der Wölfe, wissen Sie.«

»Hm«, macht der Mann und sieht Paul nachdenklich an.

»Einen aggressiven Hund wollen wir gar nicht«, stellt die Frau fest.

»Na, wir werden sehen.« Der Mann wirft Paul einen vielsagenden Blick zu.

»Können wir ihn gleich mitnehmen?«, bettelt der kleine Junge. »Bitte, bitte!«

Ich könnte ihm eine kleben.

»Nein, mein Schatz.« Die Mutter streicht ihm über die Haare. »Wir wollen ihn uns ja nur mal ansehen.«

»Ich will ihn streicheln!«, zetert der Junge.

»Heute nicht.« Der Vater sieht Paul immer noch an. »Er ist ja wirklich sehr ängstlich. Wir wollten ihn uns nur mal ansehen.«

Er wendet sich mir zu.

»Tschüss dann.«

»Tschüss«, murmle ich

Paul murmelt etwas Unverständliches. Ich traue mich gar nicht, ihn anzusehen.

Schon im Weggehen dreht sich der Mann noch einmal um.

»Seid bloß vorsichtig. Es könnte ja sein, dass euer Hund euch mit kanarischen Wölfen verwechselt.«

Und damit verschwindet er aus unserem Blickfeld.

»Scheiße«, sagt Paul halblaut.

Ich sehe ihn an. »Was ist?«

Und da ist es wieder: Er hat ein rotes, tiefrotes Gesicht.

»Mann«, flüstert er. »Ich wette, es gibt überhaupt keine kanarischen Wölfe.«

»Upps«, mache ich. »Peinlich.«

Aber ich glaube, ich werde nicht rot.

Es ist eher so, dass ich mich ganz gut fühle. Ein bisschen stolz sogar. Obwohl man sich nichts drauf einbilden sollte, wenn man ahnungslose Leute beschwindelt hat. Aber immerhin … es ist ungewohnt, dass ich mir nicht einfach alles gefallen lasse.

»Da kommt Günther!« Paul stupst mich in die Rippen. »Verrat bloß nichts!«

»Natürlich nicht!«

Günther schlendert über den Hof auf uns zu, als hätte er überhaupt nichts zu tun. Das ist der große Unterschied zwischen ihm und Andrea. Andrea ist immer in Hektik. Günther wirkt immer entspannt. Dabei arbeitet er vermutlich auch nicht weniger als seine Frau.

»Na, ihr beiden«, grüßt Günther. »Was macht er denn, unser Autobahnhund?«

»Vor mir hat er noch Angst«, erklärt Paul. »Er vertraut nur Sophie.«

Günther seufzt. »Ja, das ist schon ein Problem.«

Ich senke den Kopf und mein Anflug von Stolz verpufft. Es war absolut dämlich, diese Familie zu vergraulen! Was soll aus Cochise werden? Soll er ewig hier im Zwinger warten, nur weil ich ihn keinem anderen gönne? Soll er eingesperrt sein, damit ich ihn ab und zu besuchen kann?

»Ich hätte etwas mit dir zu besprechen«, sagt Günther. »Am besten kommst du mal mit rüber.«

Ich weiß nicht, wo »rüber« ist, und ich habe keine Ahnung, was es zu besprechen gibt. Es sei denn, die Familie hat sich über uns beschwert. Dann könnte es natürlich sein, dass Günther mir jetzt sagt, er kann so jemanden wie mich nicht gebrauchen und ich soll bitte schön nach Hause gehen und nie mehr wiederkommen.

Ich weiß nicht, ob ich rot oder blass werde oder beides abwechselnd im Sekundentakt.

Ich schiele nach Paul und stelle fest, dass auch er ein bisschen nervös blinzelt.

»Bis nachher«, murmelt er. »Wenn du mich suchst, ich bin im Vogelhaus.«

Ich kann nur nicken. Günther trabt los in Richtung Wohnhaus – das hat er wohl mit »rüber« gemeint. Eine Entenfamilie kreuzt verhalten quakend unseren Weg. Heute kann ich nicht mal ihren Wackelgang lustig finden. Günther öffnet das niedrige Gartentor und stapft voraus über den halb zugewucherten Steinplattenweg. Auf der Terrasse stehen ein paar Gartenstühle und auf dem Stuhl mit dem dicksten Polster liegt eine rot getigerte Katze. Die verscheucht Günther, bevor er mir den Stuhl hinschiebt. Mir ist das ein bisschen peinlich, denn ich hätte natürlich auch mit einem weniger gepolsterten Stuhl Vorlieb genommen. Von mir aus hätte die Katze in Ruhe weiterschlafen können. Aber Günther ist es offenbar gewöhnt, dass er zwischen den vielen Tieren seinen Platz behaupten muss.

Ich lasse mich in das Polster sinken. Die Katze streicht um den Stuhl und mustert mich missgünstig.

»Was trinken?«, fragt Günther freundlich. Er will es mir wohl nicht so schwer machen.

Ich starre ihn an und schüttle den Kopf, obwohl mein Mund ganz trocken ist.

Günther setzt sich und seufzt dabei ein bisschen, als würden ihm irgendwelche Knochen wehtun.

»Mag deine Mutter eigentlich Tiere?«, fragt er dann ganz unvermittelt.

Ich blinzle. Mit dieser Frage habe ich jetzt nicht gerechnet.

»Klar«, stottere ich. »Sehr sogar. Sie will bloß keine, wegen der Wohnung. Aber die behalten wir sowieso nicht. Und wegen Cochise ...«

»Eben.« Günther winkt ab. »Deswegen habe ich auch einen Vorschlag. Aber zuallererst wollte ich dich fragen, was du davon hältst.«

Ich sitze gebogen wie ein Fragezeichen im Stuhl.

»Ich hol mir noch schnell einen Kaffee.« Günther rappelt sich auf und verschwindet im Haus. Ich halte der Katze zerstreut die Hand hin und die sieht das offenbar sofort als Einladung und springt auf meinen Schoß. Als Günther mit der Kaffeetasse in der Hand zurückkommt, hat die Katze sich auf meinem Schoß eingekringelt und schnurrt laut. Günther grinst.

»Also, pass auf.« Er setzt sich umständlich, ohne die Kaffeetasse abzustellen. »Ich habe dir erzählt, dass hier früher noch eine Familie gewohnt hat. Die Wohnung oben steht jetzt seit Jahren leer.« Er nimmt einen Schluck aus der Tasse, verzieht ein bisschen das Gesicht und setzt die Tasse wieder ab. »Die Wohnung könnte ich euch günstig anbieten.«

Ich schnappe nach Luft. Bevor ich überhaupt nur einen Ton sagen kann, fährt Günther schon fort:

»Die Wohnung hat Nachteile, das sage ich lieber gleich. Ofenheizung, kein modernes Bad, und dazu die Lage … Ihr wärt aus der Stadt raus. Aber du weißt ja, dass der Bus einigermaßen regelmäßig fährt.«

Ich kann immer noch nichts sagen, aber das fällt Günther wohl überhaupt nicht auf.

»Deine Mutter will bestimmt wissen, was die Wohnung kosten soll. Na ja, viel Miete kann man dafür nicht verlangen. Vielleicht finden wir eine Regelung. Deine Mutter könnte vielleicht auch ein bisschen mithelfen, was meinst du?«

Ich nicke und zucke gleichzeitig mit den Achseln.

»Sie ist eigentlich Schneiderin«, gebe ich zu bedenken. »Sie bräuchte ein kleines Atelier.«

Günther nimmt noch einen Schluck und überlegt einen Moment lang.

»Na ja, da könnte sich auch etwas finden. Wir haben leer stehende Räume, die man zurechtmachen und nutzen könnte.«

Er lässt seinen Kaffee kreisen. »Darüber muss man reden. Wenn deine Mutter Interesse hat, soll sie mit dir herfahren und sich alles ansehen.«

Ich mache die Augen zu. Die Katze schnurrt. Irgendwo kläfft ein Hund. Irgendwo scheppert es laut, ein Eimer oder ein Trog. Eine Tür knallt.

Hier wohnen!

Leandras Insel!

Na ja, fast Leandras Insel. Abgesehen davon, dass hier viel zu viele fremde Menschen herumlaufen.

»Ich habe dich gar nicht gefragt, wie du die Idee findest«, stellt Günther fest.

Ich mache die Augen wieder auf. »Genial!«

Günther nickt. »Dann musst du nur noch deine Mutter überzeugen.«

»Soll ich sie anrufen?«

»Nein, das musst du schon persönlich machen. Es eilt nicht, such dir einen guten Moment.«

Er zwinkert mir zu. Und diesmal bin ich mir ganz sicher, dass ich rot werde. Aber es ist gar nicht so schlimm.

Das mit dem guten Moment ist leicht gesagt. Mama hat leider nicht mehr viele gute Momente. Sie sitzt fast den ganzen Tag vor Anzeigenzeitungen oder rast durch die Stadt und stellt sich in Bekleidungsgeschäften, Gärtnereien und sogar in Imbisslokalen vor.

»Alles ist besser als der Bahnhof«, sagt sie.

Natürlich halte ich die Spannung nicht mehr aus. Ich brühe Mama einen Kaffee auf, gieße ihn in ihre Lieblingstasse mit dem rotblauen Segelboot drauf und stelle ihn neben ihre Zeitung. Dann setze ich mich neben sie und beobachte sie so lange, bis sie mich ansieht.

»Ist irgendwas?«

»Wir können auf den Mühlenhof ziehen«, platze ich heraus.

Mama starrt mich an.

»Wie meinst du das? Ist ein Zwinger frei geworden? Nehmen die jetzt auch Obdachlose?«

»Nein. Die haben eine Wohnung frei. Eine richtige Wohnung.«

Mama schüttelt den Kopf.

»Na, weißt du ... Wie stellst du dir das vor? So weit draußen in der Pampa? Vergiss es, Sophie. Ich habe sowieso keine Lust, im Wanderzirkus zu wohnen.«

Mein Herz klopft ganz schnell. ›Das hat überhaupt keinen Sinn‹, schreit eine schrille Stimme in meinem Kopf. Aber da ist noch eine andere Stimme, eine ziemlich neue, energische Stimme, die etwas anderes sagt. ›Nicht aufgeben‹, sagt sie.

»Aber das wäre billig ... du müsstest nur ein bisschen mithelfen.«

Mama lacht bitter.

»Ich bin kein herrenloser Hund, ja? Ich gehe nicht da raus, so weit von der Stadt weg. Wie soll ich denn zur Arbeit kommen? Ein Auto können wir uns so bald nicht leisten.«

»Mit dem Bus ... und außerdem könntest du vielleicht einen Raum zum Schneidern kriegen ...«

Mama klappt ganz langsam die Zeitung zusammen, dann sieht sie mich an.

»Es tut mir leid, Sophie, aber das kommt nicht infrage. Ich sehe mir morgen eine Wohnung in Weitenfelde an.«

»Das ist auch außerhalb.«

»Ja, aber mit S-Bahn-Anschluss. Es ist ein großer Wohnblock, aber die Wohnung hat immerhin Balkon.«

Balkon! Als wäre ein halber Quadratmeter Freiluftbeton vergleichbar mit Leandras Insel!

»Da darf man garantiert keinen Hund halten«, murmle ich.

»Ich will auch gar keinen Hund. Keinen Hund, kein Känguru, kein Lama und keinen Papagei, verstanden?«

Da stelle ich fest, dass Mama mir wohl doch immer zugehört hat, wenn ich vom Mühlenhof erzählt habe.

Mama holt tief Luft. »Ich will eine ordentliche, bezahlbare Wohnung in der Zivilisation.«

Ich mache den Mund auf und wieder zu.

›Nicht aufgeben!‹, zischt die neue, entschlossene Stimme.

»Sieh dir die Wohnung doch wenigstens an! Bitte!«

»Ach, Sophie ...« Mama seufzt. »Das hat doch keinen Sinn. Ich habe keine Zeit, verstehst du? Das führt doch nirgendwohin.«

›Nicht aufgeben, nicht aufgeben, nicht aufgeben‹, murmelt die Stimme beschwörend. Die andere Stimme aber kreischt höhnisch: ›Ich hab's gleich gesagt, vergiss es einfach!‹

Ich kann sie nicht leiden, diese kreischende, höhnische Stimme, und ich weiß nicht, warum sie schon wieder die Oberhand gewinnt und die neue Stimme zum Verstummen bringt.

Im Deutschunterricht bin ich heute mal wieder nicht bei der Sache. Die ersten meiner Mitschüler haben ihre Interviews schon fertig und lesen vor. Sarah hat ihre große Schwester interviewt, die in einem Call Center arbeitet und dort den ganzen Tag telefoniert. Horror! Das wäre kein Job für mich. Marco wollte eigentlich den Bürgermeister interviewen und hat tatsächlich im Rathaus angerufen (sagt er), aber der Bürgermeister hatte keine Zeit. Ersatzweise hat Marco die Vorzimmersekretärin befragt, die erklärt hat, ihr Beruf mache ihr viel Spaß. Ich höre nur mit einem Viertelohr zu, denn ich muss dringend nachdenken. Ich will Cochise behalten, ich will auf den Mühlenhof ziehen. Das sind zwei sehr bedeutende Wünsche, und das Verrückte ist, dass ihre Erfüllung in greifbare Nähe gerückt zu sein scheint. Was würde Leandra tun?

Wo sie wohnen will, kann sie ganz alleine entscheiden. Na ja, es ist allerdings nicht so, dass auf der Insel sehr viele verschiedene Wohnungen zur Verfügung stünden. Was würde sie tun, wenn ihr jemand ein Tier, zum Beispiel einen Hund, wegnehmen wollte?

Das würde sie sich natürlich niemals gefallen lassen! Sie würde sich wehren. Sie würde ihren Hund verteidigen, und alle würden mithelfen ... Rubikon, der Schecke, die Zibetkatze (die zwar keine Zähne mehr hat, aber noch gut kratzen kann), die anderen Hunde natürlich ... Sie würden alle zusammenhalten und jeder Eindringling würde erkennen, dass es gar keinen Sinn hat, sich mit einer wie Leandra anzulegen. Menschliche Freunde hat Leandra allerdings keine, außer ein paar Brieffreunden, die natürlich nicht da sind, wenn man sie braucht.

Eine Freundin wie Marietta würde wahrscheinlich auch nicht helfen. Marietta würde hoch und heilig versprechen, dass sie kommt, und dann würde sie es sich im letzten Moment anders überlegen. Oder tue ich ihr jetzt total unrecht?

Ich habe also niemanden, keine Tiere und keine Menschen.

Na gut, ich habe Lukas. Er ist kein Freund, sondern nur ein Bruder, aber er würde mir bestimmt helfen, wenn es darauf ankäme. Allerdings traue ich mich nicht, mit ihm über das Thema Mühlenhof zu sprechen. Seit der Bekanntschaft mit Gottfried dem Ziegenbock macht er darüber gerne bitterböse Bemerkungen.

Dann wäre da noch Paul. Paul hat mir schon ein bisschen geholfen, aber ein Freund ist er trotzdem nicht. Oder? Eigentlich kennen wir uns noch gar nicht richtig. Komisch. Obwohl ich Marietta schon tausendmal öfter gesehen habe als Paul, kommt mir Paul plötzlich viel vertrauter vor.

Dann ist da noch … Cochise selbst.

Genau! Cochise selbst muss mir helfen. Warum bin ich nicht gleich darauf gekommen?

Ich werde dafür sorgen, dass Mama Cochise kennenlernt. Und wenn sie ihn erst mal kennt, wird sie verstehen, dass ich ihn behalten will. Wenn sie wiederum das erst mal verstanden hat, dann wird sie sich die Sache mit dem Mühlenhof doch wenigstens überlegen. Mehr will ich ja gar nicht. Sie soll sich die Wohnung zumindest mal ansehen. Ich finde, ich habe ein Recht darauf. Schließlich zieht nicht nur Mama um, sondern wir alle drei.

Günther hat nichts dagegen, dass ich Cochise mit in die Stadt nehme. Allerdings macht er ein ernstes Gesicht, als ich mich mit dem Hund an der Leine von ihm verabschiede.

»Von mir aus kann er auch über Nacht bei euch bleiben«,

sagt er. »Aber denk daran, er schließt sich immer enger an dich an. Es wird schwierig für ihn, wenn du dich dann doch nicht weiter um ihn kümmern kannst.«

Ich senke den Kopf, aber dann hebe ich ihn doch wieder und sehe Günther fest an.

»Darum geht es gerade«, sage ich. »Ich will ihn doch behalten.«

Günther nickt, und jetzt lächelt er auch wieder.

»Viel Glück!«

»Danke.«

Eine Viertelstunde später stehe ich mit Cochise im Bus. Der hat sich ganz platt auf den Bauch gelegt, hechelt angestrengt und hat seine weit aufgerissenen Augen in hilflosem Vorwurf auf mich gerichtet. In seiner Panik wirkt er nicht besonders charmant. Ich habe ihm extra noch das Fell gebürstet und das schönste Halsband ausgesucht, gelb-rot-schwarz gemustert wie eine Korallenschlange.

»Reiß dich zusammen«, sage ich freundlich zu ihm. »Einen Jammerlappen kann Mama nicht gebrauchen.«

Er klopft nur einmal ganz kurz mit der Schwanzspitze auf den Boden. Beim Aussteigen falle ich fast aus dem Bus, so heftig zerrt er ins Freie. Obwohl ich mir den Ellbogen an einer Haltestange stoße, muss ich lachen. Es ist so schön, Cochises Kraft zu spüren, seine Wärme in seiner Nähe, seine Aufmerksamkeit. Es kann einfach nicht sein, dass ich ihn wieder verliere. Er muss Mama jetzt einfach um den Finger – na ja, um die Pfote – wickeln.

An der Straße bleibt Cochise nervös stehen. Er hält den Schwanz zwischen die Hinterbeine geklemmt, drängt sich dicht an mich, und bei jedem Motorengeräusch wendet er panisch den Kopf. Erst als wir im Treppenhaus stehen, wird er ruhiger, schüttelt sich, als wäre er nass geworden. Dann läuft er sogar vor mir her die Treppen hoch, als erwarte er, oben auf einen Bekannten zu treffen. Vielleicht hat er früher auch in so einem Haus gewohnt? Ich will es mir gar nicht so genau vorstellen, sonst werde ich eifersüchtig.

Gerade als ich unseren Treppenabsatz erreiche, geht unsere Wohnungstür auf und meine Mutter steht vor mir ... in Straßenkleidung, die Handtasche über der Schulter. Wir starren uns überrascht an.

»Wo willst du hin?«, frage ich.

»Was soll das denn jetzt?«, fragt Mama zurück.

Dann schweigen wir beide einen Moment lang. Schließlich macht Mama wieder einen Schritt vorwärts.

»Ich muss zur Arbeit«, sagt sie.

»Jetzt?«

»Ich habe die Schicht tauschen können. So ist es wenigstens noch hell, wenn ich nach Hause komme.«

»Ich wollte dir Cochise zeigen«, stammle ich.

Mama betrachtet Cochise einen Moment lang. Dann lächelt sie und streckt dem Hund ihre Hand zum Schnuppern hin.

»Sieht nett aus«, sagt sie immerhin. »Aber ich muss jetzt los. Wann bringst du ihn zurück?«

»Wir kommen mit«, beschließe ich einfach.

»Wohin?«

»Wir begleiten dich zum Bahnhof. Wenn wir mit einem Hund kommen, haben die Angst.«

Mama zögert, dann zuckt sie mit den Achseln.

»Der kostet in der Straßenbahn aber Geld«, wendet sie ein.

»Nur Kinderfahrschein. Komm schon.«

Mama seufzt. »Na gut.«

An der Haltestelle Hauptbahnhof wollen viele Leute aussteigen, und einige haben schweres Gepäck, das sie nur mit Mühe ins Freie wuchten können. Ich bleibe mit Cochise zurück, bis das schlimmste Gedränge vorbei ist. Mama wartet vor der Bahn auf mich. Sie sieht sich um, ihre Miene ist angespannt.

»Sie sind da«, flüstert sie mir zu. »Sie sind immer da. Vorne, bei den Briefkästen.«

Ich wende mich in die angegebene Richtung und entdecke auch wirklich eine Gruppe junger Typen. Sie haben kurz geschorene Haare bis auf einen mit einer langen Rastamähne. Einige halten Bierdosen in der Hand, einer lehnt an einem Briefkasten, die anderen an einem Metallgeländer. Um die Gruppe herum liegen mehrere große Hunde.

»Jede Menge Hunde!«, sage ich beeindruckt.

»Ja.« Mama sieht genauer hin. »Jede Menge.« Sie zögert. »Damals, als es die Schlägerei gab, hatten sie keine dabei. Jedenfalls kann ich mich an keine erinnern.« Sie macht einen entschlossenen Schritt in Richtung Bahnhofseingang. »Schau nicht so genau«, sagt sie leise. »Sonst werden sie aufmerksam. Ich bin froh, wenn sie mich nicht bemerken.«

»Was passiert denn sonst?«

»Die gucken immer so«, flüstert Mama nervös. »Die beobachten mich genau.«

»Haben sie noch mal was gesagt?«

»Nein, das nicht …« Weiter kommt Mama nicht, denn im nächsten Moment hat sich Cochise losgerissen. Es ist ganz allein meine Schuld. Ich habe einfach nicht damit gerechnet, dass Cochise so überraschend so heftig ziehen würde. Ich habe nicht auf ihn geachtet, sondern nur nach den Typen und nach meiner Mutter geguckt. Die ganze Zeit stand Cochise dicht an mich gedrängt da. Aber aus irgendeinem Grund ist er jetzt losgeschossen, hat mir die Leine aus der Hand gerissen. Ich versuche noch auf die Leine zu treten, aber Cochise ist zu schnell. Er rast mitten in das Gewühl aus Straßenbahnen, Fahrrädern und Fußgängern hinein.

»Cochise!« Meine Stimme überschlägt sich vor Panik. Wie soll er mich hören? Um ihn herum lärmt der Verkehr. Eine Straßenbahn kommt mit kreischenden Bremsen zum Stehen. Ich renne los. Meine Mutter steht wie angewurzelt.

Aus den Augenwinkeln sehe ich, dass die Typen in Bewegung kommen. Zwei rennen los, Hunde kläffen hinter ihnen her.

Cochise weicht einem Radfahrer aus, sieht sich panisch um und galoppiert die Schienen entlang in Richtung Innenstadt. Gleich wird er die Kreuzung erreichen, die tobende Kreuzung, an der die Straßenbahnen auf Busse, Taxis, Autos, Lastwagen, Mofafahrer und alles andere treffen.

»Cochise!«, brülle ich.

Aber dann sind die beiden Typen da. Nicht bei Mama, sondern bei Cochise. Mit ausgebreiteten Armen versperren sie ihm den Weg. Cochise bremst ab, zögert, und diesen Moment nutzt einer der Typen und greift nach der am Boden schleifenden Leine. Ein Auto, das auf der Straßenbahnspur gar nicht fahren dürfte, hupt heftig. Cochise steht hechelnd da und starrt die fremden Männer an. Ich schlängle mich mit laut klopfendem Herzen zwischen den Straßenbahnen durch und stehe dann keuchend vor den beiden Typen und Cochise.

»Das ist mein Hund!«, schreie ich.

»Das war knapp«, sagt einer der Typen, ohne sich um das hupende Auto zu kümmern. »Der hätte leicht platt sein können.«

Er reicht mir die Leine. »Das ist vielleicht ein Angsthase. Hat wohl Schlimmes erlebt, oder?«

Ich starre die beiden an.

Sie sehen wie die Schläger aus, die Mama mir beschrieben hat: Kurz geschorene Haare, gepiercte Nasenflügel und Lippen, Armeeklamotten, Springerstiefel auf der einen Seite; vollkommen zerfetzte Jeans, abgewetzte Lederjacke und verkrustete Wunde über dem linken Auge auf der anderen.

Na ja, andererseits sehen sie aber gar nicht so wie Brutalos aus. Das mag an ihrem Lächeln liegen, an den freundlichen Blicken auf mich und Cochise.

»Ja, scheißknapp«, bestätigt der zweite Typ noch mal. Er dreht sich zu dem hupenden Auto um und ruft etwas sehr Unanständiges.

Da ist Mama.

»Kommt erst mal von der Straße!«, keucht sie und es ist nicht klar, ob sie nur mich und den Hund meint, oder auch die beiden Typen. Jedenfalls gehorchen die und zotteln brav hinter ihr her auf den Bürgersteig, wo ihre Kumpels und die anderen Hunde sie schon erwarten. Cochise wird schon wieder ganz dünn und schmal, als die Hunde ihn beschnuppern.

»Vielen Dank«, sagt Mama zu den beiden Typen. Sie nestelt ihr Portemonnaie aus der Jacke und hält ihnen einen Zehneuroschein hin.

»Was gibt das jetzt?« Der Gepiercte runzelt die Stirn.

»Als Dankeschön«, stammelt Mama. Und sie wird rot.

Aber da schütteln die Typen die Köpfe.

»Wir mögen Hunde«, sagt der erste. »Wir haben selbst welche. Wir gucken doch nicht zu, wenn einer platt gefahren wird.« Er klopft mit dem Zeigefinger gegen Cochises Schädel. »Lern die Verkehrsregeln, Junge.«

Und die beiden drehen sich um und verziehen sich wieder zu den Briefkästen.

Ich bücke mich zu Cochise und drücke ihn an mich.

Mann, Mann, Mann! Fast hätte es eine Katastrophe gegeben!

Dann sehe ich wieder zu meiner Mutter. Sie starrt immer noch auf die Gruppe bei den Briefkästen.

»Und?«, frage ich vorsichtig. »Haben sie dich denn erkannt?«

Mama schüttelt langsam den Kopf. »Du, ich glaube … « Sie lacht nervös. »Ich glaube, sie sind es gar nicht.«

»Was?«

»Sie waren es nicht. Sie sind es nicht. Ich habe mich die ganze Zeit vor ihnen gefürchtet, aber sie sind gar nicht die Schläger von damals. Das sind bloß irgendwelche Jungs, die am Bahnhof rumhängen. Keine Ahnung, was sie so alles anstellen, aber mit mir hat das jedenfalls nichts zu tun.« Sie schüttelt den Kopf. »Das ist vielleicht bescheuert. Ich hätte doch mal genauer hinsehen sollen.«

»Na, das ist der Hammer«, stelle ich fest.

Mama schüttelt noch einmal den Kopf. »Die haben mir nicht aufgelauert. Ich habe sie verwechselt – na ja, mit den kurz geschorenen Haaren … die sehen sich alle so ähnlich … und weil die da so herumstehen … Ich glaube, die waren auch älter, ein ganzes Stück älter …«

Dann legt sie mir die Hand auf die Schulter und wird wieder streng.

»Seht zu, dass ihr nach Hause kommt, ihr beiden.«

»Darf Cochise heute bei uns übernachten?«

Mama zögert. Sie hält Cochise wieder ihre Hand hin, und der leckt ihr ganz zart über die Finger.

»Igitt«, sagt Mama und zieht die Finger schnell weg, aber sie lacht. »So kann ich keine Brötchen verkaufen!« Dann seufzt sie. »Meinetwegen. Ausnahmsweise.«

Da drücke ich Mama ganz fest und dann drücke ich Cochise und sehe Mama nach, wie sie im Gedränge auf der Bahnhofstreppe verschwindet.

Pampashasen

Es ist wieder einmal Samstag.

Ein grauer Samstag, an dem es mir lange Zeit schwerfällt, zu unterscheiden, ob ich schon wach bin oder noch schlafe. Ich habe die Augen noch geschlossen und lausche. Es fahren schon viele Autos, auch eilige Schritte klappern, Samstagseinkäufer, Samstagsarbeiter sind unterwegs.

Jemand rumort auch schon in der Küche, lässt Wasser laufen, klappert mit Tassen. Das kann nur Mama sein, denn Lukas kriecht an so einem Tag bestimmt nicht freiwillig aus dem Bett. Ich gönne mir auch noch ein paar Minuten, lese eine Abenteuergeschichte weiter, die ich mir aus der Bibliothek ausgeliehen habe. Aber die Kinder in der Geschichte sind mir nicht sympathisch. Sie sind durchgehend tapfer, unerschrocken, begegnen jeder Gefahr mit einem coolen Spruch auf den Lippen. Ich klappe das Buch zu und krabble aus dem Bett.

»Guten Morgen«, begrüße ich Ceremonio, der immer noch einsam in seinem Einmachglas hin und her schwimmt. Es wäre vielleicht ein guter Tag, um Ceremonio freizulassen.

Mama steckt den Kopf zur Tür herein. »Bist du wach? Kommst du frühstücken?«

»Gleich.«

Ich gehe ins Bad. Als ich zehn Minuten später in der Küche auftauche, hat Mama Brötchen aufgebacken und ein frisches Glas Erdbeermarmelade aufgemacht, so als wäre es ein besonderer Tag.

»Ist heute ein besonderer Tag?«, frage ich.

»Wie kommst du darauf? Wegen der Brötchen? Aus Brötchen besteht mein grauer Alltag, wie du weißt – Brötchen mit Salami, Mozzarella und Thunfisch …«

»Ich meine ja nur.« Ich setze mich und nehme mir eins der noch warmen Brötchen. Ich schneide es durch und drücke mit den Fingerkuppen das weiche Brötcheninnere ein.

»Was haben wir heute vor?«, will ich wissen. Mama vermittelt irgendwie den Eindruck, als gäbe es heute noch einen wichtigen Programmpunkt.

Mama schmiert sich seelenruhig Butter auf ihr Brötchen.

»Ich dachte, du zeigst mir heute mal deinen Mühlenhof.«

Ich lasse mein Brötchen auf den Teller fallen. »Was?«

Mama winkt schnell ab. »Das heißt nicht, dass ich da wohnen will, ist das klar? Aber ich muss mir das ja wenigstens ansehen, wenn es dir so wichtig ist. Und Cochise noch ein paar Leckerlis bringen.« Sie lacht. »Immerhin hat er mich unter Einsatz seines Lebens von der Angst vor den Halbstarken befreit.«

»Heißt das, dass du doch weiter am Bahnhof arbeitest?«

Mama nickt, dann schüttelt sie den Kopf.

»Nur bis ich etwas Besseres finde.«

»Und … ich meine, willst du dir denn auch die Wohnung ansehen?«

»Wenn ich schon mal da bin …« Mama sieht mich streng an. »Aber mach dir keine falschen Hoffnungen.«

Mein Herz klopft so, als wäre ich fünf Stockwerke hochgerannt.

»Es ist ja vollkommen absurd«, murmelt Mama, während sie mit dem Buttermesser die flüssige Erdbeermarmelade aus dem Glas schaufelt. »Ein Leben im Wanderzirkus, irgendwo in der Pampa, ohne Auto …« Sie verstummt. »Und mit dem Schneideratelier, das wird auch nicht so einfach sein.«

»Günther sagt, er hat genug Platz.«

»Günther sagt, ja ja. Deinen Märchenonkel Günther muss ich mir auch erst mal ansehen.«

Über den »Märchenonkel« muss ich lachen. Aber mein Brötchen kriege ich natürlich nicht runter. Wer kann in so einem lebenswichtigen Moment denn essen?

Na ja, Lukas kennt dieses Problem nicht: Er kann immer essen. Obwohl er in letzter Minute aufsteht, hat er schon zweieinhalb Brötchen verdrückt, als Mama noch in ihre Wanderschuhe schlüpft.

»Ich vermute, wir brauchen keine vornehmen Klamotten«, meint sie dazu.

»Wenn dieser Ziegenbock sich wieder mit mir anlegt, mache ich Gulasch aus ihm!«, droht Lukas mit vollem Mund.

»Gottfried ist verliebt«, erkläre ich ihm.

»Hat er eine hübsche Ziege abgekriegt?« Mama zupft sich vor dem Flurspiegel die Haare zurecht.

»Nein, ein Känguru. Es heißt Margarete.«

»Du meine Güte.« Mama greift seufzend nach ihrer Handtasche. »Das kann ja heiter werden. Kommt ihr?«

Also, ich muss zugeben, eine Luxuswohnung ist es nicht gerade, was uns Günther da zeigt. Alles riecht muffig, obwohl Andrea sofort die Fenster aufreißt, und an den Wänden kann man noch genau die Umrisse von Möbeln und aufgehängten Bildern erkennen. In der Küche sieht es auch nicht so besonders appetitlich aus, aber die kann man ja gründlich schrubben. Immerhin hat die Wohnung einen großen Balkon, von der aus man Kirchtürme und Hochhäuser der Stadt in der Ferne erkennen kann. Das findet Mama offenbar ganz beruhigend.

»Lukas, Sophie, ich würde mich gerne allein mit den beiden unterhalten«, sagt Mama, als wir wieder im Treppenhaus stehen. »Ist das okay? Ich meine, könnt ihr solange draußen warten?«

Als ob draußen warten auf dem Mühlenhof eine Strafe wäre!

Lukas flitzt gleich los zur Koppel, weil er sich von der ungewöhnlichen Liebe zwischen Huf- und Beuteltier selbst überzeugen will. Ich rase natürlich zu Cochise, befreie ihn aus dem Zwinger und gehe mit ihm auf dem Hof hin und her. Paul ist noch nicht da, kommt heute später, hat Günther gesagt. Ich schaue mal bei Salomon, dem Igel, rein, aber der pennt fest.

Die zwei Mädels führen ihre Pferde übers Pflaster und bleiben vor mir stehen.

»Hier könntest du auch reiten lernen.«

Ich nicke. Offenbar hat sich schon herumgesprochen, dass wir vielleicht – ganz großes Vielleicht – hier wohnen werden.

»In welche Schule gehst du eigentlich?«, fragt die Ältere.

»In die Schiller. Sechste Klasse.«

»Da geht meine Cousine auch hin, auch Sechste. Marietta heißt sie. Marietta Kimmel.«

»Marietta?« Ich schnappe nach Luft. »Du kennst Marietta?«

»Na ja, wo sie doch meine Cousine ist.« Das Mädchen zuckt mit den Achseln. »Ich treffe sie nur an Familiengeburtstagen.« Sie verzieht das Gesicht und das andere Mädchen kichert solidarisch.

»War Marietta auch schon mal hier?«

Da schüttelt das Mädchen lachend den Kopf. »Die? Die fällt schon in Ohnmacht, wenn sie das Lama von Weitem sieht. Die hat Angst vor Tieren, weißt du das nicht?«

»Das stimmt doch gar nicht!«, rufe ich empört.

»Aber klar. Kannst ja mal fragen. Ist egal ob Hund, Pferd oder Vogel, die hat vor allem Angst. Tschüss, bis später.«

Die Pferde setzen sich gehorsam wieder in Bewegung. Na ja, vor so einem Pferd kann man ja auch Angst haben, vor diesen riesigen Köpfen, den breiten Zähnen …

Ich überlege. Wie war das denn beim Wandertag, als wir an den Kühen vorbeimussten? War Marietta nicht eine von denen, die erst mal lange kreischten und zeterten? Wie war das, als der Vogel in unserem Klassenzimmer herumflatterte? Ich habe gar nicht auf Marietta geachtet, weil ich ja so damit beschäftigt war, ihn einzufangen.

Wie kann man denn Angst vor Tieren haben?

Ich setze mich auf einen umgekehrten Eimer vor den Kräutergarten. Von hier aus kann ich das Geschehen auf dem Hof gut beobachten. Dabei versuche ich krampfhaft, mir NICHT vorzustellen, dass ich womöglich hier wohnen könnte. Lukas kehrt von der Koppel zurück. Er versucht, Cochise zu streicheln, aber der weicht zurück.

»Ach, der gewöhnt sich schon noch an mich«, sagt Lukas.

Wie meint er das? Weiß er etwas, was ich nicht weiß? Lukas angelt sich ebenfalls einen leeren Eimer und dreht ihn so um, dass er ihn als Sitzgelegenheit benutzen kann.

»Alles ziemlich versifft hier.«

»Andrea und Günther müssen es alleine schaffen.«

»Ich könnte hier mit meiner Band proben.« Lukas schließt die Augen.

»Welche Band denn?«

»Na ja, die, die ich dann hätte.«

»Dann gehen die Pferde durch. Und Gottfried wird wild.« Ich kichere. Und dann sehe ich zum hundertsten Mal rüber zum Wohnhaus, in dem Mama immer noch mit Günther und Andrea über die Wohnung redet.

Endlich, ein Interview

Ich habe heute Morgen Fieber gemessen, aber ich bin nicht krank. Meine Halsschmerzen, das Schwindelgefühl und der verkrampfte Magen müssen eine andere Ursache haben. Möglicherweise besteht ein Zusammenhang mit der heutigen Deutschstunde, in der ich mein Interview vorlesen muss. Ich bin eine der Letzten, außer mir fehlen nur noch Rakim und Milena. Rakim hat das Interview zwar rechtzeitig gemacht, aber den Zettel wieder verloren (sagt er). Und Milena macht eigentlich nie irgendetwas und wartet einfach in Ruhe darauf, dass sie sitzen bleibt.

Ich habe meinen Text niemandem gezeigt, nicht einmal Lukas. Na ja, Günther selbst weiß natürlich, was er gesagt hat. Ehrlich gesagt, unser Gespräch war in Wirklichkeit viel länger, aber ich wollte und konnte nicht alles aufschreiben. Also habe ich mich auf die Antworten zu den wichtigsten Fragen beschränkt.

Unglücklicherweise haben wir erst in der Fünften Deutsch. So lange muss ich mit dem flauen Gefühl im Magen leben, nicht nur leben, sondern geometrische Figuren zeichnen, Volleyball spielen, Spirituals singen und mir ein Referat über einen Kaiser anhören, dessen Namen ich natürlich sofort wieder vergesse. Ich bin schon fast erleichtert, als es endlich so weit ist und ich vor der Klasse stehe. Ich werfe einen kurzen Blick in Richtung Marietta, aber sie sieht mich nicht an, sondern betrachtet ihre (perfekten) Fingernägel.

»Fang an.« Frau Wiesel-Zwacker hat sich bequem hingesetzt und lächelt mir aufmunternd zu.

Ich hole tief Luft.

Reporter: Wie heißen Sie?
Günther: Günther Klaus Hergenried.
Reporter: Was sind Sie von Beruf?
Günther: Ich habe nach der Schule sieben Semester Soziologie studiert, aber das Studium dann abgebrochen und eine Schreinerlehre gemacht. Dann habe ich ein paar Jahre in verschiedenen Ländern gelebt und dort alles Mögliche gearbeitet: Als Pizzafahrer, Altenpfleger, Hausmeister, Privatlehrer, Gärtner, Aushilfskoch und Hundetrainer zum Beispiel. Im Moment leite ich den Mühlenhof, einen Gnadenhof für Tiere, die von ihren Besitzern ausgesetzt oder verstoßen wurden.
Reporter: Macht Ihnen Ihr Beruf Spaß?
Günther: Meistens. Manchmal sind die Tiere in so einem schlechten Zustand, dass ich sehr wütend werde. Manchmal wird das Geld knapp und ich habe Angst, dass ich den Hof nicht halten kann. Aber meistens bin ich sehr zufrieden, wenn

ich sehe, wie gut es Tieren und Menschen auf meinem Hof geht.
Reporter: Verdienen Sie mit Ihrem Beruf viel Geld?
Günther: Nein! (lacht)
Reporter: Was wünschen Sie sich für die Zukunft? Beruflich, meine ich.
Günther: Ich wünsche mir, dass meine Frau und ich noch lange so weiterarbeiten können und dieser Hof eine Art, na ja, Oase für Menschen und Tiere bleibt.
Reporter: Eine Oase? Könnte man auch sagen eine Insel?
Günther: Ja, vielleicht könnte man auch Insel dazu sagen. Aber die muss dann eine regelmäßige Fährverbindung zum Festland haben.

In der Pause gehe ich zu Marietta, die vorhin mit den anderen applaudiert hat ... na ja, ich habe nicht mehr und nicht weniger Applaus bekommen als die anderen. Sarah hat mal kurz gemault, dass mein Interviewpartner aber gar keinen richtigen Beruf hat, aber Frau Wiesel-Zwacker hat gemeint, es wäre alles okay.

Marietta blättert in einer Zeitschrift, irgendeine Foto-Lovestory, glaube ich. Sie sieht erst auf, als ich direkt vor ihr stehe. Mein Herz klopft noch wilder als vor der Deutschstunde.

»Ich könnte dir den Mühlenhof mal zeigen«, schlage ich vor.

Marietta runzelt die Stirn. »Welchen Mühlenhof denn?«

»Den Hof mit den Tieren. Wo Günther arbeitet. Ich habe dort einen Hund, Cochise.«

Marietta guckt wieder auf ihre Zeitung.

»Nö, danke. Ist nicht mein Ding.«

Ich bleibe vor ihr stehen, bis sie wieder aufsieht.

»Warum denn nicht?«, frage ich.

»Ich habe keine Lust, kapiert?«

»Hast du Angst vor Tieren?«

»Quatsch!«, schnappt Marietta. »Lass mich jetzt in Ruhe.«

Ich drehe mich um.

Und merkwürdigerweise fühle ich mich gar nicht so schlecht. Marietta wird nie meine Freundin werden, das hätte ich von Anfang an wissen müssen. Aber das Schöne ist: Ich glaube, ich brauche sie überhaupt nicht.

Fischfrei

Ceremonio sieht sich keine Sekunde lang nach mir um. Er gleitet einfach in das kalte, graue Wasser des Weihers und schwimmt davon, auf der Suche nach seiner Vitella.

Ich sehe ihm nach. Hier werde ich niemals mehr einen neuen Fisch fangen. Die Zeiten mit Ceremonio und Vitella sind endgültig vorbei, selbst der Weiher wird bald Vergangenheit sein, und das von mehreren Fischgenerationen bewohnte Einmachglas kommt in den Glasmüll, denn je mehr wir vor dem Umzug wegschmeißen, desto besser, hat Mama gesagt. Es dauert noch eine Weile bis dahin, schließlich müssen wir noch Wände streichen und Fliesen schrubben und in der Küche sogar einen neuen Boden reinlegen, aber es geht vorwärts.

Mindestens dreimal am Tag hält Mama in dem, was sie gerade tut, inne, stemmt die Hände in die Hüften und seufzt: »Ich bin vollkommen verrückt. Ich muss Günther gleich anrufen und absagen.«

Aber das hat sie bis jetzt noch nicht getan.

Feine Regentropfen rieseln in den Weiher, verwirbeln die

eben noch spiegelglatte Oberfläche. Ein Windstoß fegt Laub von den Pappeln. Ich setze meine Kapuze auf und mache mich auf den Heimweg, eine leichte, herbstfarbene Spur von Traurigkeit durchzieht meine Gedanken. Nein, ich bin nicht richtig traurig, es ist bloß merkwürdig, wenn ein Stück Leben, das man eine Weile für normal gehalten hat, zu Ende geht und ein neues anfängt. Es gibt wirklich überhaupt keinen Grund, traurig zu sein, denn das neue Stück Leben wird bestimmt großartig, spannend, bunt und ganz, ganz anders.

Alles verändert sich, sogar Leandras Insel. Ich schreibe noch manchmal über Leandra, obwohl es mir fast peinlich ist, als würde ich noch im Sandkasten spielen.

Von der Spitze ihres Inselberges aus entdeckt Leandra ein Boot. Als es näher kommt, erkennt sie einen Jungen, der aus Leibeskräften rudern muss, um gegen die Strömung anzukommen. Leandra, die eine hervorragende Schwimmerin ist, stürzt sich ins Wasser. Sie zieht das Boot an Land. Der Junge, der darin sitzt, heißt Pablo. Er ist von zu Hause weggelaufen und dann mit dem Boot einfach aufs Meer hinausgefahren. Was für ein Glück, dass er Leandras Insel gefunden hat! Erfreulicherweise mag Pablo Tiere fast so gerne wie Leandra selbst, sodass es überhaupt kein Problem sein wird, wenn er einfach dableibt.

Leandra und Pablo haben sich übrigens auch überlegt, dass sie ab und zu Besucher auf ihrer Insel aufnehmen könnten – solange die sich gut benehmen, keine Tiere quälen und irgendwann wieder nach Hause fahren. Denn eigentlich wollen sie ihre Insel doch am liebsten für sich behalten.

Pablo hat inzwischen natürlich einen Papagei gezähmt, ganz wie Robinson Crusoe. Der hat auch schon ein bisschen sprechen gelernt.

»Leeee-andra!«, kann er sagen.

Und Leandra zuckt kein bisschen zusammen, wenn sie ihren Namen hört.

Von Bettina Obrecht ist bei Gabriel bereits erschienen:
Eltern zu verschenken
Willkommen zurück, Opa!

Obrecht, Bettina:
Ich wär so gern … – Wie Sophie ihre Schüchternheit vergaß
ISBN 978 3 522 30243 2

Umschlaggestaltung und -typografie: Niklas Schütte
unter Verwendung von Fotomaterial von plainpicture
und istock: Mädchen und Hund © plainpicture/Naturbild;
Blumenmuster © GelatoPlus
Texttypografie: Sabine Conrad
Satz: KCS GmbH, Buchholz/Hamburg
Schrift: Trump Mediaeval, Cochin
Druck und Bindung: Friedrich Pustet, Regensburg

5 4 3 2 1° 11 12 13 14

www.gabriel-verlag.de

Bettina Obrecht

Pam sucht sich neue Eltern

Eltern zu verschenken

160 Seiten · ISBN 978 3 522 30132 9

Coole Eltern hat sie ganz und gar nicht, findet Pam. Im Gegenteil, ihre Eltern sind manchmal richtig peinlich: Es ist ihnen egal, ob Pam ihr Zimmer aufräumt, sie wollen keinen Weihnachtsbaum und einen Fernseher brauchen sie auch nicht. Pam hätte gern ganz normale Eltern. Als in der Schule Familientag ist, muss sie sich etwas einfallen lassen. Und sie hat auch schon eine Idee ...

www.gabriel-verlag.de

Pietro Archiati

Erneuertes Christentum
und
Wiederverkörperung

Sechs Vorträge in Rom
22. – 25. April 1994

Verlag Freies Geistesleben

Übersetzung aus dem Italienischen
von Barbara Avato

ISBN 3-7725-1608-4

Schutzumschlag: Walter Schneider unter Verwendung des Bildes
«Jordan-Taufe III» von Ninetta Sombart

Druck : WB Druck, Rieden

Inhalt

Vorwort

Diese Vorträge sind im Rahmen einer Tagung gehalten worden, die in Rom im Frühjahr 1994 stattfand und wo etwa fünfhundert Menschen aus ganz Italien zusammenkamen. Nach jedem Vortrag gab es ein ausführliches, oft lebhaftes Gespräch.

Ich versuche in diesen Vorträge, in allgemein verständlicher Form darzustellen, daß das Bewußtsein von Wiederverkörperung und Karma für ein heute zeitgemäßes und zukunftsträchtiges Christentum unerläßlich ist.

Auch das tägliche praktische Leben und der soziale Umgang miteinander werden entschieden «christlicher» und «menschlicher» zugleich, wenn der Mensch nicht nur theoretisch von Wiederverkörperung und Karma weiß, sondern in seinen Herzenskräften davon ganz durchdrungen ist.

Der Leser stelle sich vor, was dadurch geschieht, daß ein Gedankengut sprachlich *zweimal* umgeschmolzen wird: von der deutschen in die italienische Sprache und wieder zurück. Man wird dadurch immer wieder nahezu gezwungen, von der sprachbedingten Ebene der Wortformulierungen und Redewendungen auf die universelle Ebene der Gedanken hinaufzusteigen. Im Hinblick auf den Druck habe ich mich der Mühe unterzogen, die Vorträge gründlich zu überarbeiten.

Im Laufe der Tagung fand ein von mir angeregtes Podiumsgespräch statt, wo Vertreter der buddhistischen, der naturwissenschaftlichen, der katholischen und der anthroposophischen Auffassung der Reinkarnation zu Worte kamen. Der Vertreter der katholischen Kirche hatte nichts *gegen* die Wiederverkörperung zu sagen und vertrat einen extremen Relativismus: Es gibt viele Denkmodelle, jeder hat seines, und die Wiederverkörperung ist auch eines unter vielen.

Am Tag darauf fand ich mich genötigt, die empörte Enttäuschung vieler Teilnehmer dadurch zu besänftigen, daß ich auf die halboffizielle Position der katholischen Kirche selber einging. Es war etwas von Kampfstimmung im Saal zu erleben. Der Leser wird – besonders im letzten Vortrag – aus meinen Worten dies noch nacherleben können.

Im Frühjahr 1995 war das Thema der Tagung: «Die Jahrtausendwende – Prüfung und Chance für die Menschheit». Es wurde über die großen Zeitzeichen am Ende des Jahrhunderts gesprochen. 1996 wird das Thema sein: «Der esoterische Gehalt der Evangelien». Der Verlag Freies Geistesleben möchte die Inhalte aller drei Tagungen dem deutschsprachigen Leser zugänglich machen.

Unterlengenhardt, am 1. Februar 1996 *Pietro Archiati*

Erster Vortrag:

Beginn und Ende der Wiederverkörperungen

Das Thema, von dem heute die Rede sein soll, ist kein leichtes; denn es geht darum, Anfang und Ende der wiederholten Erdenleben zunächst in informativer Weise darzustellen – und zwar so, wie es die Geisteswissenschaft Rudolf Steiners tut.

Ich möchte beginnen mit einigen allgemeinen Gedanken, die sich auf eine Wende in unserem Bewußtsein, auf eine neue Bewußtseinsstufe der Menschheit beziehen – mit Überlegungen, die darauf abzielen, zu verstehen, warum die Frage der Reinkarnation in den letzten Jahren so aktuell geworden ist (und in Zukunft allem Anschein nach immer aktueller werden wird), warum sie überhaupt gestellt wird, warum man über diese Frage spricht, sie diskutiert. Ferner, warum dieselbe Frage vor hundert oder zweihundert Jahren im Abendland kulturell nahezu inexistent war.

Ich werde also meine Ausführungen in zwei Teile gliedern. Im ersten Teil werden wir uns Gedanken machen über dieses neue Phänomen, das in der Menschheit aufgetreten ist und das darin besteht, daß die Frage der Reinkarnation gestellt wird. Im zweiten Teil, der etwas komplexer sein wird, werde ich versuchen, wenigstens in groben Zügen einerseits die Faktoren der Evolution aufzuzeigen, die den Anfang dessen bewirkt haben, was wir Erdenleben nennen – und andererseits diejenigen, die eine Art Ende derselben einleiten werden.

Ich beginne mit der neuen Bewußtseinsschwelle, an der die abendländische Menschheit angekommen ist und an der sie sich fragt: Verkörpert sich der Mensch wirklich nur einmal? Baut er sich dieses Haus aus Lehm, wenn wir es einmal so bezeichnen wollen, nur ein einziges Mal – dieses Haus, das wir «menschlichen Körper» nennen; oder mehrmals? Daß er es *einmal* tut, wissen wir ja. Wir brauchen uns ja nur an den Kopf zu fassen, um zu merken, daß wir einen Körper haben. Auf diese Weise kann sich ein jeder von uns in diesem Augenblick in seinem inkarnierten Zustand erleben. Wir fragen, ob wir das, was wir ganz offensichtlich dieses Mal getan haben, auch schon andere Male getan haben? Liegt es in der Logik der Evolution begründet, daß der Mensch den Akt der Inkarnation nur ein einziges Mal vollzieht, oder liegt es vielmehr in der Logik der Evolution, daß er diesen Akt mehrmals vollziehen muß?

Eine dritte Möglichkeit, nämlich eine endlose Wiederholung der Erdenleben bis in alle Ewigkeit, wäre natürlich ebenfalls denkbar. Auch sie muß berücksichtigt werden.

Warum wird die Frage der Reinkarnation, vom Gesichtspunkt der Bewußtwerdung aus gesehen, kulturell und sozial so wichtig? Hier möchte ich auf zwei wesentliche Dinge in der Seinsweise des modernen Menschen hinweisen: zum einen auf seine innere Einstellung gegenüber seiner Vergangenheit, zum andern auf die Art und Weise, wie er auf seine Zukunft, auf das, was kommen wird, zugeht.

Betrachten wir einmal die Haltung, mit der der heutige Mensch auf seine Vergangenheit blickt, auf das, was er geworden ist aufgrund der Art und Weise, wie er das ihm zur Verfügung Gestellte aufgegriffen und verarbeitet hat, und wenden wir uns danach der Haltung zu, mit der der

Mensch von heute normalerweise seine Zukunft entwirft. Wenn wir diese zwei Dimensionen unserer Existenz betrachten, so stellen wir fest, daß der heutige Mensch – und das ist in dieser Form etwas ganz Neues! – immer unfähiger wird, sowohl sich selbst, so wie er ist, als auch das, was um ihn herum ist, in seinen unangenehmen Seiten zu akzeptieren. Wir haben es mit einer zunehmenden Ablehnung und Auflehnung dem Schicksal gegenüber zu tun. Es ist bei den Menschen eine gewisse Unduldsamkeit, eine Art Rebellion dem gegenüber festzustellen, was einem gerade nicht paßt, ein Nicht-bereit-Sein, die Dinge so zu bejahen, wie sie nun eben einmal sind. Wir stellen fest, daß es in früheren Jahrhunderten den Menschen leichter fiel, ihr Schicksal hinzunehmen. Die Menschen besaßen die Fähigkeit, sich zu fügen – ob das positiv oder negativ zu bewerten ist, ist hier nicht die Frage; wir wollen nicht moralisch werten, sondern stellen lediglich fest, daß es in einem bestimmten Stadium der Evolution so war. Heutzutage verlieren die Menschen in immer stärkerem Maße und immer schneller diese Fähigkeit.

In der Vergangenheit erklärte man alles mit der Vorsehung beziehungsweise mit Gottes unergründlichem Ratschluß und Willen oder mit dem Schicksal. Alle diese Vorstellungen, die dazu dienten, den Menschen mit den Gegebenheiten des Daseins, mit dem, was ist, zu versöhnen, verlieren in der letzten Zeit immer mehr an Einfluß auf die menschliche Seele. In der Vergangenheit akzeptierte und ertrug der Mensch nicht nur sich selbst, so wie er war, sondern auch seine Mitmenschen und ebenso die Umstände seines Lebens. In der letzten Zeit jedoch deutet alles darauf hin, daß allgemeine Auflehnung und Unduldsamkeit immer mehr wachsen. Man ist immer weniger bereit und wird es künftig noch weniger sein, die Dinge so hinzunehmen, wie sie sind. Wenn jemand arm geboren und ein in wirtschaftlicher Hinsicht bescheideneres Leben als ein anderer zu führen gezwungen ist, ärgert er sich und sagt: Warum soll jener alles haben und ich nichts? Warum diese «Ungerechtigkeit»? Wir müssen uns fragen, inwieweit diese Auflehnung zu einer Lösung des Problems führt und inwieweit diese Einstellung richtig und menschengemäß ist angesichts der objektiven Tatsache, daß der eine, sagen wir, steinreich und der andere bettelarm ist. Wir werden sehen, daß es wichtig ist, sich eine gewisse innere Gelassenheit zu eigen zu machen, einen gewissen Gleichmut zu erwerben, denn es ist ja gerade die Emotionalität, die uns hindert, die Dinge objektiv zu sehen.

Was die Zukunft, was das noch Offene betrifft, so stellen wir beim heutigen Menschen eine andere Grundeinstellung fest, die in einem gewissen Sinne noch alarmierender ist. Ich meine seine Unfähigkeit zu denken, daß die Wirkungen seiner Handlungen irgendwann auf ihn selbst zurückfallen werden. Es nehmen zu in der Menschheit eine gewisse Verantwortungslosigkeit und Unbesonnenheit, ein Leichtsinn im täglichen Leben, der davon auszugehen scheint, daß der Mensch glaubt, seine Evolution schreite gleichsam deterministisch, das heißt ungeachtet seiner Handlungen, fort.

Betrachten wir ein extremes Beispiel: Wenn ein Mensch einen anderen tötet, noch dazu auf brutale Weise – es gibt in diesem Augenblick unzählige Beispiele auf der Welt –, so tut er dies in den meisten Fällen, ohne sich auch nur zu fragen, ob die Konsequenzen dieser seiner Handlung nicht eventuell einmal in der Entwicklung auf ihn zurückfallen könnten. Früher gab es sittliche Hindernisse, Gebote oder ehrwürdige Traditionen, deren Funktion darin bestand, die Menschen von gewissen Handlungen abzuhalten. Der

Mensch begeht heute viel leichter Taten, die er früher – vor auch nur zehn, zwanzig oder vierzig Jahren – nicht so leicht hätte begehen können. Ich glaube, daß diese Veränderung in der Einstellung der menschlichen Seele von größter Bedeutung ist, denn mit ihr ändert sich auch die Art und Weise der zwischenmenschlichen Beziehungen von Grund auf. Es lebt sich ganz anders in einer Gesellschaft, in der ein jeder sich scheut, es nicht fertigbringt, dem andern Gewalt anzutun, den andern unmenschlich zu behandeln, als in einer Gesellschaft, in der es diese Scheu nicht mehr gibt, in der alle zu allem bereit sind und in der die einzige Instanz, die den Menschen von gewissen Handlungen abhalten kann, die vom Gesetz verhängte Strafe ist – jedoch nicht mehr von einem göttlichen, von einem aus der geistigen Welt stammenden, sondern von einem zwischen den Menschen vereinbarten Gesetz, das, weil es von Menschen gemacht wurde, von den Menschen auch immer wieder von neuem in Frage gestellt werden kann.

Der heutige Mensch weiß sehr wenig über die möglichen Folgen seiner Handlungen. Nur an die unmittelbaren Konsequenzen denkt er, weil diese sofort spürbar sind. Kräfte, die vielleicht erst viel später ihre Wirkung zeitigen, kennt er nicht, zum Beispiel das Gesetz, nach welchem die Konstellation sittlicher Kräfte, aufgrund derer ein Mensch einen anderen tötet, bei demselben Menschen erneut wirksam wird, wenn auch vielleicht erst nach mehreren Jahrhunderten – bei demselben Menschen, der sich jedoch, indem er diese Handlung ausgeführt hat, in seinem Wesen gegenüber früher völlig verändert hat.

Wir können die gegenwärtige Bewußtseinslage der Menschheit durch zwei starke, nur allzu bekannte Begriffe charakterisieren: «Egoismus» und «Materialismus». Egoismus in dem Sinn, daß der Glaube verbreitet ist, der Nachteil der anderen sei der eigene Vorteil. Das Charakteristische des Egoismus besteht ja gerade darin, daß man überzeugt ist, auf Kosten der anderen einen Vorteil für sich selbst haben zu können. Die Erkenntnisfrage, die wir uns angesichts des Egoismus zu stellen haben, lautet: Ist das wirklich so, oder haben wir es mit einer Illusion zu tun? Wenn ich dadurch einen Vorteil haben kann, daß der andere einen Nachteil hat – warum soll ich auf meinen Vorteil verzichten? Wer gebietet mir das? Ein sittliches Gesetz? Wer hat es erlassen? – Auf eine Überwindung des Egoismus werde ich jedenfalls nur hinarbeiten, wenn ich davon überzeugt bin, daß der Egoismus eine Illusion ist und daß diese Illusion darin besteht, zu glauben, daß ich nicht selbst der erste sein werde, der einen Nachteil haben wird, wenn ich durch den Nachteil anderer den eigenen Vorteil suche. Es muß also gezeigt werden, es muß irgendwie begründet werden, daß niemand anders als ich selbst einen Nachteil haben werde.

Hier stellt sich sofort folgende Frage: Sind denn diejenigen, die ihre Vorteile auf Kosten anderer zu erreichen suchen, im Leben nicht oftmals sehr erfolgreich? Das stimmt natürlich. Wenn wir die Spanne eines einzigen Lebens betrachten, scheint es keine Illusion zu sein; es scheint zu funktionieren.

Der Materialismus ist das zweite große Merkmal, durch das sich die Menschheit auf der heutigen Evolutionsstufe auszeichnet. Wir befinden uns mitten in der Evolution – und der Grundcharakter des gegenwärtigen Evolutionsstadiums besteht in der Tatsache, daß die Menschheit nunmehr am tiefsten in die Materie gesunken ist. Diese Tatsache, daß die Menschen der Welt der Materie noch nie so sehr verhaftet waren wie heute, daß sie sich noch nie so völlig mit der Welt der Materie identifiziert haben, nennen wir Materialismus.

Welche Bedeutung hat es, wenn die Menschen anfangen zu denken, die Materie sei die einzige Realität und der Geist nur Schein? Nun, diese Auffassung führt dazu, daß man, wenn man sich für intelligent hält, glaubt, es gehe im Leben einzig und allein darum, so viel wie möglich zusammenzuraffen und zu genießen. Besitztum und Macht werden zum Ziel des Lebens. Damit haben wir bereits auffällige Erscheinungen in unserer heutigen Welt umrissen. Ohne daß wir hier verurteilen oder moralisieren wollen, stellen wir es als eine Tatsache fest, daß die Mentalität des Besitzens und des Genießens sowie der Machtentfaltung sehr verbreitet ist. Es ist angesichts dieser Tatsache sinnlos, sich mit erhobenem Zeigefinger hinzustellen und zu sagen: Nein, das darfst du nicht, das ist nicht gut. Ja, wir werden sehen, daß es sogar gut ist, daß dies nichts mehr nützt, weil von außen kommende Gebote ihre Berechtigung nur haben in einem Kindheitsstadium der Menschheit. Wird der Mensch jedoch mündig, so will er sich davon überzeugen, daß es ihm zum Guten gereicht, daß es der Vervollkommnung seines Wesens dient, wenn er sich für eine bestimmte Art des Handelns entscheiden soll. Folglich ist der einzige sittlich gute Grund, etwas zu tun oder zu lassen, der Mensch selbst.

Die einzige, saubere, nicht auf Moralisierungen sich stützende Basis für unser Handeln ist das Bestreben, zur Fülle unseres Wesens zu gelangen und dabei davon auszugehen, daß ein jeder von uns dieses Bestreben von Natur aus in sich trägt. Denn wenn wir denken würden, daß es einen Menschen gäbe, der weniger statt mehr sein möchte, wären wir jenseits aller Rationalität; da wüßte ich nicht mehr, was ich sagen sollte. Solange wir davon ausgehen können, daß es stimmt, daß jeder Mensch bestrebt ist, immer mehr zur Fülle seines Wesens zu gelangen, bleibt uns nur zu fragen und immer wieder zu ergründen, worin die Fülle des menschlichen Wesens besteht. Und dann bleibt es jedem Menschen selbst überlassen, sich zu bemühen und danach zu streben.

Das Gute, jedes sittlich Gute, ist das, was den Menschen menschlicher macht. Deshalb ist es gut. Denn der Mensch selbst ist die Summe alles sittlich Guten. Es gibt kein sittlich Gutes außerhalb des Menschen, denn das Menschsein kann nicht vom Menschen übertroffen werden. Es kann in der menschlichen Welt nichts Höheres als den Menschen geben. Das sittlich Schlechte ist folglich alles, was den Menschen weniger menschlich macht, all das, was uns in unserem Wesen hinunterzieht.

Der Erkenntnisweg, der dahin führt, herauszufinden, was den Menschen zur Fülle seines Wesens gelangen läßt, was der Fülle seines Wesens zu- und was ihr abträglich ist, ist kein einfacher Weg; aber er ist der einzige, der es uns erlaubt zu verstehen – ohne zu moralisieren –, was jeder einzelne wirklich will und was er nicht will.

Die heutige Wende im Bewußtsein der Menschheit besteht im Zusammenhang mit der Reinkarnation in Folgendem. Nehmen wir einmal an, daß der Mensch sich mehr als nur einmal inkarniert. Nehmen wir das zunächst als Hypothese. Wenn es wahr ist, daß ich nicht zum ersten Mal auf der Erde bin, sondern daß dieses mein Leben mit allem, was ich selber geworden bin, die Art und Weise, wie ich meine Existenz aufgebaut habe, die Bedingungen, unter denen und die Menschen, mit denen ich lebe, daß all das im Grunde genommen eine *Folge* aus meinen früheren Leben wäre – wenn das so wäre, dann würde sich die Art und Weise meiner Beziehung zu meiner Vergangenheit von Grund auf ändern. Anstatt ungeduldig zu sein, mich aufzulehnen gegen so vieles, was mir nicht gefällt, was mir so, wie es ist, nicht zusagt, würde allmählich eine ganz andere Grundhaltung entstehen, wodurch ich mir sage: Ich selbst bin es, der dies alles so gewollt hat. Alles, was ich bin, alles, was mir widerfährt, alles, was um mich herum ist, ist von mir so gewollt worden. Ich selbst bin die Ursache für alles, was mir entgegentritt, denn wenn es nichts mit mir zu tun hätte, wenn es von meinem Wesen nicht angezogen würde, würde es an mir vorbeigehen, ohne daß ich es bemerken würde.

Und auch hinsichtlich der Zukunft würde eine völlig andere Einstellung entstehen: Ich würde von der Überzeugung ausgehen, daß alle meine Taten auf mich selbst irgendwann in der Zukunft zurückkommen werden. Es gibt keinen Gedanken, kein Gefühl, keinen Willensimpuls, keine Handlung, die ich ausführe, ohne daß die entsprechenden realen, geistigen Konsequenzen auf mich zurückfallen werden, das heißt ohne daß es zu einer realen Veränderung meines Wesens kommt, weil ich mich durch meine Gedanken, Gefühle, Willensimpulse und Handlungen in meiner Gesamtkonstitution, hinsichtlich der in mir wirkenden Kräfte, ständig verändere. Das bedeutet wiederum, daß ich mit meinem veränderten Wesen andere Lebenssituationen, andere menschliche Beziehungen, andere Begegnungen anziehen werde. Wenn ich heute einen Menschen zum Beispiel übervorteile, werde ich in meinem nächsten Leben wieder mit ihm zu tun haben, bis ich gelernt haben werde, daß ich keine Vorteile für mich haben kann durch Benachteiligung anderer.

Aus dieser Perspektive betrachtet nimmt sich ein Leben wie ein Tag aus. Sich die Tatsache der Reinkarnation bewußt zu machen, ist deshalb gleichbedeutend mit einer Bewußtseinserweiterung und führt dazu, die Gesamtheit eines irdischen Lebens so zu betrachten, wie man gewöhnlich einen Tag betrachtet. Auch zwischen den einzelnen Tagen findet immer eine Bewußtseinsunterbrechung statt: Wenn wir schlafen, sind wir bewußtseinsmäßig nicht anwesend. Morgens, wenn wir aufwachen, ergreifen wir wieder Besitz von unserem Körper; wir bauen ihn nicht neu aus dem Nichts wieder auf, sondern wir bedienen uns lediglich wieder seiner.

Wie verläuft nun der heutige Tag gegenüber dem gestrigen? Es hat zwar eine Unterbrechung gegeben, das ist richtig; dennoch haben wir es, wie wir wissen, mit einer absoluten Kontinuität zu tun, denn die Fähigkeiten, die ich gestern hatte, habe ich auch heute; die Lebenssituation, in der ich gestern war, finde ich heute wieder vor; die Probleme von gestern stellen sich mir heute von neuem.

Dennoch hat sich etwas verändert, denn heute finde ich die Folgen meiner Handlungen von gestern als Ursachen vor. Gestern habe ich zum Beispiel die letzten Vorbereitungen für die Ausstattung dieses Raumes getroffen; heute ist der Raum fertig. Er ist nicht etwa verschwunden! Es gibt so etwas wie eine Kette der Ereignisse, in der Folgen zu Ursachen werden und Ursachen zu Folgen führen.

Kann es nicht sein, daß man, wenn man sein Bewußtsein erweitert, herausfindet, daß es eine Vielzahl von Erdenleben gibt, die untereinander ähnlich verkettet sind, in einem ähnlichen Zusammenhang von Ursache und Wirkung stehen wie die einzelnen Tage eines Lebens, so daß das, was sich vorher scheinbar so irrational ausnahm, auf einmal gar nicht mehr so irrational ist?

Wenn es so wäre, könnten wir all denen eine Antwort geben, die oftmals resigniert seufzen: Ah! Es gibt keine Gerechtigkeit auf dieser Welt! Der Gauner macht sich ein schönes Leben, alles gelingt ihm! Schau dir dagegen den andern an, er hat immer nur Gutes getan, und dennoch wird er von einer Krankheit nach der andern heimgesucht! Wo bleibt da die Gerechtigkeit? – Ja, wenn wir ehrlich sind, müssen wir zugeben, daß es im Leben, in *einem* Leben, tatsächlich keine «Gerechtigkeit» gibt.

Man muß die Phänomene mit der Gelassenheit des nach objektiver Erkenntnis Strebenden betrachten und sich sagen, daß es für das normale menschliche Anschauen innerhalb eines Lebens tatsächlich maßlose Ungerechtigkeiten gibt. Dies gilt aber auch für die Reihenfolge der einzelnen Tage. Wir können ja auch im Laufe eines einzigen Tages nicht alle Dinge in Ordnung bringen. Man bekommt eben auch im kleinen nicht immer alles an einem einzigen Tag in die Reihe.

Wenn man die Dinge in einem größeren Zusammenhang betrachtet, kann man analog sagen: Es kommt nicht alles in einem einzigen Leben in die Reihe!

Es handelt sich nicht darum, die Reinkarnation zu beweisen. Wenn sie eine Tatsache ist, so läßt sie sich ebensowenig «beweisen» wie jede andere reale Sache oder Wirklichkeit. Die Existenz der Bäume ist auch eine Tatsache, und doch hat noch niemand bewiesen, daß es Bäume gibt, und man *kann* auch nicht beweisen, daß es Bäume gibt. Wir können ja auch nicht logisch «beweisen», wie die einzelnen Tage eines Lebens untereinander in Beziehung stehen. Man kann da einfach nichts beweisen. Wenn jemand in der Lage ist, die entsprechende Erfahrung über die Beziehungen der Tage zueinander zu machen, dann weiß er es aus der Erfahrung heraus und kann darüber sprechen; aber «beweisen» kann er nichts.

Uns geht es hier darum, unseren Blickwinkel, mit dem wir das Leben betrachten, zu weiten, und zwar so, daß wir es schließlich fertigbringen, die Gesamtheit eines Lebens in der gleichen Weise zu sehen und zu erleben, wie wir normalerweise die Gesamtheit eines Tages betrachten und erleben. So wie wir einen Tag auf andere Tage beziehen, auf den vorangehenden oder den nachfolgenden – auf dieser Bewußtseinsstufe sind wir ja alle geübt –, wollen wir uns fragen: Was kommt heraus, wenn wir die Gesamtheit eines Lebens wie einen Tag betrachten, und wie verhält sich dieser lange Tag zu dem ihm vorausgehenden beziehungsweise zu dem ihm nachfolgenden?

Die Psychologie weiß schon seit geraumer Zeit, daß die Zeitspanne, die zwischen Ursache und Wirkung liegt, recht lang sein kann. Natürlich ist sie trotzdem noch immer relativ kurz, denn sie überschreitet die Grenzen eines Lebens nicht. Immerhin: Seit wie lange schon sucht man in der Psychologie die Ursache von Phänomenen, die bei einem Fünfzigjährigen auftreten, in einem Zeitraum, der fünfundvierzig Jahre zurückliegt! Der Gedanke, daß es eigentlich verfehlt ist, die Ursache eines Ereignisses in den zeitlich unmittelbar vorangegangenen Ereignissen zu suchen, daß ein solches Vorgehen seine Berechtigung allenfalls bei mechanischen Vorgängen hat, ist uns also nicht mehr neu.

Im mechanisch-materiellen Bereich liegt die Ursache stets unmittelbar vor der Wirkung. Wenn ich zwei Kugeln habe und die eine gegen die andere, ruhig daliegende Kugel stoße, ist die die Wirkung verursachende Handlung das Stoßen. Ursache und Wirkung müssen also in gewisser Weise zusammentreffen. Auf menschlicher Ebene jedoch kann ich heute den Grund für etwas legen, dessen Wirkung ich erst in fünfzehn Jahren haben will. Im menschlichen Bereich gibt es nicht diese Sofort-Wirkung, wie wir sie in der Mechanik, zum Beispiel beim Stoß, haben. Deshalb sagt die Psychologie: Um dieses Phänomen, dieses Verhalten des Fünfzigjährigen verstehen zu können, muß ich mit meinen Forschungen weit zurückgehen; ich muß die Ursachen für sein jetziges Verhalten in der Zeit suchen, als dieser Mensch fünf, drei oder zwei Jahre alt war.

Dies soll nur ein Beispiel dafür sein, daß die Menschen in der letzten Zeit bereits darauf gekommen sind, ihre Forschungen, was den Zusammenhang zwischen Ursache und Wirkung betrifft, zu erweitern in der Zeit. Ich betrachte diesen Weg, den die Psychologie eingeschlagen hat, als einen Anfang einer weitergehenden, viel umfassenderen Betrachtungsweise des Zusammenhanges von Ursache und Wirkung!

Wenn wir beginnen zu denken, daß innerhalb der Spanne eines Lebens nur die kleinen Dinge erklärt werden können, diejenigen nämlich, die sich sozusagen von heute auf morgen ergeben, aber nicht all das, was ich heute bin in der Gesamtheit meiner Existenz; wenn der Gedanke aufkommt, es sei vielleicht so, daß ich vor Jahrhunderten, das heißt an einem anderen langen Tag, den ich auf der Erde verbracht habe und den wir «Leben» nennen, selbst für alles, was ich in diesem Leben hinsichtlich Gesundheit, Leiblichkeit, Nationalität, Familienzugehörigkeit und Ereignissen bin, den Grund gelegt habe – wenn solche Gedanken aufkommen, dann fangen wir an, mit unseren Überlegungen die «Grenzen» von Geburt und Tod zu überschreiten.

Geburt und Tod sind die beiden Grenzen, an die wir kommen, wenn wir anfangen, die enge Denkweise zu verlassen, die Ursache und Wirkung nur innerhalb eines Lebens sucht. Da aber stellen sich sogleich die Fragen: Warum bin ich mit schwarzer oder weißer Hautfarbe geboren? Warum bin ich reich geboren? Warum bin ich arm geboren? Warum bin ich als Kind zweier Alkoholiker zur Welt gekommen? Warum bin ich als Russe oder als Amerikaner geboren? Warum?

Sie alle kennen die Antwort, die herkömmlich die Religion gab, wenn ein Mensch die Frage nach dem Warum in bezug auf die Dinge stellte, die die Ausgangssituation seines Lebens bestimmten und die sich ein Leben lang nicht mehr ändern lassen. Die Antwort lautete: Weil Gott dich so geschaffen hat. Wenn dann hinzugefügt wird, daß Gottes Ratschluß unergründlich ist, so gibt man eine Antwort, die den heutigen Menschen immer weniger befriedigt. Es gibt immer mehr Menschen, die sagen: Gott selbst muß sehr genaue und gute Gründe haben, wenn er den einen ganz anders behandelt als den anderen. Er muß gerechte und triftige Gründe haben, wenn er den einen in eine Situation hineingeboren werden läßt, die ihm gute Entwicklungschancen verspricht, und den anderen nicht, wenn er den einen von vornherein mit Fähigkeiten und Talenten ausstattet und den anderen nicht.

Damit sind die Fragen, die sich ergeben angesichts der Ausgangssituation einer Existenz, angesichts der Umstände, die jemand zu Beginn seines Lebens vorfindet, nur angedeutet. Betrachten wir nun das andere Tor, dasjenige, durch das der Mensch das Leben wieder verläßt.

Denken wir an das, was einen «Judas» erwartet, wenn er stirbt. Kommt er in die Hölle? Hat er noch die Möglichkeit, sich weiterzuentwickeln? Wenn er sich noch weiterentwickelt, wie geht diese Entwicklung konkret vor sich? Wenn eine Weiterentwicklung Judas' in real menschlicher, in real freier Weise möglich ist, kann diese erfolgen, auch ohne daß er sich wieder inkarniert? Aber warum hat er sich dann diesmal inkarniert? Wenn Judas leibfrei, das heißt ohne direkt all das zu erleben, was wir lediglich dank dem inkarnierten Zustand erleben, eine menschliche Weiterentwicklung durchmachen kann, die in jeder Beziehung der unsrigen ähnelt – warum hat der Mensch sich dann überhaupt in die Materie begeben?

Ich glaube, daß Ihnen allen bekannt ist, daß immer mehr Menschen – Katholiken beispielsweise – große Schwierigkeiten mit dem Gedanken der ewigen Verdammnis haben. Von daher ergibt sich eine Frage, die mit der Frage der Wiederverkörperung eng verbunden ist: Wenn ein ganz «böser» Mensch stirbt, hat er wirklich überhaupt keine Möglichkeit mehr, erlöst zu werden beziehungsweise sich weiterzuentwickeln?

Ein jeder von uns, wenn er auf der gegenwärtigen Evolutionsstufe stirbt, steht eigentlich noch ganz am Anfang seiner Entwicklung. Jeder von uns stirbt heute völlig unfertig. In der Tat: Wenn ein Mensch sich in objektiver und wahrhaftiger Weise erkennt, so bemerkt er in sich eine unendliche Vielzahl von Möglichkeiten, von Anlagen, die er weiterentwickeln möchte; vielleicht möchte er ein Genius der Liebe werden, ein Wissender oder ein großer Künstler. Er muß sich sagen, daß er zum Zeitpunkt seines Todes noch ganz am Anfang steht, weil er nur einen winzigen Bruchteil der in ihm schlummernden Entwicklungsmöglichkeiten zur Entfaltung bringen konnte. Und was ist mit dem Rest?

Wenn wir die Sache unter dem Gesichtspunkt von Gut und Böse betrachten, müssen wir – wiederum unter Ausschaltung jeglichen Moralisierens – sagen, daß heutzutage jeder Mensch, auch ein Heiliger, wenn er stirbt, sowohl sehr viel Gutes als auch sehr viel Böses in sich trägt, eben weil die Evolution bei weitem nicht abgeschlossen ist und der innerste Wesenskern des Menschen noch nicht rein gut oder rein böse sein kann. Wir sind heute in einem mittleren Evolutionsstadium drinnen, in welchem jeder Mensch unendlich viele gute und unendlich viele schlechte Eigenschaften in sich vereinigt. Für den Gläubigen bedeutet der Gedanke, daß wir nur einmal leben, daß wir mit dem Tod aus dieser unseren totalen Unvollkommenheit auf eine völlig wundersame, eigentlich irrationale Weise in eine Endgültigkeit von Gut oder Böse, von Paradies oder Verdammnis der Hölle befördert werden, etwas Unerträgliches. Hier, wo es darum geht, das konkrete «Wie» anzugeben, werden die Vorstellungen aber sehr unbestimmt.

Ein Christentum, das die Tatsache der wiederholten Erdenleben mit einschließt, kann von der Aussage des Christus-Wesens ausgehen, daß die Erde sein Leib ist.

Die Geisteswissenschaft Rudolf Steiners versteht diesen Satz nicht symbolisch, sondern als in einem real-wörtlichen Sinn gemeint. Christus wendet sich der Erde und den Elementen, die in Brot und Wein repräsentiert sind, zu und sagt: «Dies ist mein Fleisch, dies ist mein Blut.» Damit macht er eine Aussage, die den gleichen Wert hat wie diejenige, die wir machen, wenn wir vom Stück Materie, das wir bewohnen, sagen: «Dies ist mein Körper.» Wenn einer mit einer Nadel daherkommt und mich sticht, sage ich: «Das tut mir weh! Das hier bin ich!» Was will ich damit sagen? Gebrauche ich da eine Metapher? Ich meine – und zwar in einem ganz realen Sinn –, daß diese Hände, dieser Kehlkopf und so weiter sich so und so bewegen, weil ich als geistiges Wesen diese Materie bewohne, sie mit meinem

Sein durchdringe. Mit anderen Worten, ich will sagen: «Dies hier ist kein Leichnam; dies hier ist mein Leib.»

Die Menschen haben die Erde bisher wie einen Leichnam behandelt, so, als ob sie nicht der Leib eines geistigen Wesens wäre. Da sie bisher noch nicht dieses Bewußtseinsstadium erreicht hatten, haben sie auch im traditionellen Christentum noch kaum die Stimme des Christus gehört, der jedesmal, wenn wir der Erde etwas antun, zu uns sagt: «Paßt auf, dies ist mein Leib!» – genau wie wir, wenn jemand der Materie unseres Leibes etwas antun will, sagen: «Moment mal, hier bin ich!»

Wenn man die Tatsache, daß die Erde der Leib Christi ist, ernst nimmt, so kann man eine Brücke schlagen zum Gedanken der Wiederverkörperung. Nur einmal zu leben, um dann für immer die Erde zu verlassen, wäre Untreue gegenüber dem Christus-Wesen, weil die Erde sein Leib ist. Der Entschluß dagegen, immer wieder auf die Erde zurückzukommen, wäre der christlichste überhaupt, weil er bedeuten würde, daß man niemals eine Evolution ohne den Christus, fern von ihm, durchmachen will.

Die Grundaussage Steiners bezüglich des Christentums der Vergangenheit lautet, daß es einer bestimmten Evolutionsstufe des menschlichen Bewußtseins entsprach, daß jedoch, wenn das menschliche Bewußtsein andere Dimensionen erreicht, auch die Interpretation des christlichen Mysteriums eine andere wird.

Wir können sogar paradoxerweise sagen, daß der Christus deswegen unendlich höher entwickelt ist als wir, weil er sich nicht mehr zu *exkarnieren* braucht. Die Kraft seiner Liebe ist so vollkommen, daß er die Leiblichkeit des Kosmos und der Erde verwandeln kann, ohne Schaden zu nehmen, ohne es nötig zu haben, sie immer wieder zu verlassen.

Der Mensch hingegen, eben weil er weniger weit entwickelt ist, erleidet bei seinem Eintauchen in die Materie und seinem Umgang mit ihr so viele und so große Schäden, daß er sich ihr immer wieder entziehen muß, um diese Schäden auszugleichen. Wenn die Kraft seiner Liebe so stark wie die des Christus wäre, brauchte er die Natur, die Erde nicht zu verlassen, weil im Grunde die Erde, alle Naturwesen, die Pflanzen und die Tiere zum Menschen hinstreben: Der Wunsch aller Kreatur ist die Menschwerdung, weil durch den Menschen alle außermenschlichen Reiche sich auf die menschliche Ebene erheben, weil die menschliche Ebene die Evolutionsebene der Erde ist. Die reale Evolution des Menschen in der Freiheit besteht in der «Vermenschlichung» aller Wesen der *Erde.* Diese außermenschlichen Reiche haben es auf sich genommen, sich in die Sinnenwelt verzaubern zu lassen, um dem Menschen die Möglichkeit zu geben, sich zu entwickeln. Sie erwarten, daß ihnen der Mensch dieses kosmische Opfer vergelte, indem er die gesamte Realität der Erde und der Natur verwandelt und dadurch vermenschlicht, daß er sie in sein eigenes Sein aufnimmt. Man könnte mit anderen Worten sagen, daß der Mensch desto mehr der Treue *zur Erde,* zum Leib Christi fähig sein wird, je stärker, je vollkommener er in seinem Geist, in seinem Sein mit der Zeit werden wird. Es ist also nicht so, daß der Mensch am Ende aller Erdenleben mit der Materie nichts mehr zu tun haben wird. Vielmehr wird das Ende der vielen Erdenleben in der Tatsache bestehen, daß der Mensch seinen «Körper» und den Leib der ganzen Erde nicht mehr verlassen wird, weil er ihn ganz durchgeistigt haben wird. Wenn aber der Mensch anfängt, seine kosmische Leiblichkeit nicht mehr zu verlassen, weil er sie ganz durchgeistigt, kommt er immer wesenhafter in die Erfahrung der Auferstehung.

Der Leib des Auferstandenen ist eine so vergeistigte Leiblichkeit, daß der Christus-Geist sie nicht mehr zu verlassen braucht. Der Leib des Auferstandenen ist ein vollkommenes Abbild des Geistes; er ist das Werkzeug, mit dessen Hilfe der Geist sich ausdrücken kann, ohne auf das geringste Hindernis zu stoßen.

Die Gedanken führen uns zur zweiten Grundfrage, die ich angekündigt habe: Wie haben die Inkarnationen begonnen? Inkarnation und Exkarnation sind eigentlich Bewußtseinszustände, und zwar in dem Sinne, daß wir mit unserem Bewußtsein Geburt und Tod als starke Änderungen erleben. Wenn wir diese beiden Tore, das Tor der Geburt und das Tor des Todes, nicht als zwei große Schwellen wahrnehmen würden, würden wir nicht von Inkarnation sprechen. Wir reden von «Inkarnation» aus dem Grunde, weil wir damit sagen wollen: Durch die Geburt erfolgt eine einschneidende Veränderung des Bewußtseins; so auch mit dem Tod. Wenn Geburt und Tod leichte Bewußtseinsübergänge wären, würden wir nicht von Inkarnation sprechen.

Die erste Verbindung des Menschengeistes mit der Materie ereignete sich in der Zeit, die in der Geisteswissenschaft Rudolf Steiners «lemurische Epoche» genannt wird. Nach der lemurischen Epoche kam die «atlantische». Was war vor diesem Zeitpunkt, von dem wir sagen, daß er der Beginn der Verbindung mit der Materie, den Anfang der Inkarnationen markierte? Warum wird gesagt, daß es vor diesem Zeitpunkt noch keine Inkarnationen gab? Weil das Verhältnis zwischen Menschengeist und Materie ein ganz anderes war. Wenn ein Mensch eine bestimmte Zeitlang rein geistig gelebt hatte und wieder in Beziehung zur Materie treten wollte, so formte er sich diese Materie selbst ganz nach seinem Bilde. Er erlebte keine «Geburt» im eigentlichen Sinne. Es war so, wie wenn der Künstler einen Marmorblock nimmt, diesen umwandelt und daraus ein Kunstwerk schafft. Also vor dem, was wir «Inkarnationen» im eigentlichen Sinne nennen, war die Beziehung des Menschen zur Leiblichkeit so, daß es nicht zu einer so markanten Bewußtseinsveränderung – die eigentlich in einer wesentlichen Verdunkelung des Bewußtseins besteht – kam. Die Materie wurde im Laufe der Zeit für den Menschen immer undurchlässiger. Er fing an, das Hineinsteigen in die Materie als plötzliche Trübung seines Bewußtseins zu erleben. Dieses mit einer starken Bewußtseinsverdunkelung verbundene Eintreten in die Materie haben die Menschen «Geburt» genannt. Vorher war diese Erfahrung der «Geburt» nicht vorhanden. Inkarnation bedeutet somit die immer stärkere Veränderung, die im Bewußtsein stattfindet, wenn der Mensch, der vorher im rein Geistigen gelebt hat, in Verbindung mit der Materie tritt. Es handelt sich um eine Veränderung des Bewußtseins, die, man könnte sagen, ganz plötzlich eintritt, und zwar in dem Augenblick, in dem der Geist innerhalb der Realität der Materie sich zu erleben und zu wirken beginnt.

Wenn die Zeit kommen wird, in der Geist und Materie wieder anfangen, einander «ähnlicher» zu sein, werden Anfang und Ende der Wechselwirkung mit der Materie mehr wie Einschlafen und Aufwachen erlebt werden, und die Menschen werden nicht mehr von Inkarnation und Exkarnation – von Geburt und Tod – reden im selben Sinne wie heute. Mit anderen Worten: Wir befinden uns heute in einem mittleren Entwicklungsstadium, in dem Geist und Materie zu ihrer größtmöglichen Unähnlichkeit und

Gegensätzlichkeit auseinandergetreten sind. Wir leben in der Zeit, in der der Gegensatz zwischen Geist und Materie seine schärfste Ausprägung erreicht hat, und deshalb sprechen wir von Inkarnation und Exkarnation. Wir erleben einen sehr starken Bewußtseinssprung bei der Geburt, wenn der Geist in die Materie eintritt, und nicht weniger beim Tod, wenn der Geist die Materie verläßt.

Durch unser Heruntersteigen in die Materie haben wir all dasjenige ganz vergessen, was wir erlebt haben, bevor wir in die Materie eingetreten sind. Dies ist so sehr der Fall, daß die meisten heutigen Menschen der Meinung sind, der Mensch «entstehe» überhaupt erst mit der Empfängnis.

Platon hat kurz vor Christus noch die Überzeugung gehabt, daß Erkennen heißt, sich an das zu erinnern, was man vor seiner Geburt erlebt hat. Wir finden also bei Platon einen letzten Rest von Kontinuität zwischen Vorgeburtlichem und Nachgeburtlichem, der später abhanden gekommen ist.

In der christlichen Auffassung, so wie sie sich bisher ausgeprägt hat, entsteht der Mensch mit der Ausbildung seiner Leiblichkeit. Solange es keine Leiblichkeit gibt, solange gibt es auch keinen Menschen. In dem Augenblick, in dem der Grund für die Leiblichkeit gelegt wird, nämlich bei der Empfängnis, schafft Gott die Seele. Dieser Gedanke ist in seinem Ursprung kein christlicher, sondern ein aristotelischer Gedanke. Aristoteles – und deswegen liegt zwischen Plato und Aristoteles, was die Bewußtseinsentwicklung der Menschheit begrifft, eine tiefe Zäsur – war der erste große Denker, für den die Leiblichkeit, die Materie für die Selbsterfahrung des Menschen so wesentlich wurde, daß er sich als guter Grieche ein menschliches Wesen ohne materiellen Leib nicht vorstellen konnte. Für

Aristoteles entsteht deshalb der Mensch gleichzeitig mit seiner Leiblichkeit. Und wie lebt er dann nach dem Tode, wenn die Leiblichkeit nicht mehr da ist? Er lebt weiter dank der erinnernden Rückschau auf seine Erdenerlebnisse und auf die abgelegte Leiblichkeit. Gäbe es diese Erinnerung an die Erlebnisse in der Materie nicht, würde der Mensch bewußtseinsmäßig im Nichts verschwinden.

In der Zeit der griechischen Kultur erlebte sich der Mensch ganz zu Hause in der physischen Leiblichkeit. Die griechische Kulturepoche ist deshalb auch diejenige, in der Christus selbst Mensch geworden ist auf dem physischen Plan, um den Menschen dort, wo sie mit ihrem bewußten Erleben waren – nämlich versunken in der Materie – an die Seite zu treten. Der griechische Mensch konnte sich ein Leben ohne Leiblichkeit nicht vorstellen. Nach dem Tode erlebte er sich deshalb als in einem Reich der Schatten, in einem herabgedämpften Bewußtseinszustand ohne vollmenschliche Existenz. Nachtodliches Leben wurde gleichbedeutend mit Schattendasein, denn der Mensch konnte sich nur dank seiner Leiblichkeit als vollkommenen Menschen erleben.

Diese Sichtweise ist vom Christentum übernommen worden, und der Westen hat jahrhundertelang geglaubt, der Gedanke, es gebe keine von der Materie unabhängige menschliche Präexistenz, sei integraler Bestandteil des Christentums. Auch die andere Frage ist als Vermächtnis des Aristotelismus immer akuter geworden: Wenn der Mensch der Materie so gut wie alles verdankt, was kann da noch von ihm übrig bleiben, wenn er mit dem Tode den Leib ablegt?

In diesem Zusammenhang darf vielleicht hinzugefügt werden, daß das Dogma der katholischen Kirche als solches bis heute bezüglich der Reinkarnation keine Stellung genommen hat. Es gibt kein Dogma, das die Wiederverkörperung als Irrtum und als Irrlehre erklärte. Die Frage der Wiederverkörperung ist – vom katholischen Dogma aus gesehen – bis heute noch offen.

Im traditionellen Christentum ist es zwar immer allgemeine Überzeugung gewesen, daß der Mensch nur einmal lebt. Aber eine allgemeine Überzeugung ist noch kein Dogma. Von einem Katholiken, der von der Wiederverkörperung überzeugt ist, können wir nicht sagen, daß er gegen ein Dogma verstößt, daß er ein «Ketzer» ist. Er wird aber von vielen in der katholischen Kirche – dies kann meine eigene Erfahrung reichlich belegen – als ein solcher angesehen und behandelt.

Zweiter Vortrag:

Zwischen Tod und neuer Inkarnation. Die vorgeburtliche Vorbereitung des Lebens

Einer der Gedanken, denen wir gestern nachgegangen sind, lautete: Wenn die Menschen in ihrem Werden jetzt an eine Schwelle getreten sind, an der sie die Wiederverkörperungsfrage bewußt zu stellen beginnen, so bedeutet dies eine Erweiterung und Vertiefung des Bewußtseins selbst. Man fängt an, das Leben in seiner Gesamtheit als einen Tag, als ein Ganzes zu betrachten im Hinblick auf sein gesetzmäßiges Woher und Wohin.

Schon mit unserem bisherigen Bewußtsein betrachten wir – wie schon erwähnt – einen Tag des Lebens zugleich im Zusammenhang mit den anderen Tagen in ihrer Gesamtheit. Wir sagen nicht: Dieser Tag ist ein völlig unbegreifliches Rätsel. Wir sind uns des Davor und des Danach bewußt, wir sehen ihn in einem gesetzmäßigen Zusammenhang, den wir denkerisch überblicken. Wir sind es gewohnt zu denken, daß viele, ja alle Ereignisse dieses Tages ihre Erklärung finden in dem, was sich an den vorangegangenen Tagen abgespielt hat, und wir sind uns ebenso selbstverständlich der Tatsache bewußt, daß alles, was wir heute tun, seine ganz bestimmten Folgen in den folgenden Tagen haben wird. Einen einzelnen Tag in dieser Art und Weise zu betrachten, ist uns vertraut, das sind wir gewohnt.

Der Grundgedanke des gestrigen Abends nun war, daß die abendländische Menschheit an eine Schwelle getreten ist, an der sie anfängt, auch das menschliche Leben in seiner Ganzheit und die Frage nach seinem Woher, seinem Wie und Warum nicht mehr als unergründliches Mysterium zu betrachten. Dabei tauchen die schon erwähnten Fragen auf: Wer hat mein Leben so und nicht anders entworfen? Warum bin ich so, wie ich bin? Warum erfreue ich mich einer guten Gesundheit oder nicht? Warum wurde ich gerade in diese Familie geboren und nicht in eine andere, warum muß ich mit diesen Menschen zusammenleben und nicht mit anderen?

All das, was bisher entweder hingenommen oder als unergründlicher Ratschluß Gottes angesehen wurde, beginnen die Menschen jetzt bewußt zu hinterfragen. Wenn nicht alle Menschen, so doch immer zahlreicher sind diejenigen, die anfangen zu fragen.

Die Wiederverkörperung ist, falls es sie gibt, eine Tatsache. Wovon wir hier sprechen, ist das menschliche *Bewußtsein* davon. Wir fragen uns, auf welche Art und Weise und ob überhaupt die Menschen in den verschiedenen Epochen der Geschichte sich der Wiederverkörperung bewußt werden.

In der Geisteswissenschaft Rudolf Steiners ist die Wiederverkörperung keine Hypothese, sondern absolute Realität. Wenn wir sie hier als «Hypothese» behandeln, so hat dies lediglich einen methodischen Charakter. Zu jemandem, der sich zum ersten Mal mit diesen Gedanken auseinandersetzt, kann man sagen: Betrachte die Wiederverkörperung als Arbeitshypothese und warte ab, was dabei herauskommt! Mache dir bewußt, welche Konsequenzen es im Alltag hat, wenn du davon ausgehst, daß der Mensch mehrmals lebt. – Für andere ist die Wiederverkörperung bereits eine Realität, die sie nicht mehr in Frage stellen. Jeder muß seinen Standort kennen.

Wir brauchen dabei nicht zu befürchten, daß durch ein Zunehmen der Erkenntnis und des Bewußtseins das Mysterium «abgeschafft» wird. Ganz im Gegenteil: Je mehr wir unser Bewußtsein erweitern, auf desto mehr Mysterien stoßen wir! Für ein enges Bewußtsein gibt es weniger Mysterien, für ein erweitertes Bewußtsein hingegen sind die Mysterien zahllos. Es fehlt im Universum, in dem wir leben, niemals an Mysterien. Jene Skepsis ist demnach im Grunde genommen eine Angst vor den Lebenskonsequenzen, nicht die Sorge, daß die Ehrfurcht vor dem Mysterium dessen, was man noch nicht versteht, verlorengehen könnte.

Das Bestreben, den gesamten «Lebenstag» als Einheit unter vielen zu betrachten, weil man die hinter allen seinen Gegebenheiten verborgene Kausalität kennenlernen und präzise Fragen hinsichtlich der künftigen Folgen seiner Handlungen stellen will, ist ein Akt der Bewußtwerdung seitens des Menschen, der für die Gesamtheit seiner Existenz selbst die Verantwortung übernehmen will.

Dieser Erkenntnisbemühung entspricht eine innere sittliche Kraft des Ich. Die Christus-Kräfte im Menschen sind Kräfte der Liebe und der sittlichen Verantwortung. Alle Versuche, Verantwortung abzuwälzen, um andere für das verantwortlich zu machen, für das einer selbst die Ursache gelegt hat, sind unchristlich.

Ein großes Unrecht, welches der Mensch sich selbst antut, wenn er sich zu «entschuldigen» versucht, liegt in seiner Erfindung des «Zufalls». Wer von Zufall redet, will eigentlich sagen, daß er nicht weiß, warum etwas geschieht. Er hat aber keine Berechtigung, zu sagen, daß es keine Erklärung gibt, nur weil *er* keine findet oder kennt. So gesehen sind «Zufälle» eigentlich Löcher im Denken der Menschen!

Wenn ich weiß, daß mein gesamtes Leben wie ein Tag ist, der genauso verläuft, wie ich es veranlaßt habe, wie ein Tag, dessen Verlauf sich direkt aus dem Verlauf anderer Tage ergibt, die ich gelebt habe und die ich, so wie sie waren, ebenfalls selbst gestaltet habe – wenn ich mir das vor Augen führe, höre ich auf, von Zufall zu sprechen, weil dann ich selbst der Zufall wäre. Ich übernehme dann selber die Verantwortung für alles, was ich geworden bin.

In der Perspektive der Wiederverkörperung sage ich mir: Alles, was ich bin, verdanke ich nicht dem Zufall, sondern mir selbst. Und wenn meine Entwicklung in der Vergangenheit eine andere gewesen wäre, so wären auch die Bedingungen für meine heutige Existenz ganz andere. Mit anderen Worten: Jedesmal, wenn ich die Schuld für irgend etwas, was mich betrifft, jemandem oder etwas anderem als mir selbst gebe, habe ich noch nicht das wahre Wesen meines Ich gefunden, denn die Wesenhaftigkeit des Ich besteht in der sittlichen Fähigkeit, Verantwortung zu übernehmen für all das, wofür ich in Wirklichkeit auch verantwortlich bin dadurch, daß ich es selber verursacht habe.

Ein Mensch, der andere Faktoren verantwortlich macht für das, was durch ihn geschieht, lebt objektiv in der Illusion. Muß er sie überwinden? Ist es lediglich eine sittliche Pflicht, ein Gebot, die Illusion zu überwinden? Nein. Denn die Evolution ist darauf angelegt, so zu verlaufen, daß die Folgen für den, der weiterhin in der Illusion lebt, immer drückender werden, um ihm zu helfen zu *begreifen*, daß es in seinem eigenen Interesse liegt, die Illusion zu durchschauen und zu überwinden.

Es ist deshalb notwendig, daß wir uns klarmachen: Was den Egoismus betrifft, hat in der Menschheit seit jeher ein erpresserischer Moralismus geherrscht. In gewisser Weise ist diese «Erpressung» jedoch verständlich: Sie war notwendig, solange den Menschen noch die Fähigkeit fehlte, mit ihrem Verstand zu erfassen, daß es sich nicht lohnt, einseitig egoistisch zu sein. Hat der Mensch dies jedoch verstandesmäßig erfaßt, so wird er ganz von selbst nicht mehr egoistisch im negativen Sinne sein wollen. Man braucht ihm dann nicht mehr zu sagen: Du darfst nicht egoistisch sein! Er *will* dann nämlich nicht mehr egoistisch sein! Das einzig saubere Mittel, den Egoismus in seiner negativen Form zu überwinden, ist, zu der Einsicht zu gelangen, daß Egoismus sich nicht lohnt und folglich nicht vom wahren Ich des Menschen gewollt werden kann.

Im Gleichnis vom verlorenen Sohn ist der einzige Grund, warum der Sohn sich zur Rückkehr, zur Umkehr entscheidet, ein durchaus «egoistischer». Ja, Christus nennt uns einen einzigen Grund, und dieser ist ein egoistischer. Der verlorene Sohn sieht ein, daß es ihm schlechter nicht mehr gehen könnte, daß es sogar den Tagelöhnern im Hause seines Vaters besser als ihm geht, und deshalb kehrt er zurück. Das ist aber der sittlichste Grund, den es gibt; denn das höchste sittlich Gute ist die Fülle des Wesens eines Menschen. Es gibt nichts anderes, was sittlich wahrhaft gut ist. Ein jeder von uns ist dazu aufgerufen, zur Fülle seines Wesens zu gelangen; wenn dazu die Überwindung einer bestimmten Form von Egoismus gehört, so überwindet man ihn – nicht um aufzuhören, für sich selbst zu leben, sondern weil es notwendig ist, um zur Fülle des eigenen Wesens zu gelangen. Der Grundsatz eines reinen Christentums und Menschentums zugleich heißt: Liebe deinen Nächsten wie dich selbst.

Dies ist ein erster christlicher Aspekt, der sich ergibt, wenn man sich der Reinkarnation bewußt ist: Ein Mensch, der sich der Wiederverkörperung bewußt ist, wird mehr «Mensch», weil er die moralische Verantwortung übernimmt, die sein Ich zu einer viel größeren Fülle führt.

Das Bewußtwerden der Tatsache der Wiederverkörperung und das Leben gemäß dieser Tatsache macht den Menschen immer «menschlicher» und christlicher zugleich. Die Entscheidung, sich immer wieder mit einem physischen Leib zu umhüllen, ist zugleich die Entscheidung, Christus, der die Erde zu seinem Leib gemacht hat, und der Erde selbst die Treue zu halten.

In diesem Zusammenhang unterscheidet Rudolf Steiner zwischen, wie er sagt, «Erlösungsreligionen» einerseits und «Auferstehungsreligionen» andererseits. Er will damit zum Ausdruck bringen, daß vor allem die vorchristlichen Religionen Erlösungsreligionen sind in dem Sinn, daß nach ihrer ursprünglichen Lehre das höchste anzustrebende Menschenziel und -ideal darin besteht, alles Irdische abzustreifen, die Welt der Materie zu verlassen, keine sinnlichen Begierden mehr zu kennen, keinen Wunsch mehr nach irdischem Sein zu hegen, dies alles nicht mehr zu brauchen und folglich in einer rein geistigen Welt zu leben, wo sich die Frage nach der Erlösung und Verwandlung *der Erde selbst* nicht stellt. Mit anderen Worten: Im ursprünglichen Buddhismus sieht der Mensch einem Heil entgegen, das das Schicksal der Erde unberücksichtigt läßt. Das Schicksal der Erde und der Naturreiche spielt in den vorchristlichen Religionen keine wesentliche Rolle.

Die christliche hingegen ist eine «Auferstehungsreligion», eben weil in ihr die Umwandlung der Erde eine *zentrale* Rolle spielt. Das, worauf es im Christentum letztendlich ankommt, worauf das Werden der Menschen hinzielt, ist gerade die Verwandlung, die Wesensveränderung der Erde, ihre allmähliche Vergeistigung. Deshalb ist vom christlichen Standpunkt aus betrachtet menschliche Evolution ohne Wechselwirkung mit dem Leiblichen und mit allen Wesen der Natur nicht möglich.

Christlich im Sinne Christi ist die Liebe des Geistes zur Materie, die wechselseitige Durchdringung von Geist und Materie. Das ist christlich. Vorchristlich hingegen ist die «Angst» des Geistes vor den Abgründen der Materie, die Verdammung der Materie als des «Bösen» und die Sehnsucht, davon «befreit» zu werden. Die höchste Ich-Kraft zeigt sich dagegen in der Tatsache, daß das Ich nicht nur keine Angst mehr vor der Materie hat, sondern daß es die Materie liebt und weiß, daß seine wahre Evolution in der erlösenden Liebe zu Steinen, Pflanzen und Tieren besteht.

Sich wiederverkörpern bedeutet also, ja zu sagen zur Kraft seines wahren Ich, das keine Angst mehr hat vor der Materie, sondern sie liebt, weil sie der einzige Ort ist, an dem der menschliche Geist immer menschlicher *werden* kann. Die Wiederverkörperung ist somit die Grundvoraussetzung der Treue zu Christus, der die Erde auf ewig zu seinem Leib gemacht hat, der Treue zur Natur, zur Erde als Bedingung der Treue des Menschen zu sich selbst. Hier tun sich völlig neue Perspektiven auch für die Ökologie auf.

In der östlichen vorchristlichen Auffassung von Wiedergeburt fehlte eine vollgültige Erfahrung des Ich. Wenn wir den Buddhismus in seiner ursprünglichen Form betrachten, also das, was Buddha der Menschheit im 6. Jahrhundert vor Christus gesagt hat, so müssen wir feststellen, daß das Ich als größte Illusion bezeichnet wird (Rudolf

Steiner äußerte sich dazu in seinem Vortragszyklus *Von Jesus zu Christus*, Karlsruhe 1911). Ich selbst habe, als ich im Orient lebte, viele Gespräche mit buddhistischen Mönchen geführt, und immer ist die strittigste Frage die Frage nach dem Ich gewesen: An diesem Punkt mußte man einfach zugeben, daß man verschiedener Meinung war. Was für die christliche Kultur das Wichtigste ist, die menschliche Individualität, wurde von der anderen Seite im Grunde genommen als die größte Illusion überhaupt hingestellt.

Im Buddhismus finden wir das Gesetz der *Seelenwanderung* (Metempsychose): Die *Seele* schreitet im Laufe der Entwicklung von Leib zu Leib. Mit *Wiederverkörperung* ist dagegen das Entwicklungsgesetz des Menschen*geistes* – des Ich – als einer individuellen Wesenheit gemeint. Das wiederholte Zurückkehren der Menschenseele in die Welt der Materie konnte damals – im Gegensatz zur christlichen Perspektive – so wenig bejaht werden, daß das Heil im Erlöschen des Durstes nach Dasein und im möglichst baldigen Aufhören der Wiedergeburten gesehen wurde.

Damit sollten die Unterschiede, die zwischen der östlichen und der christlichen Auffassung von Wiederverkörperung bestehen, nur angedeutet werden. Die Wiederverkörperung nimmt bei Steiner charakteristische Merkmale an, die nur innerhalb des Christentums möglich sind. Man braucht nur zwei grundlegende Unterschiede zu erwähnen: begrenzte Anzahl der Erdenleben und Lehre vom Ich als vom Wesen des Menschen und Ziel der Evolution auf der einen Seite und ewige Wiederholung der Wiedergeburten und Lehre vom Ich als größter Illusion auf der anderen Seite.

Wir wenden uns nun der Frage zu: Was erwartet den Menschen, wenn er gestorben ist? Was geschieht mit ihm in der Zeitspanne, die zwischen dem Tod und einer neuen Geburt liegt?

Denken wir an den Vergleich mit dem einzelnen Tag. Denken wir daran, daß es nach Ablauf eines jeden Tages eine Bewußtseinsunterbrechung gibt, einen Übergang von einer Daseinsweise in eine andere, und daß wir am Morgen, wenn wir aufwachen, die Dinge so wieder aufgreifen, wie wir sie am Abend zuvor verlassen haben, daß wir es dabei in einem gewissen Sinne mit etwas Neuem zu tun haben, daß aber auf jeden Fall ein gesetzmäßiger Zusammenhang zwischen dem Gestern und dem Heute besteht.

Normalerweise vergehen, nach Rudolf Steiner, zwischen Tod und neuer Geburt Jahrhunderte; die Zeitspanne, die der Mensch im exkarnierten, das heißt leibfreien Zustand verbringt, ist also für gewöhnlich erheblich länger als die Zeit, die er im inkarnierten, im leibgebundenen Zustand verbringt. Alle 2160 Jahre tritt die Sonne in ein neues Tierkreiszeichen. Dies hat zur Folge, daß sich die Evolutionsbedingungen auf der Erde alle 2160 Jahre grundlegend verändern.

Alle Menschen dürfen sich in jeder dieser Zeitspannen, während derer die irdischen Bedingungen jeweils ganz andere sind, inkarnieren. Sie dürfen auch nicht eine davon überspringen, eben weil bei jeder einzelnen von ihnen neue Evolutionsbedingungen herrschen, die alle für ihr Wachstum als Menschen, für die Vervollkommnung ihres Ich gleichermaßen notwendig sind. Beispielsweise wäre es undenkbar, daß irgendeiner menschlichen Individualität nicht die Möglichkeit gegeben würde, sich in einer Zeit zu inkarnieren, in der Technik und Wissenschaft solche Fortschritte erzielen, wie es heutzutage der Fall ist. Denn durch das Leben in dieser Welt von Wissenschaft und Technik, in der Welt der Computer und der Maschinen bekommt der Mensch Entwicklungsmöglichkeiten, die er sonst nicht hätte. Ich will damit nicht sagen, daß alles, was wir Wissenschaft und Technik zu «verdanken» haben, positiv zu bewerten sei. Vielmehr will ich sagen, daß der Mensch durch den Umgang mit Wissenschaft und Technik die Möglichkeit hat, ganz bestimmte positive Schritte in seiner Entwicklung zu machen, die er ohne diese Welt der Maschinen nicht machen könnte. Er kann aber diese Schritte auch versäumen, weil er in der Freiheit lebt.

Innerhalb von 2160 Jahren inkarniert sich jeder Mensch in der Regel zweimal, einmal als Frau und einmal als Mann. Aber selbstverständlich gibt es wie bei allem, was nicht schematisch verläuft, sondern lebendig ist, auch hier zahlreiche Ausnahmen.

Manchmal wird gefragt, warum es immer mehr Menschen auf der Welt gebe. Es gibt keine Zunahme der Gesamtzahl der Menschen. Seit es Einzel-Iche gibt, ist ihre Gesamtzahl immer gleich geblieben. Allerdings müssen wir zwei Gruppen zusammenrechnen: Auf der einen Seite haben wir die inkarnierten Menschen, das heißt die augenblicklich verkörperten Menschen – dazu gehören wir –, und auf der anderen Seite haben wir die exkarnierten, also die Menschen, die sich zur Zeit im leibfreien Zustand befinden. Alle Menschen, die gestorben sind, sind Menschen! Und sie werden es auch weiterhin sein, mit dem einzigen Unterschied, daß sie zur Zeit keinen physischen Leib haben. Wenn wir also die Gesamtheit aller Menschen ins Auge fassen, so müssen wir zu den inkarnierten die exkarnierten hinzuzählen. Und wenn wir alle zusammennehmen, ist ihre Zahl immer gleich. Anders ausgedrückt: Wenn die Erdbevölkerung zunimmt, nimmt die himmlische Bevölkerung entsprechend ab. Im übrigen ist die absolute Zahl der Exkarnierten stets höher als die Zahl der Inkarnierten, weil der Mensch in der Regel viel länger in der geistigen als in der physischen Welt sich aufhält.

Der Grund, warum es in der letzten Zeit mehr inkarnierte menschliche Wesen gibt als etwa vor hundert Jahren, ist vom Gesichtspunkt der Wiederverkörperung aus gesehen der denkbar einfachste: Wie Sie wissen, leben die Menschen heutzutage immer länger, sie bleiben immer länger auf der Erde, werden älter und älter und haben, wenn sie sterben, ein Leben im Materialismus hinter sich. Das hat zur Folge, daß sie nach ihrem Tode ein stärkeres Verlangen nach der materiellen Welt mit in die geistige Welt nehmen, zumal sie sich dort – eben wegen ihrer materialistischen Gesinnung – weniger orientieren und die geistigen Dinge weniger genießen können. Daher kommt es, daß die Menschen in der letzten Zeit die Tendenz bekommen haben, etwas früher wieder zurückzukommen.

Ohne die Perspektive der Wiederverkörperung kann man dagegen die sogenannte «Bevölkerungsexplosion» nicht erklären. Man müßte einen Grund angeben, den Gott hätte, heute wesentlich mehr Menschen zu «schaffen» als in vergangenen Zeiten. Oder man würde die Zunahme mit dem «Zufall» erklären. Die Dinge können sich natürlich in dem Maße ändern, in dem es der Menschheit gelingt, aus dieser materialistischen Phase herauszukommen, das heißt den Materialismus zu überwinden. Im übrigen aber gehört, wie gesagt, auch diese Phase zur Evolution, und jeder Mensch muß durch dieses Nadelöhr des Materialismus hindurch.

Ja, der Materialismus ist tatsächlich mit einem Nadelöhr vergleichbar, das der Mensch passieren muß. Im Durchgang verliert beziehungsweise vergißt er alles, was vorher war – derart, daß er manchmal auch nicht das blasseste Bewußtsein mehr davon hat, daß eine geistige Welt überhaupt existiert. Jeder von uns muß im Laufe seiner Entwicklung an den Punkt gelangen, an dem er kein Bewußtsein mehr von der geistigen Welt hat, auch nicht ein auf Traditionen oder Gefühlskräfte der Seele sich stützendes – damit, wenn dieses Bewußtsein in der Zukunft wieder entsteht, es ein von jedem einzelnen Menschen in Freiheit errungenes Bewußtsein ist: nicht mehr ein auf atavistischem Hellsehen oder auf Tradition oder Herzensangst beruhendes, sondern ein aus bewußtem, freiem Erkennen erworbenes Bewußtsein.

Nach den Erkenntnissen der Geisteswissenschaft ist der Materialismus also ein Evolutionsstadium wie alle anderen auch und als solches ebenso notwendig wie alle anderen. Genauer gesagt: Das Stadium des Materialismus ist notwendig, damit sich das Ich zur Freiheit entwickeln kann. Zu dem, was wir Materialismus nennen, gehört auch das sogenannte rationale, abstrakte Denken: Jeder muß lernen, wissenschaftlich zu denken und zu forschen – und darüber eine Zeitlang die geistige Welt mit ihren lebendigen Inhalten aus den Augen verlieren!

Und wer sich dieses rationale, abstrakte Denken noch nicht zu eigen gemacht hat, wer zu diesem Denken noch nicht fähig ist, muß es in Zukunft noch werden. Es gibt nur eine Möglichkeit, den abstrakten Rationalismus und den Materialismus zu überwinden: Man muß hindurch, man muß sie sich zu eigen machen. Man kann sie nicht überwinden, wenn man sie sich nicht vorher zu eigen gemacht hat. Die Evolutionsstadien sind so beschaffen, daß sie nicht übersprungen werden können. Jeder Mensch muß alle Stadien durchmachen.

Wir wollen uns jetzt das Wesentliche dessen vergegenwärtigen, was jeder Mensch, nach Rudolf Steiner, zwischen Tod und neuer Geburt erlebt. Unmittelbar nach Eintritt des Todes, drei bis dreieinhalb Tage lang, sieht der Mensch sein gesamtes hinter sich liegendes Leben vermöge imaginativer Vorstellungskraft vor sich. Seinen physischen Leib hat er abgestreift, zum ersten Mal hat sein Ätherleib, haben seine Lebenskräfte seinen physischen Leib verlassen: Das ist der Tod.

Jede Nacht verlassen das Ich, das heißt der Geist, sowie sein Astralleib, das heißt die Seele des Menschen, seinen physischen Leib; aber der Ätherleib, auch Lebensleib oder Bildekräfteleib genannt, bleibt im physischen Leib; deshalb stirbt der Mensch während des Schlafes, dem Bruder des Todes, nicht. Der Tod besteht darin, daß nicht nur Ich und Astralleib beziehungsweise Geist und Seele den physischen Leib verlassen, sondern auch der Ätherleib, auch die Lebenskräfte. Das hat zur Folge, daß sich die chemischen Kräfte der Auflösung und Zersetzung des physischen Leibes in der Weise bemächtigen, wie sie es auch sonst mit leblosen Dingen tun. Drei bis dreieinhalb Tage lang – das heißt etwa so lange, wie er sich im Leben normalerweise hätte wachhalten können – sieht der Tote nun, durch die Kräfte seines Ätherleibes, die Gesamtheit seines Lebens in Form eines riesenhaften Tableaus in Bildform vor sich.

Nach Ablauf dieser kurzen Zeitspanne gibt der Ätherleib seiner bereits unmittelbar nach seiner Befreiung aus dem physischen Leibe auftretenden Neigung, sich in den Raum auszubreiten, in die Weiten des Kosmos hinauszuwachsen, nach. Das ist der Grund, warum nach etwa drei Tagen das gewaltige Erinnerungstableau, das alle Einzelheiten aus dem Leben des Menschen enthält, verschwindet. Jetzt fängt der Mensch an, nicht mehr in der imaginativen Bilderwelt seines Ätherleibes zu leben, sondern vielmehr in seinem Astralleib: Nun lebt der Mensch in der Welt der Seele. Was erlebt der Mensch jetzt in seiner Seele? Nicht das, was er während seines Lebens bewußt erlebt hat, denn das ist schon erledigt, sondern das, was er in sich trägt, ohne daß es ihm bisher bewußt war. Wir können auch sagen: Jetzt befindet sich der Mensch im «Fegefeuer» beziehungsweise in «Kamaloka», wie es im Sanskrit heißt. (Skrt. *loka*, lat. *locus*, dt. *Ort*. Das Sanskrit-Wort «kama» ist im Deutschen am besten mit «Begierde», «glühendes Verlangen» wiederzugeben; davon läßt sich beispielsweise auch das griech. «gamos» = «eheliche Vereinigung» ableiten: Wir haben ja im Bereich der Sexualität ein Höchstmaß an Begierde. Es gibt viele Wörter, auch in anderen Sprachen, die sich von diesem Sanskrit-Wort ableiten lassen.) Also, das Fegefeuer oder Kamaloka ist der «Ort der Begierden», der «Ort des glühenden Verlangens», in dem der Mensch nun lebt und in dem ihm all das begegnet, nunmehr auf einer bewußten Ebene, woran er mit seiner Seele beteiligt war, ohne daß es ihm während seines Lebens hätte bewußt werden können. Im Fegefeuer muß sich der Mensch einerseits die leibbedingten Begierden abgewöhnen, die er gewöhnt ist, und andererseits Seelenerfahrungen aneignen, die er bisher nicht kannte.

Was gibt es während meines Lebens in meiner Seele, dessen ich mir nicht bewußt bin? Während meines Erdenlebens erlebe ich nur diejenigen Vorgänge bewußt, die ich in meinem Astralleib unmittelbar spüre; es sind dies die Dinge, die den egoistischen Teil meines Seelischen ausmachen. Aber in meinem Astralleib ist auch all jenes angesiedelt, was ich bei anderen verursache: Es kommt in meinen Astralleib zurück, aber es ist mir nicht bewußt. Deshalb muß der Mensch, nachdem er drei Tage lang das Erinnerungstableau mit den Kräften seines Ätherleibes geschaut hat, eine gewisse Zeit im Fegefeuer, in Kamaloka verbringen, wo ihm dieses bisher Unbewußte bewußt gemacht wird. In ihrer Länge entspricht diese Zeit etwa einem Drittel seines Erdenlebens, das ist die Zeit, die er in seinem irdischen Leben schlafend verbracht hat. Wenn also ein Mensch beispielsweise mit 90 Jahren stirbt, so bleibt er ungefähr 30 Jahre lang in Kamaloka.

In Kamaloka durchleben wir unser Leben nochmals, jedoch in umgekehrter Abfolge, und dabei machen wir all das durch, was wir in den Nächten erlebt haben, ohne daß es uns bewußt war. In Kamaloka sein heißt also mit anderen Worten, sein Leben noch einmal rückwärts erleben, nicht jedoch das Tages-, sondern das Nachtleben, die Nachterlebnisse.

Was meinen wir mit «Tag»? Wir beziehen uns, wenn wir Tag sagen, auf die Ereignisse, bei denen wir mit unserem Bewußtsein anwesend waren. Wenn wir «Nacht» sagen, meinen wir all das, was wir unbewußt erlebt haben. Wir müssen also jetzt in Kamaloka alle Nächte noch einmal durchleben und dabei mit unserem Bewußtsein anwesend sein. Wir müssen in unserer Seele das bewußt erleben, was die anderen durch uns genossen oder erlitten haben. Die Freude, die ein anderer empfunden hat, weil ich ihm etwas Ermutigendes gesagt habe, empfinde ich jetzt selbst, sie wird Teil meiner selbst, weil ich es gewesen bin, der sie veranlaßt hat. Ebenso erlebe ich in mir aber auch den Schmerz, den ein anderer Mensch erlitten hat, weil ich ihn mit einem Wort entmutigt habe, weil ich nur das Negative in ihm gesehen habe; und auch dieser Schmerz wird jetzt ein Teil von mir.

So sehen wir während der drei Tage, in denen wir das Erinnerungstableau schauen, die Tagseite unseres letzten Erdenlebens, und danach, im Fegefeuer, in Kamaloka, haben wir es während einer Zeit, die einem Drittel unseres Erdenlebens entspricht, mit der Nachtseite unseres letzten Erdenlebens zu tun. Die ersten drei Tage haben wir wie Bilder vor uns; in Kamaloka machen wir seelische Erfahrungen, im Fegefeuer erleben wir selber innerlich das, was die anderen unseretwegen erlebt haben.

Der Mensch hat aber in sich, in seinem Astralleib, in seiner Seele auch noch all das Verlangen, all jene Begierden, die er nur mit Hilfe seines physischen Leibes befriedigen konnte. Diese Begierden sind nach dem Tode zunächst noch da. Ein weiteres Merkmal des Lebens in Kamaloka besteht nun darin, daß der Mensch sich daran gewöhnen muß, diese seine Begierden nicht mehr befriedigen zu können. Dies wiederum verursacht ihm ein solches «Brennen», daß das allseits bekannte Bild der lodernden Flammen im Grunde genommen ein sehr treffendes Bild ist, das man sich vom Fegefeuer machen kann. Stellen Sie sich vor, ein Feinschmecker, dem nichts über ein gutes Essen und ein Glas besten Weines geht, befindet sich plötzlich in einer Wüste, wo er Tag um Tag weder zu essen noch zu trinken bekommt. Was für eine Erfahrung macht er? Er erleidet Entbehrungen. Diese Erfahrung aber ist wie eine glühende Flamme, die seine Begierden verbrennt. Die Begierden können nicht mehr befriedigt werden, also verzehren sie sich selbst, sie werden verbrannt, ausgebrannt, so lange, bis sie ganz verzehrt und verschwunden sind.

Diese Zeitspanne, dieses Lebensdrittel, wo der Mensch mit sich selbst beschäftigt ist, ist also eine Zeit der Seele: Der Mensch lebt in der Seele, in der Realität seiner eigenen

Seele. Er beginnt zwar, Beziehungen mit anderen Menschen aufzunehmen, mit denen er karmisch verbunden ist; aber alles, was er im Zusammenhang mit den «anderen» erlebt, erlebt er in Kamaloka stets als Läuterung seiner eigenen Seele. Rudolf Steiner nennt, von einem anderen Gesichtspunkt aus, diesen Bereich auch die «Mondsphäre». Kennzeichnend für diese Mondsphäre ist die Tatsache, daß der Mensch sich, solange er in ihr verweilt, noch nicht zum Geiste erhoben hat. Denn Geist bedeutet Objektivität, und solange ich es mit meinem persönlichen Seelenleben zu tun habe, solange bin ich noch im Bereich des Subjektiven.

Der sogenannte Verstorbene lebt also in diesem Drittel seiner Lebenszeit zunächst in einer Welt des Subjektiven. Das Ziel dieser Phase besteht, wie gesagt, in der Reinigung, in der Läuterung. Alles Karmische, alles was rein subjektiv ist, alles was den einzelnen Menschen ganz persönlich betrifft, wird dann in dieser «Mondsphäre» zurückgelassen. Und wenn der Mensch später der universellen Objektivität fähig wird, so allein deshalb, weil es ihm gewährt wird, das hinter sich zu lassen, was Steiner das «karmische Gepäck» nennt. Wenn er sein subjektives Karma, das Karma seines persönlichen Lebens weiter mitnehmen würde, würde seine Erfahrung der geistigen Welten, in die er mit seinem Eintritt in die «Sonnensphäre» kommt, getrübt, und er könnte die geistigen Welten nicht in ihrer objektiven Realität schauen und erfahren.

Der Übergang von der Mond- in die Sonnensphäre nach dem Tod ist also nichts anderes als der Schritt – und es ist ein gewaltiger Schritt! – vom Subjektiven zum Objektiven, vom Seelischen zum Geistigen.

Zwischen Mond und Sonne gibt es jedoch noch zwei Zwischenwelten: die Merkursphäre und die Venussphäre.

In der Mondsphäre haben wir es, wie gesagt, mit all dem zu tun, was rein persönlich ist. In der Merkursphäre ist der Mensch dagegen mit den sittlichen und in der Venussphäre mit den religiösen Impulsen beschäftigt.

Sittlichkeit und Religion sind also zwei Wirklichkeiten, die dem Menschen helfen sollen, universell zu werden, objektiv zu werden, denn was sittlich gut oder schlecht ist, ist keine Frage von Präferenzen oder Sympathien. Was, vom religiösen Standpunkt aus betrachtet, würdig ist, verehrt zu werden – die Gottheit zum Beispiel –, ist keine Frage der Rasse, des Volkes oder der Blutsverwandtschaft. Aber diese beiden Zwischenstadien, das Stadium des Sittlichen und das Stadium des Religiösen, sind deshalb zwischen Mond und Sonne angesiedelt, weil die Menschen – vor allem in der vorchristlichen Zeit – bisher noch nicht in der Lage waren (denn es fehlte ihnen die dazu notwendige Ich-Kraft), die universell objektive Dimension sowohl des Sittlichen als auch des Religiösen zu finden.

Dadurch, daß wir bis heute verschiedene Religionsbekenntnisse haben, die in der Welt nebeneinander existieren und sich gewissermaßen gegenseitig ausschließen, ist das Religiöse noch entwicklungsbedürftig: Denn wahre Religiösität ist die Beziehung zur Objektivität der geistigen Welten und Wesen. Da müßte unter den Menschen volle Einigung und Harmonie herrschen. Wir befinden uns aber zunächst am Anfang dieser Universalisierung. Der Mensch gelangt bewußt in dem Maße in die Sonnensphäre – die die Sphäre des Christus ist, denn mit dem Wort «Christus» ist das universelle Sonnenwesen gemeint –, in dem er fähig wird zu Universalität und Individualität.

Alles was mit Gruppe zu tun hat, ist uns gegeben worden, damit wir es überwinden. Und mit Gruppe ist hier nicht nur eine Partei, eine Firma oder eine Familie gemeint. Mit Gruppe ist auch die besondere Religion gemeint, der ich angehöre, womit ich gleichzeitig zum Ausdruck bringe, daß ich den «anderen» Religionen *nicht* angehöre. Religion in diesem Sinne ist auch eine Gruppe, denn sie ist weder universell noch individuell.

So wie wir die Natur vor uns haben, damit wir sie nach dem Gesetz der Freiheit erlösen und verwandeln, so haben wir auch das Mysterium der Gruppe, innerhalb derer der Mensch noch nicht individuell und noch nicht universell ist, vor uns: Wir müssen es ebenfalls überwinden, damit jeder auf individuelle und freie Weise seine Würde als Mensch, die für alle Menschen Gültigkeit hat, sowie sein Einzigartiges als Individualität erleben und verwirklichen kann.

Diese beiden Dimensionen, Universalität auf der einen und Individualität auf der anderen Seite, konnte der vorchristliche Mensch nicht vor seinem Tode begreifen. Er konnte sie nicht in sich erleben, denn die Evolution vor Christus war eine gruppenhafte. Erst durch das Christus-Ereignis sind ja die menschheitlich-universellen Ich-Kräfte endgültig auf die Erde heruntergekommen, und erst die Ich-Kraft eines jeden Menschen ist es wiederum, die ihn fähig macht, menschheitlich universell und einzigartig individuell zugleich zu werden.

Daß die Evolution vor Christus eine gruppenhafte war, sehen wir zum Beispiel an der Kultur des hebräischen Volkes, das in seiner Spätzeit die Geburt des Jesus von Nazareth, in den später der Christus einzog, direkt vorzubereiten hatte. Die Propheten haben zwar immer gesagt, daß man es mit einer Vorbereitung zu tun habe, die mit der Ankunft des Messias in Individualität und Universalität münden würde. Sie wurden jedoch wenig verstanden, eben weil ihre Zeit die vorchristliche war. Anders ausgedrückt: Man fängt in dem Maße an, als «nachchristlicher» Mensch zu leben, in dem man die Dimension von Universalität und Individualität annimmt. Soweit der Mensch diese Dimension noch nicht angenommen hat, lebt er noch wie ein «vorchristlicher» Mensch, lebt er noch im Alten Testament, auch wenn seit dem Wirken des Christus bereits 2000 Jahre vergangen sind.

Christus ist gerade auf die Erde gekommen, um uns die Fähigkeit zu geben, diese doppelte Erfahrung von Universalität und Individualität auf der Erde zu machen. Das bedeutet, daß das Nachtodliche des Menschen vor Christus ein ganz anderes war als das Nachtodliche nach ihm. Denn der Mensch, der vor Christus starb, starb als Hindu, als Buddhist, als Jude – und nicht schlechthin als Mensch und als Individuum. Damals traf der Mensch die Sonnenwesenheit des Christus – der damals noch in der Sonnensphäre und nicht wie heute auf der Erde war – nämlich erst nach seinem Tode, am Ende des Kamaloka, wenn er in die Sonnensphäre eintrat. Und erst dann gab ihm der Christus das Bewußtsein dieser ganz anderen Dimension jenseits alles Gruppenhaften und führte ihn in die Mysterien des Objektiven, Universellen und Individuellen ein.

Seit seinem Erscheinen auf der Erde werden wir nach unserem Tode bei unserem Übergang von der Mond- in die Sonnensphäre jedoch nicht mehr von dem Christus begleitet, denn der Christus ist nicht mehr auf der Sonne.

Seit dem Christus-Ereignis hängt also die Fähigkeit des Menschen, sich von der Mondsphäre in die Sonnensphäre zu erheben, davon ab, inwieweit es ihm *während des Erdenlebens* gelungen ist, die Bewußtseinsstufe zu erreichen, durch die eine bewußte, freie, lebendige Begegnung mit dem Christus-Wesen möglich ist. Ob er dieses Wesen dann auch wirklich «Christus» nennt oder nicht, spielt keine Rolle. Auf den Namen kommt es nicht an.

Ein Mensch, der in sich sowohl das Bewußtsein dessen trägt, was uns allen als Menschen gemeinsam ist, als auch das Bewußtsein dessen, was jedes Individuum in seiner Einzigartigkeit auszeichnet, ist ein «Christ». Es spielt keine Rolle, ob er als Buddhist geboren ist oder in der hinduistischen oder islamischen Welt lebt. Umgekehrt ist ein Mensch, der wenig oder kein Bewußtsein dieser beiden Dimensionen der menschlichen Wesenheit hat, ein Nicht-Christ, selbst wenn er in einem «christlichen» Land geboren und «christlich» getauft ist. Jeder ist aufgefordert, dem Menschheitsrepräsentanten während seines Erdenlebens – und nur während des Erdenlebens ist das in der Zeit nach Christus möglich – zu begegnen.

Wenn wir nach dem Tode in der Objektivität des Kosmos sind, schreiten wir noch weiter, bis wir jenseits der Sonnensphäre auf die Mysterien des Mars, des Jupiter und des Saturn treffen. Wenn der Mensch in die Saturnsphäre eintritt, so erlebt er das, was Steiner die «Mitternachtsstunde des Daseins» nennt. Den «Weltenmittag» des Lebens haben wir um das fünfunddreißigste Jahr herum, wenn wir auf der Höhe unseres Erdenlebens stehen. Die «Weltenmitternacht» erleben wir, wenn wir auf dem Weg, der uns immer höher hinauf in die objektive Realität des Kosmos führt, den Gipfel erreicht haben. Danach beginnt der Niederstieg einem neuen Erdenleben entgegen.

Bevor diese Richtungsänderung erfolgt und der Niederstieg beginnt, also bis zur «Weltenmitternacht» seines kosmischen Lebens, wird der Mensch immer mehr selbst Kosmos; er hat all sein Seelisches abgestreift und auch sein Karma hinter sich gelassen. Dann ist es so weit, daß der Mensch sich wieder verkörpern will, daß der Wunsch nach einer neuen Existenz in ihm entsteht. Das Wort Existenz kommt aus dem Lateinischen, und zwar von dem Verb «ex-sistere», was soviel wie «herausgehen» oder «heraustreten» bedeutet. Den Wunsch nach einer neuen Existenz hegen heißt demnach, die universelle Kommunion im Kosmos beenden wollen, in der man auf der heutigen Evolutionsstufe in gewisser Weise seine Individualität noch verliert. Es taucht also wieder der Wunsch nach einem physischen Leib auf, und in dieser Phase bereitet der Mensch das vor, was Rudolf Steiner den «Geistkeim» seiner künftigen Leiblichkeit nennt. Die gesamte objektive und die individuelle Welt weben vereint an den Kräften, die der Mensch braucht, um sich wieder mit einem physischen Leib zu umkleiden.

Steiner beschreibt hier wiederum drei aufeinanderfolgende Phasen des Niederstiegs. Es gibt eine Phase in der Weltenmitternacht, in der das menschliche Ich mit den göttlichen Wesen selbst verkehrt. Danach kommt eine Phase, in der bei dem Ich eine Verdunkelung eintritt, das heißt eine Phase, in der es diese göttlichen Wesen nicht mehr voneinander unterscheiden kann und nur noch ihre Offenbarungen erlebt. Es ist während dieser Phase, daß das Ich wieder Interesse für die Erde entwickelt und daß seine Sehnsucht, ins physische Leben zurückzukehren, erwacht. Mit der Zeit wird diese Sehnsucht immer stärker, und nun beginnt das Ich, Ausschau zu halten nach gewissen Generationsfolgen auf der Erde. Jeder von uns, bevor er sich inkarniert, gestaltet mit an der Entstehung von Generationsfolgen bis ins sechsunddreißigste Glied. Wenn wir bedenken, daß wir in einem Jahrhundert etwa drei Generationen haben, können wir uns vorstellen, seit wie lange wir schon vor unserer Geburt am Werden der Menschheit auf der Erde mitwirken!

Nun erwacht auch wieder die Selbst-Empfindung, die vorher nicht da war, weil der Mensch völlig in der objektiven Realität des Kosmos eingebettet war. Es macht sich Interesse für das geschichtliche Werden der Menschheit auf der Erde bemerkbar, und schließlich erfolgt der Übergang von der Sonnen- zur Mondsphäre. In der Mondsphäre, die, wie erwähnt, die Sphäre der Seele ist, nimmt der Mensch sein Karma – dieses «karmische Gepäck», das so etwas wie ein Extrakt aus seinem früheren Karma ist und das er hinter sich gelassen hatte – wieder auf und umhüllt sich damit. Seine Selbst-Empfindung wird immer stärker, der Mensch wird immer mehr Seele (vorher war er nur Geist), bis er, während er dabei ist, sich neu zu inkarnieren, im Augenblick der Empfängnis, den geistigen Keim des physischen Leibes verliert: Diese Welt von geistigen Kräften, die an der Gestaltung des physischen Leibes beteiligt ist, entschwindet ihm.

Der Mensch, der sich noch in der geistigen Welt befindet, erlebt diesen Augenblick als ungeheuren Verlust. Bis zu diesem Augenblick war er zunächst ein geistiges Ich, dann war er Astralleib geworden, der sein gesamtes Karma auf sich genommen hatte, und bei sich hatte er das Kostbarste, das Göttlichste, an dem er zusammen mit den geistigen Hierarchien jahrhundertelang gearbeitet hatte: den geistigen Keim des physischen Leibes – ohne Materie. Nun ist er ihm abhanden gekommen! Wo ist er hin?

Der geistige Keim des physischen Leibes, dieses «Phantom» als Summe der Gestaltungskräfte des physischen Leibes, ist auf die Erde herabgestiegen und durchdringt nunmehr das befruchtete Ei im Schoße der Mutter. Es beginnt jetzt, während der Mensch noch in der geistigen Welt weilt, am Embryo zu arbeiten.

Das Gefühl des schmerzlichen Verlustes bewirkt, daß

der Mensch aus der gesamten kosmischen Ätherwelt die Kräfte sammelt, die er zur Bildung seines Ätherleibes braucht: Er umgibt sich mit einem Ätherleib, mit einem Leib der Lebenskräfte. Und das ist die dritte Phase, die der Mensch durchlebt, wenn er zu einem neuen Erdenleben niedersteigt: Der Ätherleib wird vom Äther des Kosmos gebildet, nachdem der Keim des physischen Leibes bereits in den Mutterschoß eingegangen und seine Kräfte eingebracht hat, um den physischen Leib, der sich zu formen beginnt, aufzubauen.

Ungefähr am siebzehnten Tag nach der Empfängnis – dieser Zeitpunkt variiert je nach dem Entwicklungsstand der menschlichen Individualität –, also etwa in der dritten Woche, vereinigen sich Ich, Astralleib und Ätherleib mit dem geistigen Keim des physischen Leibes, und von diesem Zeitpunkt an haben wir die so wichtige direkte Beteiligung des Ich am Werden des Embryos im Mutterleib.

Das ist der Anfang eines sehr komplexen Vorganges, nämlich der immer tieferen gegenseitigen Durchdringung von Ätherleib, Astralleib, Ich mit Materie. Daß beim kleinen Kinde das Ich noch nicht völlig in die Materie hinabgestiegen ist, können wir zum Beispiel daran sehen, daß seine Bewegungen noch unkoordiniert sind. Wir haben es hier mit komplexen Vorgängen zu tun, die schrittweise verlaufen.

So wie der Mensch vor der Geburt zunächst eine Zeitlang in Verkehr mit den einzelnen geistigen Wesen lebt, dann mehr im allgemeinen den kosmischen Logos erlebt und schließlich die ätherische Welt, in der er die Lebens- und Wachstumskräfte aufnimmt, die den physischen Körper das ganze Erdenleben hindurch am Leben erhalten werden, so gibt es auch in der Entwicklung des kleinen Kindes drei große Phasen, und diese Phasen, die das kleine Kind durchläuft, sind eine Art Spiegelungen jener soeben beschriebenen drei großen vorgeburtlichen Stadien.

Die erste ist die Phase des Sich-Aufrichtens und des Gehenlernens. Rudolf Steiner macht uns darauf aufmerksam: Indem das Kind sich als aufrecht stehendes Wesen im Kosmos zu orientieren lernt, indem es gehen lernt, wohin es will und wohin sein Karma es ruft, erobert es sich ganze Welten. Die Entwicklung, die das Kind durchmacht, wenn es sich orientieren lernt, wenn es Richtungen zu unterscheiden und sich für eine Richtung zu entscheiden lernt, ist ungeheuerlich. Die Aufrichte- und Lauflernphase ist so etwas wie eine irdische Wiederholung der ersten Phase, von der wir oben gesprochen haben, der Phase, in der das Ich in Kommunion mit den geistigen Wesen lebte; denn die Kommunion mit den geistigen Wesen ist die höchste Form der Orientierung, die höchste Form des Wegbeschreitens.

Die Phase des Sprechenlernens, des Wortes, entspricht der zweiten vorgeburtlichen Phase, derjenigen, in der man die Offenbarungen und die gegenseitigen Beziehungen der geistigen Wesen wahrnahm, in der man die geistigen Wesen nicht mehr einzeln erkannte, sondern nur noch das allgemeine «Weltenwort», den Logos erlebte.

Die dritte vorgeburtliche Phase, in der sich der Mensch bekleidet mit den Ätherkräften des Kosmos, um seinen Ätherleib zu bilden, spiegelt sich in der Fähigkeit zu denken, die sich in der dritten großen Entwicklungsphase des Kindes ausbildet. Denn die Fähigkeit zu denken ist die Fähigkeit, sich mit den Lebenskräften des Kosmos zu verbinden und sich geistig nach den Gesetzmäßigkeiten ihrer Metamorphosen zu bewegen.

Dritter Vortrag:

Evangelien-Hinweise auf die Wiederverkörperung? Die Christus-Tat und die wiederholten Erdenleben

Wenn es wahr ist, daß der Mensch mehrmals lebt, und wenn dies keine bloße Nebensächlichkeit, sondern ganz im Gegenteil eine Tatsache von entscheidender Bedeutung ist, so wird jeder Mensch, der sich Christ nennt, sehr daran interessiert sein, zu erfahren, was das Evangelium zu diesem wichtigen Thema zu sagen hat.

Die erste Überlegung, die gemacht werden kann, ist folgende: Wenn wir in der Lage wären, nachzuweisen, daß in den Evangelien Aussagen enthalten sind, die klar und deutlich gegen die Wiederverkörperung sprechen, so befände sich die Geisteswissenschaft Rudolf Steiners in einer schwierigen, ja ausweglosen Lage, und zwar aus dem Grunde, weil Rudolf Steiner die Evangelien als Texte ansieht, die von Eingeweihten verfaßt wurden und folglich nur Wahres enthalten können. Es gibt solche Aussagen jedoch nicht. Damit Sie aber nicht denken, daß ich irgend etwas verschweige, füge ich gleich hinzu, daß es im Hebräerbrief an einer Stelle heißt: «Und wie bestimmt ist den Menschen, ein einziges Mal zu sterben, und dann kommt das Gericht, so hat sich auch der Christus ein einziges Mal geopfert» (Hebr. 9, 27). Dieser Satz wird oft zitiert als Aussage gegen die Wiederverkörperung. Er ist in dieser Richtung aber auch der einzige, den man finden kann. Wer ihn hört oder liest, müßte sich jedoch folgendes fragen: Wenn man mir mit der Heiligen Schrift beweisen will, daß es die Wiederverkörperung *nicht* gibt, daß die Heilige Schrift selbst sich gegen die Wiederverkörperung ausspricht – warum enthält dann die ganze Heilige Schrift nicht mehr über dieses so wichtige Thema als diesen kleinen Satz?

Außerdem wird, wenn dieser Satz zitiert wird, nicht berücksichtigt, daß es im ganzen neunten Kapitel des Hebräerbriefes gar nicht um Wiederverkörperung geht. Die Frage, ob der Mensch einmal oder mehrmals lebt, wird im neunten Kapitel des Hebräerbriefes weder positiv noch negativ beantwortet – denn sie wird darin überhaupt nicht gestellt! Es wird lediglich gesagt, daß der Mensch nur einmal stirbt. Und da frage ich Sie: Auch wenn der Mensch mehrere Male leben würde, wieviele Male würde er dann in jedem Leben sterben? Jedesmal ein einziges Mal!

Wenn das neunte Kapitel des Hebräerbriefes die Frage, ob der Mensch einmal oder mehrmals lebt, zum ausdrücklichen Thema hätte, dann könnten wir diesen Satz sehr wohl als Antwort auf diese Frage betrachten. Aber dieses Kapitel des Hebräerbriefes hat diese Frage nicht zum Thema. Deshalb ist es unzulässig, mit diesem aus dem Zusammenhang gerissenen Satz, der selbstverständlich für jedes einzelne Leben gilt, etwas in diese Richtung beweisen zu wollen. Auch wenn wir hundert Leben hätten, würden wir in jedem Leben nur einmal sterben, nicht jeweils mehrmals.

Die Tatsache, daß in den Evangelien nichts gegen die Wiederverkörperung gesagt wird, heißt aber wiederum nicht automatisch, daß etwas ausdrücklich dafür gesagt wird.

Es gibt immer wieder Menschen, die behaupten, in den Evangelien sei ganz eindeutig von Wiederverkörperung die Rede. Nein, das ist nicht der Fall. Die Christen der früheren Generationen wären ja auch allesamt dumm gewesen, wenn sie etwas, das in der Heiligen Schrift klar und deutlich geäußert würde, nicht verstanden hätten. Daß in den Evangelien von Wiederverkörperung ausdrücklich und für jeden klar gesprochen werde beziehungsweise daß die Evangelien eindeutig für die Wiederverkörperung Stellung bezögen, kann man also keinesfalls sagen. Charakteristisch für die Evangelien ist vielmehr, daß das Mysterium der Wiederverkörperung in ihnen mehr auf indirekte Weise angesprochen wird.

Rudolf Steiner vertritt die Auffassung: Die Tatsache der Wiederverkörperung wird in den Evangelien in etwas verhüllter Form ausgesprochen. Mit anderen Worten: Man entdeckt sie nur, wenn man unter gewissen erkenntnismäßigen Voraussetzungen an die Heilige Schrift herantritt.

Solange in den Menschen nicht durch das innere Ringen bestimmte Gedankenkräfte und Erkenntnisfragen wach werden, solange werden sie gewisse Dinge, die darin enthalten sind, auch nicht sehen und verstehen können. Aber unsere heutige Schwellenzeit ist auch die Zeit, in der gerade diese Erkenntniskräfte wach zu werden beginnen, die Zeit, in der die Menschen anfangen, an die Heilige Schrift mit eben solchen ganz spezifischen Fragen und erkenntnismäßigen Fähigkeiten heranzutreten und dabei auf Dinge zu stoßen, die frühere Generationen noch nicht wahrnehmen konnten.

Im übrigen waren die früheren Generationen, die Menschen, die vor tausend oder zweitausend Jahren gelebt haben, vom Gesichtspunkt der Wiederverkörperung aus gesehen, ohnehin wir selbst. Wir können also dankbar sein, daß wir heute in der Lage sind, an die Heilige Schrift mit neuen Fragen heranzutreten und dort dasjenige zu entdekken, was wir selbst darin vor Jahrhunderten nicht entdekken konnten.

Daß das so ist, kann ich Ihnen vielleicht am besten an einem konkreten Beispiel aus meinem Leben veranschaulichen: Ich habe in sehr vielen Gesprächen mit katholischen Priestern – also Menschen mit fundiertem theologischen Wissen – auf den Anfang des neunten Kapitels des Johannes-Evangeliums verwiesen, wo vom Blindgeborenen die Rede ist. «Kommt es dir nicht eigenartig vor», habe ich gefragt, «daß hier die Apostel, also nicht irgendwelche Leute, den Christus fragen: ‹Wer hat gesündigt, er oder seine Eltern, daß er blind geboren ist?› Kommt dir das nicht seltsam vor?» Jedesmal war die Antwort «nein», und ich las die Stelle noch einmal vor. Beim dritten Mal betonte ich jeweils die Worte «*er* oder seine Eltern» und dann noch einmal das Wörtchen «*er*» und fügte hinzu: «Er war doch noch gar nicht geboren!» – «Du hast recht», hieß es dann fast immer, «das war mir noch gar nicht aufgefallen!»

Entscheidend ist, daß jeder einzelne Mensch heute mit bestimmten Fragen an die Heilige Schrift herantrete; dann werden ihm die Dinge auffallen. Die Theologen im allgemeinen haben sich bisher wenig Gedanken über diesen Satz gemacht, sie haben nicht versucht, der Sache auf den Grund zu kommen und zu verstehen, was die Apostel mit dieser Frage meinen. Ihnen ist noch kaum aufgefallen, daß die Apostel fragen, ob der Mann blind geboren ist, weil er selber gesündigt hat.

Wer eine solche Frage stellt, geht doch auf jeden Fall von der Annahme aus, daß es – zumindest – ein vorgeburtliches Leben gibt. Das heißt nicht, daß wir hinter dieser Frage gleich die ausdrückliche Beteuerung der Wiederverkörperung vermuten müssen. Ohne jeden Zweifel aber steht hinter dieser Frage die Annahme, daß dieser Mensch bereits vor seiner Geburt existiert hat und daß er deshalb an seiner Blindheit selbst schuld sein könnte.

Nach Rudolf Steiner war es sogar die Aufgabe des Christus, der Menschheit zunächst zu helfen, das alte Bewußtsein der Wiederverkörperung für eine gewisse Zeit zurückzustellen. Ja, in diesen 2000 Jahren Christentum hat das Abendland das vorchristliche Bewußtsein der Wiederverkörperung verloren – und zwar dank der Christus-Tat selbst! Denn der Christus ist gekommen, um die Menschen all das vergessen zu lassen, was sie vermöge des alten atavistischen Hellsehens, welches einst allen Menschen eigen war, wußten. Warum? Weil diese Art von Wiederverkörperungsbewußtsein, das die Menschen vor Christus hatten, nicht durch den eigenen Denkprozeß eines jeden einzelnen, nicht auf dem Wege einer individuellen, frei erworbenen Erkenntnis zustande gekommen, sondern eben nur eine Art Nachklang, ein letzter und meistens nicht mehr richtig verstandener Rest des alten, bei allen Menschen sozusagen «automatisch» vorhandenen atavistischen Hellsehens war. Dies sehen wir an der Tatsache, daß die Apostel eigentlich nicht genau verstehen, was ihre Frage mit einschließt.

Auch Johannes der Täufer weiß nicht, daß er Elias ist, das wird im Evangelium in eindeutiger Weise berichtet. Denn als er gefragt wird: «Bist du Elias?», antwortet er: «Nein, ich bin nicht» (Joh. 1, 21). Sein Bewußtsein von der Wiederverkörperung hat sich verdunkelt, und er weiß nicht mehr, wer er in seinem früheren Leben gewesen ist – was aber nicht heißt, daß er nicht tatsächlich Elias ist.

Das Christus-Wirken brachte das alte Bewußtsein der Wiederverkörperung zum Erlöschen, weil in diesem die zwei Dimensionen fehlten, die eben für die *christliche* Evolution – was wiederum heißt für die Evolution des freien Ich – von grundlegender Bedeutung sind: die Dimension des Individuellen und die Dimension des Universellen.

Alle alten Formen des Wiederverkörperungs*bewußtseins* müssen also verlorengehen, damit ein neues Wiederverkörperungs*bewußtsein* entstehen kann: das Bewußtsein der Zusammengehörigkeit aller Menschen als Glieder eines einzigen Organismus. Und so wie wir die erste Hälfte der Evolution gebraucht haben, um uns auseinanderzuentwickeln, um voneinander unabhängige Einzelwesen, jeder ein Individuum für sich zu werden, so brauchen wir jetzt die zweite Hälfte mit den vielen Verkörperungen, um wieder zusammenzuwachsen, um zusammen *ein* Organismus zu werden, ohne dabei das Bewußtsein unserer Individualität zu verlieren.

Wir haben nacheinander zwei Entwicklungsphasen durchgemacht (wenn man die Entwicklung des kleinen Kindes betrachtet, so stellt man fest, daß sich dieselben Phasen in jedem einzelnen Menschenleben wiederholen): zuerst den Zustand der ursprünglichen, paradiesischen Einheit ohne Zergliederung oder Differenzierung, ohne Selbständigkeit der einzelnen Individuen; dann die Phase der Zergliederung durch Verlust der Zusammengehörigkeit, in der wir uns heute befinden und die noch eine lange Zeit dauern wird. Ziel unseres Werdens ist es, diese beiden Dimensionen, die wir bisher hintereinander durchlebt haben, zusammenzubringen und sie gleichzeitig zu erleben.

Wiederverkörperung bedeutet also, vom christlichen Standpunkt aus gesehen: Evolution mit dem Ziel, aufgrund freier Entscheidung und Mitwirkung eines jeden Menschen im Laufe der Jahrtausende den Leib Christi aufzubauen, wodurch ein Miteinander aller Menschen, ein allgemeiner menschheitlicher Organismus entsteht, in dem aber jeder einzelne Mensch dennoch ein Individuum bleibt.

Die Antwort des Christus auf die Frage der Apostel – «Wer hat gesündigt, dieser oder seine Eltern, daß er blind geboren ist?» – bietet noch größere Interpretationsschwierigkeiten. Die überlieferte Übersetzung lautet: «Es hat weder dieser gesündigt noch seine Eltern, sondern es sollen die Werke Gottes offenbar werden an ihm.» Normalerweise wird die Antwort des Christus dahingehend interpretiert, daß Gott diesen Mann hat blind geboren werden lassen, damit er ihn später sehend machen kann, um auf diese Weise seine Allmacht unter Beweis zu stellen.

Steiner sagt dazu, daß jeder Mensch, der über ein gesundes religiöses Gefühl verfügt, mit dieser Übersetzung nicht zufrieden sein kann. Als ob die Tatsache, daß Gott jeden Tag die Sonne auf- und wieder untergehen läßt, daß er die Erde in jedem Frühling von neuem in unendlich vielen wundervollen Farben erstrahlen läßt, daß er uns Kinder schenkt, die *sehend* uns anlächeln – als ob all diese Wunder nicht ausreichen würden, Zeugnis von seinen Werken abzulegen!

Nehmen wir uns doch einmal den griechischen Text vor (Joh. 9,3) und übersetzen ihn wörtlich – allerdings mit Hilfe der Geisteswissenschaft: «Weder dieser [d.h. er in diesem Leben] hat gesündigt noch seine Eltern, sondern damit offenbar werden die Werke des Gottes in ihm.»

Der Gott-in-ihm aber ist das Ich! Im griechischen Text ist die Rede vom göttlichen Wesen, das *in* ihm selbst ist, d.h. das er selbst ist, nicht von der allgemeinen Gottheit, die gleichsam von außen an ihm wirkt. Denn der Begriff «Theos» im Neuen Testament ist nicht identisch mit dem Begriff, der sich später in der Theologie etabliert hat und der sich nur noch auf *den* Gott, das heißt auf einen einzigen Gott, bezieht. Im Neuen Testament werden viele Wesen als «Gott», als «göttliche Wesen» bezeichnet, zum Beispiel auch die Hierarchien. Und in bezug auf die Menschen wird im zehnten Kapitel des Johannes-Evangeliums von Christus selbst gesagt: «Ihr seid Götter – Theoi este» (Joh. 10,34). Auch dieser Satz stellt für die Theologie ein großes Problem dar.

Die Antwort Christi lautet also: «Das göttliche Wesen in ihm», die ewige Individualität dieses Menschen, sein Ich selbst hat in einem vergangenen Leben etwas getan, was ausgeglichen werden muß; daher die Entscheidung, in diesem Leben blind auf die Welt zu kommen.

Es handelt sich um eine freie Entscheidung des göttlichen Ich in ihm, wohlgemerkt: nicht um eine Strafe. Denn Karma hat nichts mit Strafe zu tun. Sein Karma auf sich nehmen heißt immer dankbar sein dafür, daß es einem gewährt wird, Einseitigkeit auszugleichen durch positive weitere Entwicklung. Das ist alles andere als eine Strafe verbüßen – ja, es ist das genaue Gegenteil. Das höhere Ich, das göttliche Wesen in diesem Menschen hat in Freiheit und Dankbarkeit die Gnade angenommen, die ihm die Möglichkeit bietet, blind auf die Welt zu kommen, um das ausgleichen zu können, was in seinem Wesen auf das zukünftige Gute hin ausgeglichen werden muß.

Das Grundgesetz der Wiederverkörperungen lautet nach Rudolf Steiner: Was in einem Leben im Inneren ist, das heißt was in Seele und Geist ist, vermag im selben Leben nicht, die Leiblichkeit immer neu umzugestalten und umzuwandeln. Denn die Leiblichkeit ist auf unserer heutigen Evolutionsstufe höchst undurchlässig. Und selbst wenn eine tiefgreifende Umwandlung von Astralleib und Ich stattfindet, kann doch nicht zugleich auch der physische Leib in demselben Maße umgewandelt werden. Was in diesem Leben an Umwandlung des Ich, also an innerer Verwandlung des Menschen stattfindet, kommt erst im nachfolgenden Leben in seiner Leiblichkeit zum Ausdruck. Es findet seinen Niederschlag in einer Art Extrakt, den der Mensch aus der Gesamtheit seiner in einem Leben vollzogenen inneren Entwicklung bildet und den er aus diesem Leben in sein nächstes Leben mitnimmt, um daraus dann seine neue Leiblichkeit zu formen.

Eben weil wir in ein und demselben Leben nicht in der Lage sind, die Grundeigenschaften unserer Leiblichkeit zu verändern, dürfen wir erst im nächsten Leben einen neuen Leib aufbauen, nach dem Bild dessen, was wir innerlich geworden sind. Aber gerade dieser ist der Sinn von Tod und Neugeburt: *Weil* in jedem Leben eine immer größere Diskrepanz zwischen der unendlich entwickelbaren Innerlichkeit und der natürlichen Trägheit des Leiblichen entstehen *muß*, so muß der Mensch den ihm nicht mehr passenden Leib ablegen, um einen neuen, seiner Entwicklungsstufe entsprechenden aufzubauen.

In bezug auf den Blindgeborenen könnte noch sehr viel gesagt werden. Worauf es uns hier jedoch ankommt, ist, zu betonen, daß diese Erzählung tatsächlich einen Hinweis auf die Wiederverkörperung enthält und daß dieser Hinweis nur für denjenigen eindeutig genug ist, der ihn verstehen kann: Der Mann ist blind zur Welt gekommen, weil die Blindheit ihm erlaubt, ganz bestimmte Entwicklungsschritte zu vollziehen, die er sich vorgenommen hat. Die Blindheit ist die karmische Folge des früheren Lebens dieses Menschen. Um sich jetzt weiterentwickeln zu können, um die nächsten Entwicklungsschritte machen zu können, ist diese Leiblichkeit mit ihrer Blindheit notwendig. Aus Gnade wird ihm die Möglichkeit gewährt, blind zur Welt zu kommen, und er nimmt diese Gnade, diese Möglichkeit vor seiner Geburt bewußt und dankbar an im Hinblick auf das Positive, das daraus werden kann.

Im vorangehenden achten Kapitel, wo es um die Ehebrecherin geht, haben wir es in gewisser Weise mit dem entgegengesetzten Fall zu tun. In der Geschichte des Blindgeborenen richtet sich unser Blick auf die Vergangenheit; wir verstehen die äußere Leiblichkeit dieses Menschen in diesem Leben als Folge der inneren Entwicklung, die er in einem früheren Leben durchgemacht hat. In der Erzählung von der Ehebrecherin hingegen haben wir es mit einem Menschen zu tun, der in diesem Leben etwas tut, was sich auf sein nächstes Leben auswirken wird.

Wir müssen die Ehebrecherin nicht nur als eine einzelne konkrete Frau, sondern zugleich als ein allgemeines Bild für jede menschliche Seele betrachten. Und weil das Bild für die Seele immer weiblich ist, deshalb ist hier von einer Frau die Rede.

Diese Frau steht für jede menschliche Seele, und diese hat sich im Laufe ihrer Entwicklung wie eine Ehebrecherin verhalten. Das ist so zu verstehen: Wir konnten nur frei werden, wir konnten nur Einzel-Iche, voneinander getrennte Individualitäten werden dadurch, daß wir immer tiefer in die Materie gestiegen sind. Der Weg, den die menschliche Seele gegangen ist und immer noch geht, ist also zwangsläufig ein Weg der Untreue – nämlich der Untreue gegenüber dem Ur-Geist: Die Seele des Menschen verläßt ihren ersten «Gemahl», den Geist, wird zur kosmischen Ehebrecherin und gibt sich hin einem zweiten «Mann», dem Leib.

Das ist der große, der entwicklungsnotwendige «Ehebruch» der Evolution. Das ist die Erbsünde. Es ist die Vertreibung aus dem Paradies. Die Seele wird dem Geist untreu – «sondert» sich von ihm durch die Erb-«Sünde» –, um sich der Leiblichkeit hinzugeben, um die Ehe mit der Materie einzugehen.

Moses wollte durch sein Gesetz sagen: Die menschliche Seele wird durch diesen evolutionsbedingten Ehebruch dem Geist untreu und verbindet sich mit dem Leib, mit der Materie. Damit aber verbindet sie sich mit dem Reich des toten Mineralischen, mit den «Steinen» – und an eben diesen Steinen geht sie zugrunde. In seiner Vereinigung mit dem Naturnotwendigen wird der Mensch «gesteinigt», das heißt, er geht verloren und ist als Wesen der Freiheit «tot». Der Ehebruch in der Evolution bewirkt, daß der Mensch sich im Mineralreich verliert, sich selbst tötet. Moses will also sagen: Einen Menschen, der im Triebhaft-Instinktiven der Naturnotwendigkeit aufgeht und dadurch seine Freiheit verliert, sollst du als menschlich «tot» betrachten, in deinem Denken ihn für «tot» halten. Seine Aufgabe ist, wieder aufzuerstehen kraft seiner Freiheit.

Man hat aber Moses später so verstanden, als ob er sagte: Töte du ihn physisch mit Steinen. So wird an Christus die Frage gestellt: Was sagst *du* dazu? Sollen wir sie steinigen oder nicht? Sie glauben, dem Christus damit eine Falle stellen, ihn damit auf die Probe stellen zu können. Denn wenn er antworten würde, sie sollten die Ehebrecherin nicht steinigen, könnten sie ihm sagen: Also bist du gegen das Gesetz Moses'. Wenn er jedoch antworten würde, ja, steinigt sie, dann könnten sie ihm entgegnen: Also bist auch du dafür, einen Menschen zu töten, nur weil er Ehebruch begangen hat.

Aber Christus bückt sich nieder und schreibt mit dem Finger in die Erde. Dies ist vom Gesichtspunkt der Wiederverkörperung aus gesehen eine Tat von größter Bedeutung. Christus, der auf den Leib der Erde schreibt, der die Taten der Menschen in den Erdenleib einritzt, zeigt damit, daß er selbst die Erde zu seinem Leib macht und all unsere Taten auf sich nimmt. Seine Geste sagt: Es ist ganz und gar unnötig, gegen die Frau ein schnelles Urteil zu fällen; die Menschen brauchen keinen kurzen Prozeß zu machen, denn ein jeder findet, wenn er auf die Erde zurückkehrt, seine Taten wieder.

Hier wird in verhüllter, aber für den, der es zu verstehen vermag, zugleich eindeutiger Weise auf das Mysterium der Wiederverkörperung hingewiesen. Es wird darauf hingewiesen, daß ein jeder von uns immer wieder auf die Erde zurückkommt, und darauf, daß die Menschen einander nicht blind zu richten und zu töten brauchen, weil die karmische Gerechtigkeit über alle Erdenleben hinweg eine Gerechtigkeit der Liebe ist.

Doch lassen wir diese Einzelbeispiele, die wir in den Evangelien gefunden haben, einmal beiseite und wenden wir uns dem Christus-Ereignis in seiner Gesamtheit, in seiner wesentlichen und einheitlichen Bedeutung zu. Da tut sich eine noch ganz andere Perspektive auf. Wir gelangen nämlich durch Berücksichtigung der Wiederverkörperung zu einer insgesamt völlig neuen Interpretation des Christentums. Grundsätzlich gibt es zwei Möglichkeiten, das Christus-Ereignis zu verstehen. Es gibt ein Christentum, welches sozusagen die menschliche Freiheit in Klammern setzt, und es gibt ein Christentum, welches die Freiheit betont.

Die Menschheit hat bisher im Grunde genommen nur das erste kennengelernt. Die Worte des Christus und die Taten des Christus, das heißt was Christus gesagt und getan hat, sind bisher eher unter dem Gesichtspunkt der Gnade und weniger unter dem Gesichtspunkt der Freiheit verstanden worden. Gnade und Freiheit wurden dadurch als ein Gegensatz betrachtet. Man hat die Worte des Christus «dogmatisiert», indem man den Menschen gesagt hat: Viele Dinge könnt ihr nicht verstehen – wichtig ist, daß ihr sie glaubt. Indem man von den Menschen verlangt hat, die Worte Christi zu glauben, ohne sie denkerisch zu durchdringen, hat man in gewisser Weise das Mysterium der Freiheit in Klammern gesetzt. Es war in der ersten Phase des Christentums zunächst auch nicht anders möglich. Die Dogmen, die durch diesen Prozeß entstanden sind, mußten zunächst eher als Denk*verbote* aufgefaßt werden anstatt als Denk*angebote* für die schöpferische Weiterentwicklung des Menschengeistes.

Die zweite und noch wichtigere Dimension des Evangeliums, die Taten des Christus, wurden als «Wunder» verstanden. Und wenn man sagte, der Christus vollbringe Wunder, meinte man, der Christus vollbringe göttliche, nicht menschliche Werke. Man sprach dem Menschen das Göttliche prinzipiell ab, denn der Mensch ist per definitionem menschlich und *nicht* göttlich. Man sagte: Da der Christus ein göttliches Wesen ist, sind seine Werke göttlich, und er zeigt uns mit seinen Werken, was er vermag und was wir nicht vermögen.

Die Geisteswissenschaft Rudolf Steiners stellt diese Interpretationsweise des Christentums von Grund auf in Frage.

Wenn Christus mit seinen sogenannten Wundern, zum Beispiel mit der Erweckung des Lazarus oder der Heilung des Blindgeborenen, Taten vollbringt, die ein Mensch nie vollbringen könnte, so wird seine Inkarnation, seine *Mensch*werdung völlig in Frage gestellt. Als Christus auf die Erde gekommen war, bestand die Versuchung durch den Bösen ja auch genau darin, seine Menschwerdung in Frage zu stellen. Denn mit den Worten: Du vermagst, was kein Mensch vermag; zeige den Menschen das menschlich Unmögliche, verwandle Steine in Brot! – hat der Teufel Jesus ja zu verführen versucht.

Die traditionelle Interpretation der Evangelien geht nun aber tatsächlich dahin, den Christus so zu beschreiben, als ob er laufend dieser Versuchung des Bösen erliegen und den Menschen zeigen würde, was er allein als göttliches Wesen zu vollbringen vermag!

Die Antwort, die Christus dem Versucher gibt, ist jedoch in etwa folgende: Teufel, ich weiß, daß ich könnte, was kein Mensch kann; wisse jedoch, daß meine Entscheidung, *Mensch* zu werden, darin besteht, auf alles Menschenunmögliche zu verzichten und mich nur an das zu halten, was menschlich möglich ist – wenn auch nicht für den Menschen auf der *jetzigen* Stufe seiner Entwicklung, so doch in den *menschlichen* Entwicklungsmöglichkeiten prinzipiell liegend.

Was würde es für uns vom Gesichtspunkt unserer Menschenwürde aus bedeuten, wenn uns ein göttliches Wesen ständig etwas vorführte, wozu wir prinzipiell nicht imstande wären? Wenn wir das Liebe nennen wollten, Liebe *zum Menschen*, würden wir uns gewaltig irren. Denn wer ein anderes Wesen liebt, ist bestrebt, ihm zu eigenen Fähigkeiten zu verhelfen und nicht, etwas an seiner Statt zu tun, um es dadurch zu demütigen.

Nach Rudolf Steiner sind alle Taten des Christus, einschließlich der Auferstehung, Dimensionen des menschlich Möglichen. Einschließlich der Auferstehung! Dies bedeutet, daß die göttliche Daseinsstufe als Dimension der möglichen Entwicklung jedes menschlichen Wesens anerkannt wird.

Was haben nun aber die Worte und die Taten des Christus mit Wiederverkörperung zu tun? Warum spreche ich hier von den Worten und Taten des Christus?

Wenn wir alles, was der Christus vollbracht hat, als reales und mögliches Ideal dessen verstehen, was zu werden wir Menschen aufgefordert sind, dann ist es klar, daß wir dazu mehrere Leben zur Verfügung haben müssen.

Wenn wir sagen, daß der Mensch die Möglichkeit hat, und zwar ganz real, in sich all diejenigen Dimensionen zu verwirklichen, die im als Mensch verkörperten Christus sich zeigen, dann müssen wir auch sagen, daß er dazu viele Lebensläufe braucht. Er braucht zum Beispiel viele Leben, damit er die geistige Kraft erwirbt, die nötig ist, um die Materie vergeistigen zu können. Denn genau das ist ja das Werk der Auferstehung. Die höchste geistige Kraft zur Umwandlung, zur Verwandlung der Materie, zur Erlösung der Materie von der Naturnotwendigkeit, vom Determinismus, um einen geistigen Leib zu erschaffen nach dem Gesetze der Freiheit des Geistes – das ist der Auferstehungsleib. Eine Leiblichkeit also, die eine Möglichkeit darstellt, sich nach außen hin auf eine Art und Weise auszudrücken, die ganz im Einklang steht mit dem inneren Gesetz des Menschen, welches das Gesetz von Liebe und Freiheit ist.

Wenn der Mensch nur *ein* Leben – das jetzige – zur Verfügung hätte, bliebe die Kluft zwischen Gott und Mensch prinzipiell unüberbrückbar. So wie *jeder* Mensch – auch der «beste» – heute stirbt, ist er noch unendlich weit davon entfernt, eine wesenhafte und dauerhafte Vergöttlichung erlangt zu haben. Der Verlust des Bewußtseins der Wiederverkörperung mußte als notwendige Folge die einseitige Betonung der «Transzendenz» Gottes haben, das heißt der absoluten und prinzipiellen Andersartigkeit Gottes dem Menschen gegenüber.

Im Laufe unseres Werdens in den kommenden Jahrhunderten wird ein jeder von uns – in der Perspektive der Wiederverkörperung – aufgefordert sein, sich zwischen dem einen und dem anderen Christentum zu entscheiden:

zwischen einem Christentum, in welchem der Christus Wunder vollbringt in dem Sinne, daß er im Menschen Werke vollbringt, die jedoch seine Werke und *nicht* die Werke des Menschen sind – und einem Christentum, in welchem der Christus dem Menschen all das vor Augen stellt, was zu werden der Mensch selbst berufen ist.

Die Geisteswissenschaft Rudolf Steiners ist sich darüber klar: Christus «zeigt» uns das menschlich Mögliche, nicht das menschlich Unmögliche. Deshalb heißen die sogenannten Wunder im Johannes-Evangelium «Zeichen».

Vom Gesichtspunkt der Wiederverkörperung aus gesehen hat Christus in seinen Werken bereits all das vollbracht, was die Menschen erst in der Zukunft werden vollbringen können. Die Werke des Christus enthalten, alles menschlich Erreichbare, und die Worte des Christus alles menschlich Denkbare.

Jedes Wort des Christus ist eine Herausforderung für das menschliche Denken: Der Logos, das kosmische Wort, drückt immer die universellen Gesetze des Werdens aus, nicht in dem Sinn, daß wir sie glauben müssen, ohne sie zu verstehen, sondern in dem Sinn, daß in den Worten Christi alle Aufgaben enthalten sind, die der Mensch im Laufe seiner Entwicklung – selbstverständlich nicht in einem einzigen Leben – durch das Denken zu lösen hat.

Christus ist das Wesen der Liebe: einzig und allein deshalb, weil er sich zum realen und erreichbaren Ideal der menschlichen Freiheit gemacht hat.

Wir leben in einer Welt, in der es Natur, in der es Leiblichkeit gibt. In der Natur haben wir die universelle Potentialität des Denken, denn das Sinnlich-Wahrnehmbare ist das für den Menschen Denkbare. Und wir leben im Karma, im karmischen Zusammenhang, in der Welt der Seele, wo wir die individuelle Potentialität des Handelns erleben.

Christus gibt uns einerseits das Mysterium der Natur, welches alles menschlich Denkbare enthält; darin liegt die universelle Aufgabe für uns alle. Und der Christus gibt einem jeden von uns andererseits das Mysterium seines Karma, welches das individuell Machbare enthält. Wir haben es jedoch in allen Fällen mit Dimensionen des Werdens der Freiheit zu tun: das eine Mal mit dem Werden des Denkens in Freiheit und das andere Mal mit dem Werden des Willens in Freiheit.

Auf diese völlig andere Weise verstanden, wirft das Christentum ein ganz neues Licht auf einige in den Evangelien gemachten Aussagen, die im Grunde genommen bei der herkömmlichen Interpretationsweise unverständlich bleiben. Zum Beispiel das bereits zitierte «Ihr seid Götter» (Joh. 10, 34).

Ein weiteres Beispiel, das hierher gehört, sind die in den Evangelien, besonders in den synoptischen, immer wiederkehrenden Worte: «*Dein* Glaube hat dich heil gemacht.» Wir finden diese Worte immer an den Stellen, an denen wir sagen würden, daß Christus selbst ein Wunder vollbracht hat. Aber wie ist das denn? Hat Christus das Wunder vollbracht, oder war der Mensch ausschlaggebend dafür, daß das Wunder geschehen ist? Christus betont immer, daß ausschlaggebend dafür, daß ein «Wunder» geschehen darf, nicht *sein* Wirken ist, sondern daß es vielmehr die Entwicklungsbedingungen in jedem einzelnen Menschen sind – weshalb auch nicht alle geheilt werden können.

Sind die notwendigen Bedingungen vorhanden, so können bestimmte Dinge geschehen. «*Dein Glaube* hat dich heil gemacht.» Das griechische «pistis» (mit «Glaube» übersetzt) bedeutet eigentlich ein Begründet-Sein in sich selbst. Das ist die «Rettung» des Menschen, dasjenige, was ihn von allen Schwächen «heilt».

In den Abschiedsreden, im 14. Kapitel des Johannes-Evangeliums, sagt Christus: «Wer an mich glaubt, der wird die Werke auch tun, die ich tue, und er wird noch größere als diese tun; denn ich gehe zum Vater» (14, 12). Ihr werdet größere Werke tun: Diese Worte spricht Christus kurz vor seinem Tode, nach dem letzten Abendmahl. Er hat bereits alle seine «Wunder» vollbracht, trotzdem sagt er ganz klar: Ihr werdet größere Werke tun. Und als Begründung fügt er hinzu: «Denn ich gehe zum Vater.»

In Steiners Kasseler Vorträgen über das Johannes-Evangelium[1] wird ausgeführt, daß mit dem «Vater» das gesamte Mineralreich gemeint ist: Die höchste Gottheit ist diejenige, die die Kraft hat, das niederste Reich des Kosmos zu durchdringen – das Reich, das der Kraft des Geistes den größten Widerstand entgegenbringt, das für den Geist am undurchdringlichsten ist. Deswegen haben wir in den alten Sprachen für den Vater innerhalb der Dreieinigkeit und die Welt der Steine ein und dasselbe Wort: pater, petra. Es gab also in den alten Sprachen als Erbe uralter Weisheit noch das Bewußtsein der Tatsache, daß die Geistigkeit des Vaters sich nicht in den Wolken befindet, sondern im Reich der Naturgesetze, welche sozusagen der Unterbau, die notwendige Bedingung des gesamten Werkes der Freiheit sind. Und das Werk der Freiheit besteht eben darin, die Welt des Vaters vom Gesetz des Determinismus zu befreien.

«Ich gehe zum Vater» bedeutet also: Ich bin gekommen, um in die Welt des Mineralisch-Toten einzudringen, um mich mit dem Tod, mit der Welt des Vaters zu verbinden, nicht um *mich* darin zu verlieren, sondern um *sie* zu verwandeln. Christus will sagen: Ich gehe in die Naturkräfte ein, ich gehe in die Kräfte des Mineralischen ein, ich will die Welt des Naturnotwendigen durchdringen. Und da dies bisher, auch in den vergangenen drei Jahren, erst anfänglich vollbracht worden ist, sind alle Werke, die die Menschen bisher gesehen haben, «kleine» Werke. Die *großen* Werke fangen an, wenn der christliche Geist, der Geist des Ich so stark wird, daß er mit seiner Liebe in die Natur eindringt, sie durchdringt, erlöst und verwandelt.

In der ersten Hälfte der Evolution sind die «kleinen Werke» vollbracht worden. In der zweiten Hälfte, nachdem der Christus sein Ich in das Mineralreich gesenkt und uns dadurch ermöglicht hat, die menschliche Freiheit im Mineralreich im inkarnierten Zustand zu erleben, werden wir in der Lage sein, die «großen Werke» der Evolution zu vollbringen. Mit anderen Worten: Die kleinen Werke der Evolution sind die, bei denen der Geist Angst hat vor der Materie und sie verlassen möchte, um sich aus ihr herauszulösen. Die großen Werke der Evolution sind jene, bei denen der menschliche Geist die Materie durchdringt, sie liebt, erlöst und verwandelt.

Ihr werdet noch größere Werke tun, denn ich gehe zum Vater. Auch im Buddhismus ging es – vor dem Christus – um die kleinen Werke der Evolution, denn dort wollte sich der menschliche Geist retten, indem er sich aus der Materie zurückzog. Jetzt – dank des Christus in jedem Menschen, dank der Ich-Kraft in jedem Menschen – ist uns die Möglichkeit gegeben, der Liebe zur Erde treu zu bleiben und die *großen* Werke der Evolution zu vollbringen.

Mit ihm und in ihm zum Vater gehen bedeutet: sich immer wieder für eine irdische Leiblichkeit zu entscheiden, sich immer wieder inkarnieren zu wollen, mit dem Christus zu bleiben bis zum Ende aller Zeiten, um die Erde in eine «neue» Erde zu verwandeln. Dies ist das «opus magnum», die große Wandlung, das große Werk der Evolution.

Vierter Vortrag:

Metamorphosen von Liebe und Haß in drei aufeinanderfolgenden Inkarnationen

Drei Menschen befinden sich «zufällig» im Flugzeug nach New York. Sie kommen alle drei aus ein und derselben kleinen Stadt, in der sich so etwas wie eine Umweltkatastrophe ereignet hat, weshalb sie jetzt ihre Heimat verlassen und «drüben» noch einmal von vorn anfangen wollen. Sie sind zwischen 30 und 35 Jahren alt, befinden sich also ungefähr in der Lebensmitte und hoffen, in Amerika eine Arbeit zu finden und sich ihr Leben dort neu aufbauen zu können. Sie haben ähnliche Hoffnungen wie die Emigranten von einst, die darauf setzten, in Amerika ihr Glück zu machen. Im Flugzeug fangen sie an, einander ein wenig ihre Geschichte zu erzählen. Es stellt sich heraus, daß der eine bisher als Mechaniker tätig war, die andere als Malerin, der dritte als Bankier. Was ihnen allen gemeinsam ist, ist ihre Absicht, noch einmal neu anzufangen. In New York angekommen, geht jeder seiner Wege. – Ich will Ihnen jetzt nicht lang und breit auseinandersetzen, was jeder einzelne von ihnen an jedem einzelnen Tag erlebt hat. Die drei vereinbaren jedoch, sich nach einem Monat wieder zu treffen, um sich gegenseitig zu erzählen, wie es ihnen ergangen ist. Und das will ich Ihnen im Folgenden kurz schildern.

Der Mechaniker hatte noch am Tag seiner Ankunft begonnen, durch die Straßen zu laufen. Er war so der Typ, der nur Augen für Autos hatte. Wenn er eines sah, blieb er stehen, alles andere war ihm ziemlich gleichgültig; er nahm keine Notiz von Buchhandlungen, um nur ein Beispiel zu nennen. Er hatte sehr schnell herausgefunden, wo die Autowerkstätten lagen, hatte bald auch seine Nase in eine davon gesteckt und die Leute, die dort arbeiteten, kennengelernt. Eine Geste, ein Lächeln, ein paar Worte hin und her – kurz und gut, er hatte bereits eine kleine Arbeit gefunden. Nicht, daß er schon viel Geld verdient hätte, aber er hatte Leute aus der Autoreparaturbranche kennengelernt und war voller Hoffnung, bald weitere Kontakte knüpfen und sich eine neue Existenz aufbauen zu können.

Die Bemühungen der Malerin waren ganz andere gewesen. Sie hatte sich keine Autos und keine Reparaturwerkstätten angesehen, denn diese interessierten sie nicht. Das ist ja klar! Sie hatte nach den Künstlern gefragt, nach den Malern vor allem, und ebenfalls schon verschiedene Leute kennengelernt. Auch sie hoffte, ihre Bekanntschaften weiter ausbauen und sich dann langsam wieder eine Existenzgrundlage schaffen zu können.

Und der Bankier? Er hatte sich auf seine Weise umgesehen. Wir brauchen das jetzt nicht so genau zu beschreiben. Der Bankier hatte selbstverständlich die Banken aufgesucht, denn diese interessierten ihn. – Was die drei gemeinsam hatten, war, wie gesagt, der Neuanfang. Aber jeder von ihnen erlebte ihn auf seinem Gebiet und auf seine Weise.

Die Frage, die wir uns hier stellen müssen, liegt auf der Hand: Ist es Zufall, daß der Mechaniker wieder mit Autos, der Bankier wieder mit Banken und Geld und die Malerin wieder mit Farben, Pinseln und Bildern zu tun hat? Die Antwort liegt ebenfalls auf der Hand: Nein, es ist mit

Sicherheit kein Zufall! Jeder von uns sagt, nein, es war natürlich kein Zufall, es war vielmehr vollkommen klar, daß es so kommen mußte! Es wäre eher ein Zufall gewesen, wenn die drei nicht die Möglichkeit gesucht hätten, an das anzuknüpfen, was sie bereits in sich hatten.

Angesichts einer solchen Situation, wo es um einen Neuanfang geht, der im Laufe eines Lebens stattfindet, haben wir alle keine Zweifel. Wir haben alle genug Lebenserfahrung, um sagen zu können, daß diese drei Menschen sozusagen nicht als «unbeschriebene Blätter» nach New York gegangen sind, sondern daß sie schon «vorgeprägt» waren, daß jeder von ihnen als Mensch mit einem jeweils ganz individuell ausgestalteten Inneren in die Neue Welt gekommen war.

Die individuelle Realität eines jeden Menschen ist nichts Abstraktes, sondern ganz im Gegenteil etwas sehr Konkretes, nämlich eine Gesamtheit von unendlich vielen Fähigkeiten, Sympathien und Antipathien, von Dingen, die er gern tut, und von Dingen, die ihm gleichgültig sind.

Die Geisteswissenschaft Rudolf Steiners spricht selbstverständlich nicht nur vom Ich, sondern auch vom Astralleib, das heißt von der Seele, wo alle diese Strömungen von Interessen, Fähigkeiten, Leidenschaften, Neigungen, Abneigungen und so weiter angesiedelt sind. Wir haben hier eine ganze Welt von Harmonien und Disharmonien, die wir nicht verleugnen können. So trägt also jeder unserer drei nach New York Emigrierten eine ganz reale und individualisierte Welt in sich, und wenn er mit der Außenwelt eine Verbindung herstellt, so tut er es entsprechend seiner Innenwelt. Damit sage ich natürlich ganz bekannte Dinge. Jeder weiß sie, und keiner wird sie in Frage stellen, davon bin ich überzeugt.

Der Gedanke der Wiederverkörperung aber ist nichts anderes! Er ist genau das, was ich gerade gesagt habe, nur ein wenig weitergeführt.

Ihr Neuanfang in Amerika macht aus unseren drei Menschen nicht ganz andere Menschen. Die Malerin wird nicht plötzlich eine Bank leiten, und der Bankier wird nicht auf einmal Mechaniker werden. Was das Innere dieser Menschen betrifft, so haben wir es mit einer absoluten Kontinuität zu tun, und wir erwarten nicht, daß sie plötzlich etwas ganz anderes werden als das, was sie im Laufe der Zeit geworden sind. Was sie geworden sind, ist das Ergebnis einer fortlaufenden Entwicklung; es ist etwas, was langsam und kontinuierlich, Tag um Tag, Jahr um Jahr gewachsen ist. Es sind Eigenschaften und Fähigkeiten, die sich in ihr Inneres eingeprägt haben und dieses nun durchdringen. Von außen betrachtet haben wir einen Neuanfang, von innen gesehen haben wir eine Kontinuität: Genau das ist der Grundgedanke, von dem wir ausgehen müssen, wenn es darum geht, die Wiederverkörperung zu verstehen.

Ein Mensch wird geboren: Von außen betrachtet erscheint ein Mensch auf der Welt, der vorher nicht da war; äußerlich war er nicht da. Aber von innen gesehen bringt dieser Mensch sehr viel mit; er bringt eine innere Realität verschiedenster Kräfte mit auf diese Welt. Man könnte sie als eine Art magnetischer Kräfte bezeichnen, die ihn jetzt zu bestimmten Dingen hinziehen und von anderen Dingen wegstoßen, je nachdem, wie sich sein Inneres bisher im Laufe der Jahrtausende entwickelt hat. Mit manchen Menschen wird er eine Beziehung aufbauen, weil ihn etwas mit ihnen verbindet, und mit anderen wird er sich nicht anfreunden, er wird sie entweder gar nicht treffen, oder sie werden ihm, wenn er sie trifft, gleichgültig bleiben.

Das ist der Grundgedanke der Reinkarnation: daß der Mensch nicht als «unbeschriebenes Blatt» zur Welt kommt, sondern daß er, wenn er zur Welt kommt, in seinem Wesen bereits geprägt, definiert ist, weil er schon eine lange Geschichte hinter sich hat.

Wenn wir davon ausgehen, daß der Mensch sein Erdenleben «ex novo» beginnt, ist das so, als würden wir sagen: Die drei, die nach New York ausgewandert sind, haben ihr ganzes Innenleben ausgelöscht und fangen jetzt nicht nur äußerlich, sondern auch innerlich von vorne an. Daß so etwas zu denken absurd ist, war den Menschen bisher nur klar, solange von *einem* Leben die Rede war. Den Blick zu weiten und einzusehen, daß für jeden Lebensanfang solche Überlegungen angestellt werden müssen, ist bislang im Abendland nicht üblich gewesen. Tut man es dennoch, sind die Fragen, die sich ergeben, im Grunde genommen ähnlich wie im Falle eines Neuanfangs innerhalb eines einzigen Lebens: Warum ist dieser Mensch als Kind ausgerechnet dieser Eltern zur Welt gekommen? Warum ist er in eine reiche Familie hineingeboren und nicht in eine arme? Warum hat der eine so außergewöhnliche seelische oder geistige Fähigkeiten und der andere nicht? Warum ist dieser Mensch in Italien geboren und nicht in Chile? Warum? Aus Zufall? Wenn man sagt «aus Zufall», dann ist das genau so, als würde man sagen: Es war Zufall, daß der Mechaniker, die Malerin oder der Bankier in New York die und die Verbindungen angeknüpft haben.

Denken wir doch einmal, wie individuell verschieden und unter welch unterschiedlichen Voraussetzungen ein jedes Erdenleben anfängt! Um uns verständlich zu machen, daß das menschliche Leben nicht von Null anfängt, hat Rudolf Steiner – zum Beispiel in seiner *Theosophie* – auf das Mysterium der *Biographie* hingewiesen. Die Biographie eines jeden Menschen, das heißt sein Gang durch das Leben, ist etwas ganz und gar Individuelles, etwas Einmaliges und Einzigartiges, etwas, was das Tier nicht hat. Wie das Leben eines Tieres abläuft, hängt von seiner jeweiligen Gattung ab und ist für alle Tiere einer Gattung mehr oder weniger gleich. Die «Variationen» rühren nicht von einer inneren Unterschiedlichkeit der Löwen her, sondern von der Wechselwirkung mit den äußeren Umständen.

Hingegen müssen wir, wenn wir den Ablauf eines Menschenlebens betrachten, feststellen, daß jedes sich von jedem anderen in seiner *innerlich-seelischen* Welt unterscheidet, daß jedes menschliche Wesen sozusagen eine Gattung für sich ist.

Wenn ich das Verhalten eines Löwen beschreibe, habe ich gleichzeitig das Verhalten aller Löwen geschildert. Sie werden vielleicht sagen: Ja, aber dieser Löwe lebt in dieser Umgebung und jener in einer anderen. Gut, aber dann ist die Umgebung anders, nicht der Löwe! Es ist in jedem Falle richtig zu sagen: Wenn ich die Natur eines Löwen verstanden habe, habe ich die Natur aller Löwen verstanden, weil die Löwen als Löwen alle gleich sind. Die äußeren Bedingungen können verschieden sein, aber sie haben nichts zu tun mit der inneren Konstitution des Tieres.

Wenn ich bei einem menschlichen Wesen verstanden habe, was an ihm «menschlich» ist, was es mit allen Menschen gemeinsam hat, habe ich noch nichts von seiner Individualität verstanden! Ich bin noch ganz am Anfang, wenn ich genau «diesen» Menschen verstehen will durch die Berücksichtigung dessen, was er *nicht* gemeinsam mit anderen hat. Jeder Mensch wird nicht durch die besonderen Umstände des Lebens einmalig gemacht, sondern äußert seine Einmaligkeit durch die von ihm gewählten Umstände des Lebens.

Daß jeder Mensch seine eigene Gattung, eine Art für sich ist, haben die Menschen eigentlich immer gewußt, wenn sie es vielleicht auch nicht so formuliert haben. Im Mysterium der Biographie entdecke ich, auf welche Weise jeder einzelne Mensch seine eigene Gattung ist. Und ich muß mich fragen: Wie kommt es zu dieser Biographie? Wo liegen ihre Ursachen?

Ausgehend von Christentum und Christus-Ereignis habe ich herauszustellen versucht, daß Reinkarnation und Karma die beiden Grunddimensionen der *Gnade* sind. Denn Wiederverkörperung – das heißt die Möglichkeit, ins Irdische zurückzukehren – und Karma – das heißt die Möglichkeit, unsere individuellen Anlagen weiter auszubilden, das Mysterium unserer Biographie zu leben – sind die beiden großen Entwicklungsgrundlagen und -bedingungen, die uns gegeben sind. Sie also sind selbst die Gnade.

Ich habe auch gesagt, daß es eine wahre Ungnade wäre, unter Gnade einen Ersatz für Freiheit zu verstehen, denn das würde bedeuten, das innerste Wesen des Menschen zu verkennen: Die Liebe des Christus liegt in dem, wozu er uns fähig macht, nicht in dem, was er für uns an unserer Stelle tut. Die vollendete Liebe besteht also darin, den anderen zu etwas fähig zu machen, und zwar in dem Sinne, daß man ihm die notwendigen äußeren Bedingungen und die inneren Entwicklungsmöglichkeiten zur Verfügung stellt und ihm gleichzeitig die Freiheit läßt, diese Möglichkeiten selber zu verwirklichen.

Wiederverkörperung und Karma: die erste kann als Gesamtgnade des *Vaters* betrachtet werden – die Möglichkeit, immer wieder in die Welt des Leiblichen zurückzukehren –; das zweite kann als Gesamtgnade des *Sohnes* gesehen werden – alle Ereignisse und Erlebnisse durchleben zu dürfen, die für unsere innerlich-seelische Entwicklung notwendig sind.

Rudolf Steiner unterscheidet in diesem Zusammenhang zwischen den *kosmischen* und den *karmischen* Folgen unserer Handlungen. Diese Unterscheidung ist wichtig auch zum Verständnis des christlichen Mysteriums im Zusammenhang mit der Wiederverkörperung.

Die *kosmischen* Folgen unserer Handlungen sind die objektiven Konsequenzen, die in die Welt um uns eingehen. Die *karmischen* Folgen dessen, was wir tun, sind dagegen diejenigen, die sich auf unser inneres Wesen auswirken.

Steiner gebraucht einmal[2] ein drastisches Beispiel: Ein Mensch sticht einem anderen die Augen aus. Welche Konsequenzen ergeben sich aus dieser Handlung? Da gibt es zunächst eine ganze Reihe von Folgen für den und in dem, der die Handlung ausgeführt hat, denn er wird sittlich gesehen ein anderer, unvollkommenerer Mensch. Damit will Rudolf Steiner zum Ausdruck bringen, daß die eigentliche Tat letztlich nur das Ende unendlich vieler innerer Umwälzungen war und daß alle Gedanken, alle Gefühle und Willensimpulse, die der Mensch hat mobilisieren müssen, bevor er die Tat hat ausführen können, diesen Menschen innerlich zu einem ganz anderen Menschen gemacht haben: Jetzt ist er verändert in seinem Ich, in seinem Astralleib – der eine Welt für sich ist: eine Welt von Leidenschaften, Interessen, Freuden und Leiden –, in seinem Ätherleib und in gewisser Weise auch in seinem physischen Leib. Das sind die *karmischen* Folgen, welche die Aufgabe für die weitere Übung der Freiheit darstellen. Niemand kann von außen daran etwas ändern oder dem Täter etwas abnehmen. Christus will hier auch nichts abnehmen, denn sonst würde er damit zugleich die Freiheit hinwegnehmen. Jedem von uns wird die Möglichkeit gegeben, sich mit den *karmischen* Folgen seines Handelns auseinanderzusetzen: Frei sein heißt fähig sein, die karmischen Folgen seiner Handlungen auf sich zu nehmen. Deshalb ist ein kleines Kind noch nicht frei.

Aber es gibt noch eine zweite Reihe von Konsequenzen. Stellen Sie sich vor, derjenige, dem das Augenlicht geraubt wurde, ist Bauer, und er verdirbt jetzt, weil er nichts mehr sieht, eine ganze Reihe von Bäumen oder anderen Pflanzen. Rudolf Steiner nennt diese die *kosmischen* beziehungsweise objektiven Folgen einer Handlung. Sie sind die Folgen für die Welt außerhalb des Täters. Derjenige, der dem Bauern die Augen ausgestochen hat, kann an den objektiven Folgen seiner Handlung kaum etwas ändern, denn er kann ja die Bäume, die eingegangen sind, nicht mehr retten.

Christus unternimmt in bezug auf die *karmischen* Folgen nichts, weil gerade sie es ja sind, die zu unseren Entwicklungsaufgaben werden, in welchen wir wiederum die Möglichkeiten finden, Freiheit zu üben. Statt dessen nimmt er alle *kosmischen* Folgen unserer Handlungen auf sich, bringt alles wieder in Ordnung und macht es dadurch möglich, daß der Mensch erneut auf die objektiven Entwicklungsfaktoren der Erde einwirken kann.

Wenn der Christus diese kosmischen Folgen nicht auf sich nehmen würde, hätten wir die Erde schon objektiv so sehr zerstört, daß wir auf dieser Evolutionsstufe kaum mehr auf ihr leben könnten.

Viele von Ihnen kennen bestimmt die Stelle im Evangelium, wo Johannes der Täufer auf das Wesen des Christus hinweist: «Seht hier das Lamm Gottes», das heißt das Wesen der Liebe, das «die Sünden der Welt auf sich nimmt – ten hamartian *tou kosmou*» (Joh. 1,29). Nicht die Sünde des Karma, nicht die Sünde der Menschen, nicht die Sünde, die wir in uns haben, nein, das alles nicht! Auch wird nicht gesagt «die Sünde der Erde», sondern wörtlich «die Sünde des Kosmos».

Das Evangelium ist sehr genau, indem es sagt: Das Lamm Gottes, das heißt das Wesen des Opfers und der Liebe, nimmt die *kosmischen* Folgen unserer Handlungen, die objektive Wirklichkeit, nicht die karmische, auf sich. Ten hamartian *tou kosmou* – das sind Worte mit einer sehr präzisen Bedeutung, die man jedoch nur mit Hilfe der Geisteswissenschaft voll verstehen kann.

Wenn eingewendet wird, indem die Geisteswissenschaft die eigene Verantwortung des Menschen betont – weil der Mensch sein Karma auf sich nehmen muß –, mache sie die Gnade überflüssig, so müssen wir erwidern, daß dieser Aussage ein großes Mißverständnis zugrunde liegt. Denn wenn wir verstehen würden, was der Christus in unserem Kosmos tut, um die Erde, auf der wir leben, zu erhalten, so wären wir voller Dankbarkeit angesichts des Werkes der Gnade; denn kein Mensch ist in der Lage, die kosmischen, objektiven Folgen seiner Handlungen auszugleichen. Und kein Mensch ist in der Lage, auch nur eine Ahnung von der unermeßlichen Gnade zu haben, die Christus uns dadurch erweist, daß er aus der Erde *seinen* Leib macht und alle objektiven Folgen unserer Taten *auf sich* nimmt.

Die Einteilung der Gottheit in die Trinität – Vater, Sohn und Heiliger Geist – ist im Christentum von größter Wichtigkeit. Die Wirkungsweise des Vaters ist eine ganz andere als die des Sohnes, und die des Heiligen Geistes ist wieder eine ganz andere. Der Vater, das haben wir gestern bereits angedeutet, durchdringt das Leibliche in seiner Naturgegebenheit. Welche Bedeutung hat der Vater, welche geistige, evolutive Bedeutung hat der

Naturdeterminismus für den Menschen? Der Naturdeterminismus ist die Gesamtheit der Aufgaben, die die Freiheit für die Evolution hat. Der Mensch hat die globale Aufgabe, in Liebe an den Naturgegebenheiten zu arbeiten, um sie zu erlösen, um sie vom Determinismus zu befreien und in das Gesetz der Freiheit aufzunehmen.

Der Sohn läßt im Kosmos eine andere Dimension entstehen: die Realität des Seelischen als des Vermögens zum Geistigen. Der Vater gibt uns den Leib des Kosmos, und der Sohn gibt uns die Innerlichkeit der Seele. Die Seele ist Potentialität für den Geist, das heißt, die Seele ist geistige Fähigkeit, aber noch nicht Geist. Die Seele ist Fähigkeit zur Freiheit, aber noch nicht Freiheit. Deswegen ist es so wichtig, daß sich zwischen Körper und Geist die Seele befindet; denn in der Seele wird der Mensch zur Freiheit, zum Geist befähigt, und in der Seele erleben wir das Karma als Gesamtpotentialität zur Freiheit. Im Karma sind also begründet alle Fähigkeiten der Seele, den Geist zu erleben. Und in der menschlichen Seele arbeitet der Sohn, arbeitet der Christus: nicht, um uns die Freiheit zu geben – denn Freiheit kann nicht von außen gegeben werden –, sondern um uns zur Freiheit zu befähigen.

Der Heilige Geist ist dann eine dritte, wieder ganz andere Erfahrung. Der Mensch erfährt ihn, wenn er sich als ein zur Freiheit fähiges Wesen versteht und diese Freiheit übt, in die Tat umsetzt.

Mit anderen Worten: Wir verdanken dem Vater die Welt der Natur als das, was wir «befreien» können, dem Sohn die Welt der Seele als innere Fähigkeit zur Freiheit und dem Heiligen Geist die Kraft, die jeder von uns auf freie Weise in sich erzeugen kann, wenn er diese doppelte Befreiung, die Befreiung in unserem Inneren und die Befreiung der Natur um uns, in die Tat umsetzt und verwirklicht.

Betrachten wir nun in groben Zügen die wichtigsten Gesetze der Wiederverkörperungen, nach welchen das Leben eines Menschen die Wirkung des vorangegangenen Lebens ist und sich auf sein nächstes auswirkt. Es handelt sich um Inhalte der Geisteswissenschaft Rudolf Steiners, die für jemanden, der sich seit Jahren oder gar Jahrzehnten mit diesen Dingen beschäftigt, selbstverständlich ganz anders klingen als für jemanden, der diese Dinge zum ersten Mal hört. Für letzteren ist wichtig, daß er sie nicht als Dogmen auffaßt. Am besten ist es, wenn er sie sich zunächst einmal anhört, um sich einfach über das, was die Geisteswissenschaft zu sagen hat, zu informieren. Er kann sich ja vorbehalten, alles anschließend zu überdenken und zu prüfen, inwieweit es ihm helfen kann, den Kosmos und die Welt, in der wir leben, besser zu verstehen.

Ich beziehe mich bei dem, was nun folgt, in erster Linie auf den Vortrag, den Rudolf Steiner am 24. Februar 1924 in Dornach gehalten hat.[3]

Steiner spricht von drei möglichen Grundimpulsen für das Handeln des Menschen. Diese drei Urimpulse sind die *Liebe*, der *Haß*, die *Pflicht*. Ihre Auswirkungen werden von Rudolf Steiner durch drei aufeinanderfolgende Verkörperungen dargestellt.

Wir fragen: Was folgt für das nächste aus einem Leben, das von der *Liebe* getragen wird? Dann wollen wir untersuchen, wie die weitere Entwicklung ist, wenn wir von einem Leben ausgehen, dessen Grundimpuls der *Haß* ist. Und schließlich wollen wir als Ausgangsbasis ein Leben nehmen, dessen Grundhaltung zwischen Liebe und Haß liegt, das heißt ein Leben, das durch Gleichgültigkeit gekennzeichnet ist. Statt Gleichgültigkeit könnten wir auch *Pflicht* sagen: Wir gehen als drittes von einem Leben aus, in dem die Dinge vorwiegend aus einem Pflichtgefühl heraus getan werden.

Liebe, Haß und Pflicht – das sind die drei möglichen Grundimpulse des menschlichen Lebens und Handelns, andere Grundimpulse gibt es nicht. Was es sonst noch gibt, sind Variationen dieser Grundimpulse. Man könnte etwas vereinfacht sagen, daß alles, was wir in einem Leben tun, letztlich entweder aus Sympathie oder aus Antipathie oder aus einem Zwischending heraus, nämlich aus Gleichgültigkeit getan wird.

Wenn wir ein Leben, nennen wir es «Leben Nr. 1», in welchem uns einer dieser drei Grundimpulse beherrschte, hinter uns haben , was haben wir dann in unserem nächsten Leben, in «Leben Nr. 2», zu erwarten?

Wir wollen zunächst einmal die drei genannten Möglichkeiten etwas näher betrachten. Was bedeutet es, in einem Erdenleben Handlungen zu verrichten, die von *Liebe* getragen sind? Dazu könnte natürlich unendlich viel gesagt werden. Beschränken wir uns auf einige wesentliche Aspekte! Ein Leben in Liebe durchleben bedeutet, stets auf die anderen zuzugehen; mit den anderen Menschen in Verbindung zu treten und zu wünschen, daß alle, die um einen herum sind und die nicht weniger wichtig sind als man selbst, auf ihrem Weg weiterkommen. Mit anderen Worten: Liebe ist die Fähigkeit, jedem wohlgesonnen zu sein, jedem zu helfen und jedem das Beste zu wünschen. Und diese Kraft sowohl des Herzens als auch des Kopfes ist von größter Wichtigkeit. Sie ist die einzige Alternative dazu, daß man seinen eigenen Vorteil auf Kosten des anderen sucht.

Es ist jedoch klar, daß jeder von uns unendlich viele Haßgefühle *und* unendlich viel Liebe in sich hat. Jeden Tag aufs neue. Es soll hier ja nicht gesagt werden, daß es in einem Leben ausschließlich Gefühle der Liebe und in einem anderen ausschließlich Gefühle des Hasses gebe und daß dann das nächste Leben ebenso absolut einseitig, entweder «nur so» oder «nur so», verlaufen werde. Wir wollen vielmehr sehen, was im nächsten beziehungsweise im übernächsten Leben geschieht, wenn das erste Leben *mehr* von Liebe getragen war beziehungsweise wenn im ersten Leben Haßgefühle vorherrschten. Es wird ja in jedem Leben eine Mischung verschiedener Gefühle geben. Wir können aber feststellen, daß wir in den Bereichen, in denen im ersten Leben Liebe vorgeherrscht hat, im zweiten und dritten Leben etwas haben werden, was die karmische Folge der Liebe ist.

Denken wir einmal an einen Menschen, der – wie beispielsweise der Heilige Franziskus von Assisi – ganz besonders viel Liebe ausgestrahlt, der ganz besonders viel Wohlwollen verbreitet hat, der allen immer nur das Beste wünschte, der sich an den Fähigkeiten der anderen erfreuen konnte (es ist ein Zeichen höchster Liebe, wenn man sich an den Fähigkeiten der anderen ebenso erfreuen kann wie an den eigenen). Denken wir einmal, welche Kräfteströme von diesem Menschen, von dieser Individualität zu den anderen Menschen hingeflossen sind; auf jeden Fall Kräfteströme, die eine fördernde Wirkung hatten; Kräfteströme, die hilfreich waren, die das Positive stärkten; Kräfteströme, die die Menschen vorwärts brachten.

Freude ist im nächsten Leben die karmische Folge aufgewendeter Liebe! Wo ein Leben von Liebe getragen war, folgt karmisch gesehen also unweigerlich ein freudvolles Leben. Nicht ein freudvolles Leben in dem Sinn, daß die Freude von dem betreffenden Menschen ausströmt, weil er voller Freude ist. Nein! Was in einem Leben von einem Menschen durch Liebe aus seinem Zentrum ausströmt in den Umkreis, zu den anderen hin, strömt im nächsten Leben vom Umkreis zum Menschen zurück. Die Freude kommt also nicht aus dem Zentrum dieses Menschen, der in seinem letzten Leben geliebt hat, sondern die Freude kommt aus der Art, wie alle anderen Menschen mit ihm in Beziehung treten. Das heißt mit anderen Worten, daß alle Menschen um ihn herum sich ihm gegenüber so verhalten, daß es ihm zur Freude gereicht! Weil sie ihm immer das Beste wünschen, sich freuen, wenn es ihm gut geht. Ein Kräftestrom verläuft in diesem zweiten Leben umgekehrt, nämlich von außen nach innen, vom Umkreis in das Zentrum; das ist die karmische Folge – eine unweigerliche Folge – eines Lebens, in welchem stets günstige, positive, fördernde Kräfteströme von innen nach außen, vom Zentrum in den Umkreis geflossen sind.

Wie und wann werden diese Kräfte metamorphosiert? In der geistigen Welt, im Leben zwischen Tod und neuer Geburt. Rudolf Steiner beschreibt in diesem Zusammenhang etwas, was ich bisher nur angedeutet habe, als ich über das Leben zwischen Tod und neuer Geburt gesprochen habe. Er beschreibt sehr ausführlich, daß im Fegefeuer und auch in den darauffolgenden Stadien jeder von uns in der geistigen Welt die menschlichen Seelen trifft, mit denen er karmisch verbunden war: gleichgültig, ob sie noch auf Erden leben oder ob sie sich ebenfalls schon in der geistigen Welt befinden.

Die Seele des Verstorbenen wird wie ein Spiegel, in dem sich das Innere aller Seelen, die mit ihm karmisch verbunden sind, widerspiegelt. In dieser Phase werden die karmischen Kräfte für das folgende Leben zusammengetragen, und zwar in Abhängigkeit dessen, was dem Menschen von den mit ihm verbundenen Seelen zuströmt.

Und was strömt jetzt auf den Menschen zurück von den

Seelen, die er geliebt und immer wieder geliebt hat? Dankbarkeit, Wohlwollen und der Wunsch auszugleichen, das Gute zurückzugeben! Und eben weil alle karmisch mit ihm verbundenen Seelen ihm aus Dankbarkeit Gutes wünschen, entstehen karmische Kräfte, die zu einem nachfolgenden Leben in Freude, in Positivität führen.

Nach dem ersten von *Liebe* getragenen Leben, bei dem die Liebe von innen heraus, vom Zentrum des Menschen in den Umkreis strömte, und dem zweiten Leben in *Freude*, wobei die Freude vom Umkreis in das Innere, in das Zentrum des Menschen strömte, stirbt der betreffende Mensch wieder und durchläuft wiederum die geistigen Welten, bis er erneut zu einem dritten Erdenleben niedersteigt.

Die dritte grundlegende Metamorphose der Liebe ist ein *offenes Herz*, die Fähigkeit, die Welt zu verstehen. Es ist der Eros der Erkenntnis, das Erkenntnisstreben, welches diesem Menschen die Fähigkeit verleiht, sofort und mit klarem, durchdringendem Verstand die Phänomene der Welt und der Menschen zu durchschauen und zu erfassen. Und zwar haben wir es hier wieder mit einem Strom zu tun, der von innen nach außen, vom Zentrum in den Umkreis verläuft. Wir stellen fest, daß es tatsächlich Menschen gibt, die die Dinge des Lebens rascher und gründlicher verstehen, während andere mehr Mühe haben. Das ist ja gerade charakteristisch für die Menschen.

Wir sehen, daß das erste Leben in dieser Reihe mehr vom Herzen ausging, daß bei ihm die Sittlichkeit im Mittelpunkt stand, während im dritten Leben die Erkenntnis die ausschlaggebende Rolle spielt. Alle diese Metamorphosen müssen natürlich genau untersucht werden. Wir können hier nur auf das Allerwichtigste hinweisen. Wer dann etwas mehr Interesse für diese Dinge entwickelt und ihnen gründlicher nachgeht, wird unendlich viel entdecken.

Betrachten wir nun das Gegenteil: ein Leben mit dem Grundcharakter des *Hasses*. Rudolf Steiner führt aus, daß viele Menschen Mühe haben, bei sich selbst Haß zu bemerken beziehungsweise Haß als Grundimpuls vieler ihrer Handlungen zu erkennen. Es ist hier nicht nur Haß in dem Sinne gemeint, daß man jemanden am liebsten umbringen möchte. Vielmehr ist hier mit Haß jede Art von Antipathie und Zurückweisung des anderen gemeint. In diesem Zusammenhang empfiehlt Steiner, ganz besonders alle Erscheinungen von Antipathie, die wir in uns haben, zu analysieren – und ebenso unsere Lust, immer alles und jeden zu kritisieren. Diese Erscheinungen sind nämlich nichts anderes als Varianten von Haß, denn es sind stets Haltungen, bei denen ein Mensch andere Menschen zurückweist.

Allerdings dürfen wir nicht übersehen, daß die Grundgeste der Antipathie, wie sie dem Haß zugrunde liegt, einer der Faktoren ist, die für die Evolution notwendig sind, denn ohne «Antipathie» als Kraft der Abgrenzung und der Selbstbehauptung gäbe es keine Individualisierung. Wir dürfen also nicht der Illusion verfallen zu glauben, Evolution ohne «Haß» sei möglich. Später geht die Evolution dahin, uns vom Haß zu erlösen, den Haß zu überwinden. Aber zunächst muß ein jeder von uns unbedingt unendlich viel Haß aufbringen, auch Egoismus; jeder muß sich so weit wie möglich gegen den anderen abgrenzen, um er selbst, um unabhängig werden zu können.

Es ist jedoch wichtig, darüber informiert zu sein – ganz objektiv –, daß all diese Erlebnisse von Zurückweisung, die von innen, vom Zentrum ausgehen und in den Umkreis strömen, im nachfolgenden Leben zu Schmerzen und zu *Leiden* führen, die in umgekehrter Richtung, nämlich von außen nach innen, strömen.

Wenn ich also die Erfahrung mache, daß die Menschen, die um mich herum sind, in mir dadurch Schmerz und Leid verursachen, daß sie mir nicht wohlgesonnen sind, daß sie mich am liebsten zum Teufel jagen möchten und mir das Schlechteste wünschen, so muß ich wissen – und es ist wirklich wünschenswert, daß ich es weiß –: Dies rührt daher, daß ich in meinem letzten Leben sehr viel Antipathie, Kritik, Haß und Abneigung gerade in Richtung dieser selben Menschen verströmt habe. All dies erlebe ich jetzt als mir von anderen zugefügte Leiden und Schmerzen.

Ich selbst bin es also immer gewesen, der die Ursache gelegt hat für alles, was mir widerfährt. Solange ich das nicht verstanden habe, lebe ich in der Illusion.

Also ist Karma gleichbedeutend mit Fatalismus? Die Antwort ist ein klares Nein! Es hat ja auch nichts mit Fatalismus zu tun, wenn wir sagen, daß unsere drei Auswanderer in New York die Lebensbedingungen fanden, die jeweils ihrem Inneren entsprachen. Wie wäre es denn, wenn einem Menschen, der sein ganzes Leben damit verbracht hat, sich seinen Antipathien hinzugeben, zu kritisieren und zu hassen, dann von seiner Umwelt nur Freude zuströmen würde? Da wäre es aus mit ihm, denn er würde niemals Anlaß finden, sich zu bessern.

Wenn ein Mensch also im ersten Leben sein Herz nicht der Umwelt gegenüber geöffnet hat, strömen ihm vom Umkreis im nächsten Leben Impulse von Schmerz und Ablehnung zurück, und wir haben im dritten Leben *Stumpfheit des Geistes,* wobei letztere wiederum eine Strömung von innen nach außen ist. – Wir haben also folgende Stufen:

Liebe – Freude – offenes Herz
(Verständnis für die Welt)
Haß – Leid – Torheit
(Stumpfheit des Geistes)

Die Frage, auf welcher Stufe ein jeder von uns sich im Augenblick selbst befindet, ergibt sich hier sozusagen zwangsläufig. Die Antwort lautet: Überall! Ein jeder von uns befindet sich in jedem Augenblick in vieler Hinsicht auf allen sechs Stufen zugleich. Das zu verstehen ist überaus wichtig, wenn wir an diesem Grundraster unser Erkennen üben wollen.

Steiner sagt in dem bereits erwähnten Vortrag zu seinen Zuhörern: «Erleben Sie durch einen Menschen Freude, meine lieben Freunde, in einem Erdenleben, so können Sie sicher sein, daß diese Freude das Ergebnis der Liebe ist, die Sie ihm gegenüber in einem vorigen Erdenleben entfaltet haben.» «… so können Sie sicher sein», sagt Steiner, denn es ist unmöglich, daß mir von einem anderen Menschen Freude entgegenströmt, daß mir ein anderer Mensch Gutes wünscht, ohne daß ich ihm in einem früheren Leben aus meinem innersten Wesen heraus Liebe habe zuströmen lassen.

Zwischen Liebe und Haß haben wir die Gleichgültigkeit. Diese wird erlebt, wenn alles Mögliche aus *Pflicht*gefühl getan wird.

Es gibt im Leben eines jeden Menschen Dinge, die ihn weder begeistern noch abstoßen: Man tut halt, was getan werden muß, was von einem erwartet wird. Es gehört hierher alles, was aus Tradition, aus Konvention oder aus Routine getan wird – das heißt weder aus Liebe noch aus Haß. Wenn ich hasse, wünsche ich dem anderen Schlechtes und freue mich, wenn es ihm schlecht geht. Wenn ich liebe, will ich das Gute für den anderen. Es gibt jedoch eine mittlere Sphäre, in der ich gleichgültig bin. – Sehr viele Dinge geschehen in dieser mittleren Sphäre von Konvention, Routine, Gewohnheit.

Wenn ein Mensch in seinem Erdenleben hauptsächlich aus Pflichtgefühl heraus handelt, was strömt dann in seinem nächsten Leben aus dem Umkreis auf ihn zurück? *Gleichgültigkeit*! Dieser Mensch muß dann ein ganzes Leben lang – sein ganzes nächstes Leben hindurch – die Erfahrung machen, daß er niemandem etwas bedeutet, daß sich niemand für ihn interessiert, daß ihn niemand haßt und niemand liebt. Wenn man ihn doch wenigstens hassen würde, aber noch nicht einmal das!

Wenn sich die anderen mir gegenüber gleichgültig verhalten, so ist dies immer eine karmische Folge davon, daß ich mich in meinem früheren Leben den anderen gegenüber gleichgültig verhalten habe. Es kann mir niemals Gleichgültigkeit aus dem Umkreis zuströmen, wenn ich nicht vorher aus meinem Inneren heraus Gleichgültigkeit habe verströmen lassen. Daraus folgt ganz klar, daß wir uns, wenn wir wollen, daß sich die anderen in unserem nächsten Leben für uns interessieren, in diesem Leben für sie interessieren müssen.

Nach einem Leben, in dem einem die anderen gleichgültig waren, und einem weiteren Leben, in dem man selbst den anderen gleichgültig war, folgt als drittes Leben ein solches der *Richtungslosigkeit*. Der Mensch weiß nichts Rechtes mit sich anzufangen. Er fängt eine Sache an und kommt nicht weiter damit; dann fängt er eine andere Sache an und kommt auch nicht weiter damit; er fängt ein Studium nach dem anderen an und bricht es wieder ab; er ergreift einen Beruf, aber bald gefällt er ihm nicht mehr und so immer weiter. Er ist deswegen so richtungslos, weil ihm im Grunde genommen alls gleichgültig und sinnlos ist.

Nehmen wir einmal an, die Dinge liegen wirklich so, wie Steiner sagt, sie in der geistigen Welt beobachtet zu haben. Ist es dann nicht von größter Wichtigkeit, daß ich mir, wenn ich zum Beispiel orientierungslos bin und nicht weiß, was ich tun soll, klarmache, daß dies auf Kräfte der Gleichgültigkeit zurückzuführen ist, die zweimal metamorphosiert worden sind? Denn erst ging die Gleichgültigkeit von mir aus und strömte in den Umkreis; dann ging die Gleichgültigkeit vom Umkreis aus und strömte auf mich zurück. Diese von zwei Seiten ausgehende Gleichgültigkeit erzeugt Direktionslosigkeit beziehungsweise führt, wie man auch sagen könnte, zu einem Mangel an richtender Kraft. Wir haben also als dritte Reihe:

Handeln aus Pflicht (Konvention) –
Gleichgültigkeit – Direktionslosigkeit

Durch diese Betrachtung stellen wir fest, daß man die Dinge nicht so ganz einfach von heute auf morgen ändern kann. Der Bogen der gesetzmäßigen Zusammenhänge ist überaus weit gespannt, und wir verstehen, daß kein Mensch in der Lage ist, den Grundcharakter seines Wesens im Laufe nur eines einzigen Lebens zu ändern. Wir wissen das. Aber wenn der Grundcharakter eines Menschen in einem Leben festgelegt ist, so können wir uns eben doch fragen: Wie ist er so geworden, wie er ist, und wie wird er in der Zukunft sein, wie wird er sich wandeln?

Es bleibt einem jeden von uns selbst überlassen, inwieweit er sich für diese Dinge interessieren und inwieweit er über das hier so kurz umrissene «Grundraster» nachdenken will. Die Konsequenzen, die sich daraus für das tägliche Leben ableiten lassen, gehen ins Unendliche, und unser Leben kann sich von Grund auf ändern, wenn wir uns dieser universalen Gesetze des Karma und der Wiederverkörperung bewußt werden.

Zum Abschluß möchte ich noch einige weitere Zusammenhänge kurz streifen. In einigen seiner Vorträge spricht Steiner über die Grundimpulse von *Neid* und *Lügenhaftigkeit.*[4] Neid ist etwas, was im Inneren des Menschen angesiedelt ist; er ist eine Form von Egoismus, also etwas «Luziferisches». Lügenhaftigkeit ist eine Variante des Irrtums, also etwas in erster Linie «Ahrimanisches». Neid ist die Unfähigkeit, uns an dem, was der andere an Positivem besitzt, zu erfreuen, die Unfähigkeit, uns an dem, was der andere ist oder hat, zu erfreuen. Im Grunde genommen ist Neid die Negation der Individualität des anderen. Lügenhaftigkeit ist die Negation dessen, was wir alle gemeinsam haben. Denn Lügenhaftigkeit ist die Negation der objektiven Wahrheit, in der allein wir Gemeinsamkeit erleben können.

Diese beiden Impulse, Neid und Lügenhaftigkeit, sind wiederum entwicklungsnotwendig. Gäbe es nicht die Neigung zu Neid und Lügenhaftigkeit, hätten wir nicht selbständig und frei werden können. Jeder von uns hat täglich mit Neid zu tun, mit dieser Kraft, die den einmaligen, unschätzbaren Wert eines jeden menschlichen Wesens herabsetzen will. Und mit Lügenhaftigkeit, die uns der Universalität beraubt, die uns das nimmt, was uns allen gemeinsam ist, was uns verbindet: die objektive Wahrheit.

Es ist interessant zu sehen, wie sich diese beiden Impulse zunächst im Laufe eines Lebens zum Alter hin verändern und wie sie sich dann wiederum in metamorphosierter Form in der Kindheit des nachfolgenden Lebens auswirken.

Worin besteht die Metamorphose im Laufe eines Lebens? Zunächst gibt niemand gerne von sich selbst zu, neidisch und lügenhaft zu sein. Jeder von uns bemüht sich, diese Eigenschaften zu verstecken. Wie aber versteckt man *Neid*? Indem man kritisiert! Da der Mensch es nicht ertragen kann, von sich selbst zu sagen, «ich fühle Neid in mir», neigt er dazu, alles mögliche zu kritisieren. *Kritik* ist nichts anderes als versteckter Neid. Kritik ist das Verlangen, im anderen immer und ausschließlich die Fehler zu sehen. Ich habe darauf bereits hingewiesen, daß wir alle in uns diese Tendenz haben und daß, wenn wir sie nicht hätten, der Impuls zur Freiheit fehlen würde.

Im Alter wirkt sich nun der Grundimpuls des Neides dahingehend aus, daß man in *Abhängigkeit* verfällt, daß man nicht mehr selbständig sein kann. Ein alter Mensch, der in allem und jedem von anderen abhängig ist, der keine Entscheidung mehr allein zu treffen in der Lage ist, der nie mehr selbst weiß, was er tun soll, ist jemand, der in jüngeren Jahren sehr von Neid erfüllt gewesen ist. Unsicherheit, Entschlußlosigkeit und moralische Schwäche im Alter sind die unweigerlichen Folgen des Grundimpulses Neid. Wir können sicher sein, daß wir es bei einem alten Menschen, der sich durch diese Eigenschaften auszeichnet, mit jemandem zu tun haben, dem es früher einmal Schmerzen bereitet hat, wenn er bei einem anderen eine gute Eigenschaft festgestellt hat oder wenn ein anderer Erfolg hatte. Ja, so etwas hat ihn geplagt, so etwas hat innerlich an ihm genagt.

Neid verkappt sich in der Jugend in Neigung zu Kritik, in die Lust, immer und überall das Haar in der Suppe zu finden, und dann, im Alter, äußert er sich im Verlust der Unabhängigkeit.

Im darauffolgenden Leben haben wir es dann mit einem physisch schwächlichen Kind zu tun. Der von Geburt an schmächtige Körper eines Menschen ist immer eine Folge von Neid-Impulsen im vorangegangenen Leben.

Steiner wirft hier folgende Frage auf: Was bedeutet es karmisch gesehen, wenn wir die Eltern, Lehrer oder Verwandten dieses Kindes sind, kurz gesagt, wenn wir zum Kreis der Personen gehören, die dem Kind nahestehen, welches einen so schwächlichen, krankheitsanfälligen Körper hat? Es bedeutet – und das ist sehr wichtig zu wissen –, daß ich jemand bin, den dieses Kind einmal ein Leben lang beneidet hat!

Was können wir tun, um den schwächlichen Körper dieses Kindes zu stärken? Die herkömmliche Antwort wäre wohl: Geh' zum Arzt mit ihm! Gib ihm die und die Medizin! Die Geisteswissenschaft aber sagt, daß dies alles weniger nützt, als wenn man sich sagt: Der Körper dieses Kindes wird um so kräftiger werden, je mehr man sich bewußt entscheidet, dem Kind den Neid, der ein Leben lang an ihm genagt hat, zu verzeihen. Die Kräfte des *Verzeihens* stärken den physischen Leib dieses Kindes. Dies ist ein Beispiel dafür, daß die Geisteswissenschaft der Menschheit wirklich ganz konkrete, bis ins praktische Leben reichende Dinge zu sagen hat.

Der andere erwähnte Grundimpuls ist die Tendenz zur *Lügenhaftigkeit*, die Neigung, die Unwahrheit zu sagen. Auch all das Unwahre, was aus Diplomatie gesagt wird, gehört hierher. Man sagt ja auch aus reiner Konvention beziehungsweise aus Höflichkeit sehr viel Unwahres. Wir sind es längst gewohnt, die Wahrheit auf tausenderlei Weise zu färben. Vieles verdecken wir, vieles verdrehen wir – ich erinnere nur an die Zeitungen und an das Fernsehen. Aber niemand von uns gibt gerne zu, ein lügenhafter Mensch zu sein. Ich habe doch nicht gelogen! sagen wir entrüstet.

Steiner appelliert sehr stark an das Gewissen des heutigen Menschen. Es ist ein psychologisches Grundgesetz, daß der Mensch seine Lügenhaftigkeit zu vertuschen versucht; was dabei für die objektive karmische Erkenntnis herauskommt, ist *Leichtfertigkeit*, moralische Leichtsinnigkeit, die Tendenz, die Dinge leicht zu nehmen, nicht ernst zu nehmen. Na ja, so wichtig wird es schon nicht sein ... es wird schon wieder werden ... mach' dir keine Sorgen! – das ist nichts anderes als vertuschte Lügenhaftigkeit; denn wäre es das nicht, wüßte der Mensch, daß die Wahrheit ernst genommen werden muß, daß man die Wahrheit nicht auf die leichte Schulter nehmen darf – er wüßte, daß es gegenüber der Wahrheit eine sehr genaue moralische Verantwortung gibt.

Die Konsequenz im Alter ist das Grundphänomen des «*Ausweichens*». Stellen wir uns einen alten Menschen vor, der einem anderen nicht in die Augen sehen kann. Angst haben, dem anderen offen die Stirn zu bieten, ist immer ein Zeichen dafür, daß das Verhältnis zur Wahrheit gestört ist, daß dieses Verhältnis sittlich nicht einwandfrei ist.

Und was haben wir in der Kindheit des darauffolgenden Lebens? Eine geistige Schwäche, ein *schwachsinniges Kind*. Wir werden ein Kind vor uns haben, dem innerlich die Fähigkeit fehlt, mit der Welt in Beziehung zu treten.

Wenn wir ein solches Kind vor uns haben, so ist es für uns – vor allem wenn wir seine Eltern oder seine Lehrer sind – wichtig zu wissen, daß es uns in seinem vorigen Leben viel angelogen hat. Das ist immer so. Das ist ein ehernes Gesetz. Sonst wäre dieses Kind nicht mit dieser Unfähigkeit, mit der Umwelt in Beziehung zu treten, geboren.

Und was tun wir in Gegenwart eines Kindes, das uns ein Leben lang angelogen hat? Steiner sagt, daß es entscheidend sei, diesem Kind immer und immer wieder die *Wahrheit* zu sagen. Und welches ist die höchste Wahrheit? Die Wahrheit über die geistigen Welten. Und wo ist die Wahrheit über die geistigen Welten am reinsten zu finden? In den Märchen! Wir heilen dieses Kind, wir machen es fähig, mit der Welt in Beziehung zu treten, wenn wir ihm die tiefen und realen Wahrheiten vermitteln, die in den echten Märchen enthalten sind! Das setzt natürlich voraus, daß die Eltern, daß die Lehrer selbst an die Märchen glauben!

Fünfter Vortrag:

Soziale Beziehungen und Wiederverkörperung

Welche Folgen ergeben sich für die sozialen Beziehungen und das tägliche Leben, wenn sich die Menschen der Wiederverkörperung bewußt sind?

Ich werde versuchen aufzuzeigen, wie sich das tägliche Leben, wie sich der soziale Alltag, die Art und Weise der Menschen, miteinander umzugehen, von Grund auf verändert, wenn dieselben Menschen, aus denen sich unsere Gesellschaft zusammensetzt, von der Überzeugung der Wiederverkörperung durchdrungen sind.

Ich glaube, eines der Probleme, die es zu lösen gilt, liegt darin begründet, daß die Wiederverkörperung eine nebensächliche Rolle spielt, solange sie nichts weiter als eine theoretische Überzeugung ist. Wenn jemand rein theoretisch von der Wiederverkörperung überzeugt ist, jedoch keine praktischen Konsequenzen daraus zieht, ändert sich natürlich nicht viel! Eben weil die Überzeugung sozusagen noch nicht in die Tat umgesetzt wurde. Wenn jedoch die Reinkarnationsperspektive dazu führt, die Art und Weise zu verändern, mit der ich anderen Menschen begegne, sie wahrnehme und über sie denke, dann wird die Reinkarnation wirklich zu einer das Leben verwandelnden Wirklichkeit. Dazu braucht es natürlich Zeit, sehr viel Zeit sogar, denn es bedeutet, daß ein echter Umwandlungsprozeß in Gang kommen muß – ein Prozeß, der das tägliche Leben betrifft und der sich über Jahre hinzieht.

Es ist ja klar, daß eine Erkenntnis zuerst in der Theorie gewonnen wird. Denn wenn ich etwas verstanden habe, habe ich es zunächst einmal eben nur verstanden. Bis sich meine Erkenntnis in meinem täglichen Leben praktisch auswirkt, also zwischen dem Verstehen und dem Umsetzen in die Tat vergeht Zeit. Es wäre aber andererseits auch nicht ehrlich, wenn wir einfach sagen würden, die *theoretische* Überzeugung von der Wiederverkörperung sei nicht von Bedeutung. Wir dürfen nur nicht bei der Theorie stehenbleiben!

Die Frage, die uns bei den folgenden Überlegungen sozusagen als roter Faden dienen soll, ist folgende: Stimmt es tatsächlich, daß sich unser Umgang miteinander sehr verändert, wenn wir uns der Wiederverkörperung bewußt werden? Hat das Bewußtsein der Wiederverkörperung tatsächlich ganz praktische und konkrete Folgen für uns? Entsteht vielleicht durch diese Erneuerung des Sozialen auch ein ganz neues und praktisches Christentum?

Eine zweite Frage schließt sich an: Wenn sich mit der Überzeugung von der Wiederverkörperung mein Leben tatsächlich konkret verändert, ist dann diese neue Art, miteinander zu leben, auch wirklich schöner, wirklich menschlicher? Will ich auf jeden Fall, daß wir auf diese neue Art miteinander leben? Ist diese Veränderung wirklich so, daß ich mit meinem ganzen Wesen ja dazu sagen kann?

Bei solchen Überlegungen hilft uns nun Steiner, nicht indem er uns die Dinge lediglich theoretisch darlegt, sondern indem er uns zu zeigen versucht, zu welchen praktischen Konsequenzen es führt, welche Veränderungen in unserem Verhalten den anderen Menschen gegenüber hervorgerufen werden können, wenn wir um die Reinkarnation wissen.

Wir dürfen in diesem Zusammenhang die Grundeinstellungen, die heute im sozialen Bereich vorherrschen, nicht unterschätzen. Wir leben, wie schon früher erwähnt, in einer Zeit des Materialismus und neigen somit stets dazu – mag das nun gut oder schlecht sein –, den Institutionen, dem Äußerlichen, den wirtschaftlichen Verhältnissen eine besonders große Bedeutung beizumessen und zu glauben, daß sie es seien, die das Innere des Menschen bedingen. Die gegenteilige Überzeugung, nämlich die, welche davon ausgeht, daß das Äußere, das Wirtschaftlich-Soziale vom Inneren des Menschen abhängt, ist uns weniger geläufig und kommt uns, man könnte fast sagen, irgendwie veraltet vor.

Welche Antwort würden wir geben, wenn uns die theoretische Frage vorgelegt würde: Sind es die äußeren wirtschaftlichen Bedingungen, von denen das Denken eines Menschen abhängt, oder umgekehrt? Haben beispielsweise die Besitzenden und die Arbeitgeber, eben *weil* sie Besitzende und Arbeitgeber sind, eine bestimmte Ideologie, und haben die Arbeiter, *weil* sie Arbeiter sind, eine andere? Hängt die Art des Denkens eines Menschen von seinen äußeren Bedingungen ab? Oder ist das Gegenteil richtig, das heißt, ist es das Innere eines Menschen, welches die äußeren Umstände prägt und bestimmt?

Die Menschen haben diese Fragen immer wieder von neuem diskutiert. In der Theorie sind zwei Antworten möglich, und beide Antworten können richtig sein. Warum? Weil in der Praxis beides möglich ist. Ein starker Geist ist überzeugt, daß er es ist, der die Dinge entscheidet; durch seine inneren Werte, durch alles, was er in sich hat, bestimmt er das, was um ihn herum ist. Für einen schwachen Geist ist jedoch das Gegenteil richtig; und er ist deshalb schwach, weil die äußeren Realitäten mehr sein Inneres formen als dieses jene.

Das menschliche Denken kann sich grundsätzlich auf zweierlei Weise manifestieren: erstens auf passiv-rezeptive Weise, wobei es die äußeren Wahrnehmungen sind, die zusammen mit all dem, was die äußere Welt uns entgegenbringt, alle in uns entstehenden Vorstellungen und Überlegungen bestimmen; zweitens auf aktiv-tätige Weise – ja, das gibt es wirklich, auch wenn viele Menschen heute es absolut nicht glauben wollen –, wobei wir anfangen, unser Denken selbst, auf freie Weise, zu aktivieren und das Gesetz unseres Denkens der äußeren Welt aufzuprägen.

Was Karl Marx sagt, trifft folglich für die Menschen zu, die einen schwachen Geist haben, und es gibt heutzutage deren viele, da wir in einer Zeit des Materialismus leben. Denn worin besteht der Materialismus? Er besteht darin, daß das Materielle, das Äußerliche vorherrscht, daß es derart bestimmend geworden ist, daß der Mensch nur noch reagiert und sich als Wirkung erlebt. Darin hat Karl Marx recht. Es geht nicht darum, die Theorie von Karl Marx zu widerlegen, sondern darum, sie zu überwinden, durch Veränderung der Wirklichkeit – aber der *eigenen inneren* Wirklichkeit! Denn wir können die Marxsche Theorie in den Punkten, in denen sie wahr ist, nicht unwahr machen dadurch, daß wir sagen, sie sei unwahr. Wir können die Marxsche Theorie nur unwahr machen, indem wir den Menschen ändern.

Diese Umkehrung der Dinge, bei der der Geist, der sich bisher von der Materie bestimmen ließ, nun die Materie von innen heraus zu formen beginnt, ist ein Prozeß innerer Umwandlung, nicht eine theoretische Argumentation.

Und wenn jemand sein Wesen so geändert hat und er nunmehr sagen kann, daß sein Inneres, daß seine Gedanken das Äußere prägen, dann hat Marx nicht mehr recht. Und das ist dann keine theoretische Aussage mehr, sondern eine reale Entwicklung. Karl Marx irrt sich nur in dem Maße, in dem er meint, das Geistige im Menschen müsse und könne zu allen Zeiten allein Wirkung des Materiellen sein.

Deshalb ist es in der Geisteswissenschaft wichtig, mehr als die Theorien die Grundeinstellungen ernst zu nehmen. Denn das, was wir erreichen wollen, damit der Mensch zu seiner vollen Menschenwürde gelangt, ist: jeden einzelnen in die Lage zu versetzen, seine sozialen Lebensbedingungen von innen heraus zu formen und zu schaffen, wobei wir von der möglichen Kreativität des menschlichen Geistes ausgehen. Auf daß diese Bedingungen nicht unmenschlich, sondern menschlich seien!

Wenn wir uns fragen, welche die Grundeinstellung ist, die sich aus der Perspektive der Wiederverkörperung ergibt und die unsere Art und Weise verwandelt, im Sozialen miteinander umzugehen, kommen wir zu einem ganz bestimmten Ergebnis. Wir werden dazu geführt, mit unseren Gedanken einen «künstlichen Menschen» zu konstruieren. Steiner spricht von einem «künstlichen Gedankenmenschen».[5]

Es handelt sich um folgendes: Wenn ich von der Reinkarnation als einer Tatsache ausgehe, kann ich den Gedanken fassen, daß alles, was mir in der Vergangenheit widerfahren ist, daß alle Ereignisse, die mir entgegengetreten sind, nicht vom Zufall abhängig gewesen sind, sondern daß es vielmehr ein Mensch – ich selbst – gewesen ist, der alles genau so und nicht anders geplant und gewollt hat. Einen solchen Menschen kann ich künstlich, das heißt hypothetisch mit meinen Gedanken konstruieren.

Was dabei herauskommt, ist ein sehr merkwürdiger Typ, denn vieles, was mir widerfahren ist, habe ich mir ja in meinem normalen Bewußtsein wirklich alles andere als gewünscht. Vielleicht habe ich es sogar tausendmal verwünscht! Und jetzt sagt man mir, ich solle einen Menschen konstruieren, der innerlich so angelegt ist, daß er alles, was mir widerfahren ist, gewollt, geplant, gewünscht und ersehnt hat!

Steiner gibt in diesem Zusammenhang das interessante Beispiel von einem Menschen, dem etwas ziemlich Ungewöhnliches widerfahren ist: Er ging einmal zufrieden und ahnungslos eine Straße entlang. Da fiel ihm plötzlich ein Dachziegel auf den Kopf. Der Mensch ist an dem Dachziegel zwar nicht gestorben, aber der Dachziegel hat sein Leben verändert. Diese Veränderung zu akzeptieren, bereitete dem Menschen hernach allergrößte innere Schwierigkeiten, denn sie bedeutete einen Umbruch seines gesamten Lebens.

Nun versucht er, sich einen Menschen vorzustellen – diesen Menschen gibt es wirklich: Er ist das wahre Ich, das höhere Ich des Menschen –, der sich nicht nur damit abgefunden hat, daß ihm ein Dachziegel auf den Kopf gefallen ist. Nein! Vielmehr hat er, noch bevor er geboren wurde, dieses Ereignis als eines der wichtigsten seines Lebens gewählt, er hat es gewollt und geplant. Er hat sich dieses Ereignis ausgesucht, nachdem er alle Entwicklungsmöglichkeiten bedacht hatte, die er einzig und allein dadurch haben könnte, daß ihm ein Dachziegel auf den Kopf fallen würde. Also, er hat sich von allen möglichen Ereignissen genau dieses Ereignis ausgesucht, weil es am besten geeignet sein würde, ihm auf dieser Evolutionsstufe seines Lebens weiterzuhelfen.

Während er an jenem bedeutungsvollen Tag so einherschreitet, denkt dieser «künstliche Gedankenmensch»: «Hoffentlich fällt es dem Dachziegel nicht ein, einen halben Meter vor mir oder einen halben Meter hinter mir herunterzufallen!» Er steigt sogar die Treppen des Hauses, von dem der Dachziegel herunterfallen soll, hinauf, lokkert den Ziegel ein wenig, damit er auch ganz sicher ist, daß er ihm auf den Kopf fallen wird, rennt schnell die Treppe wieder hinunter und geht genau in der Sekunde an dem Haus vorbei, in der der lockere Dachziegel herunterkommen muß: Und da fällt er ihm – peng! – wirklich genau auf den Kopf! Zufrieden stellt der Mensch fest: «Das ist der Augenblick, auf den ich mit tiefster Erwartung hingelebt habe!»

Ein merkwürdiger Typ! Aber diesen Typ, diesen Menschen gibt es wirklich. Es gibt ihn im Geistigen, er ist geistig da. Und wenn der Betreffende, dem das passiert ist, nun diese Übung macht, ist er auf dem besten Wege, mit seinem höheren Ich in Verbindung zu treten. Diese Übung bewirkt in uns, daß wir unser Karma mit Seelenruhe und Gelassenheit annehmen. Rudolf Steiner betont, daß jeder diese Übung nur mit den Ereignissen machen darf, die ihm wirklich widerfahren sind.

Wenn es aber jedem einzelnen von uns besser gelingen würde, Ruhe, Gelassenheit oder sogar Dankbarkeit aufzubringen gegenüber allem, was ihm widerfährt, so würden sich die sozialen Beziehungen tiefgreifend verändern, so würde unser Zusammenleben mit einem Male völlig anders aussehen! Zahlreiche Schwierigkeiten in diesem unserem materialistischen Zeitalter, vor allem im sozialen Bereich, rühren letztlich von der Tatsache her, daß wir über Karma und Wiederverkörperung so wenig Bescheid wissen. Das ist in einem ganz realen Sinn gemeint.

Unsere Unwissenheit macht uns unduldsam gegenüber den Dingen, die wir selbst gewollt, die wir selbst heiß ersehnt haben. Und unsere Unduldsamkeit ist es ihrerseits, die uns die Ereignisse, die uns in unserem Leben entgegentreten, von der negativen Seite her betrachten läßt: Anstatt all die Entwicklungsmöglichkeiten, die sich nun vor mir ausbreiten, weil mir dieser Dachziegel auf den Kopf gefallen ist, zu sehen, sehe ich nur die Möglichkeiten, die mir von nun an versagt sind.

Eine der wesentlichen Veränderungen, die sich für unseren Alltag ergeben, wenn wir uns unseres Karma bewußt sind, besteht darin, daß der sich seines Karma bewußte Mensch immer die Türen sieht, die sich vor ihm auftun; und das sind immer unendlich viele! Es gibt in unserer Evolution keinen Punkt, an dem wir vor lauter verschlossenen Türen stünden. Denn ein solcher Punkt würde ja das Ende der Evolution bedeuten. In jedem Augenblick gibt es unendlich viele Türen, die sich uns öffnen. Das Problem ist, daß wir im Alltag viel zu sehr die verschlossenen Türen sehen. Das aber ist im Grunde genommen Faulheit, denn es ist natürlich immer leichter, die Türen zu sehen, die sich schließen – ja, es ist einfacher, das zu betonen, was ich nicht kann. Wenn ich betone, was ich kann, habe ich keine Ausrede mehr – dann muß ich ja anfangen, es auch zu tun!

Was die Beziehungen zu anderen Menschen betrifft, taucht nun, da ich dieses neue Bewußtsein habe, außerdem jedesmal, wenn ich einen anderen Menschen treffe, ein wichtiger Gedanke auf, eine wichtige Überzeugung; und dieser Gedanke, diese Überzeugung ändert die Art und Weise, wie ich mit diesem anderen Menschen in Beziehung trete. Dieser Gedanke besteht darin, daß ich mir sage: Zu dem, wie der andere geworden ist, habe auch ich zum Teil beigetragen. Ich bin einer derjenigen, die den, der mir da entgegentritt, zu dem gemacht haben, was er jetzt ist. Denn wenn dieser Mensch mit mir karmisch verbunden ist – und das zeigt sich darin, daß ich ihn treffe, daß wir miteinander zu tun haben –, so bedeutet dies, daß wir auch in unserem vorigen Leben miteinander zu tun gehabt haben, deshalb bin auch ich daran beteiligt gewesen, ihn so zu machen, wie er jetzt ist. Und wenn ich ihn gern anders, wenn ich ihn gern «besser» hätte, so bin doch auch ich mit schuld daran, wenn er nicht «anders», wenn er nicht «besser» ist.

Sie werden zugeben, daß dieser einfache Gedanke, wenn er zur inneren Überzeugung wird, beim Zusammentreffen mit anderen Menschen zu einem hohen Maß an Toleranz und zu einer großen Liebe führen kann. Der Anfang besteht aber in der Überzeugung von der Wiederverkörperung und vom daraus folgenden Wirken des Karma!

Noch etwas anderes gibt es, was sich im täglichen Umgang sowohl mit sich selbst als auch mit den anderen von Grund auf ändert, und das ist das Verhältnis des Menschen zu seiner Leiblichkeit. Und wie wichtig dieses Verhältnis zu unserer Leiblichkeit ist, können wir ja schon daraus ersehen, daß wir schließlich unseren Körper unser ganzes Leben lang mit uns herumtragen.

Es fällt den Menschen heutzutage schwer, die ewige geistige Individualität ihrer Mitmenschen zu erleben, weil ihre Leiblichkeit so stark erlebt wird, daß sie dazu neigen, sich und ihre Mitmenschen mit ihrer Leiblichkeit zu identifizieren.

Ich möchte sagen, daß das Verhältnis des heutigen Menschen zu seiner Leiblichkeit auf doppelte Weise tragisch ist. Es ist tragisch, wenn man es vom Gesichtspunkt der

Wissenschaft aus betrachtet; und es ist tragisch, wenn man es vom Gesichtspunkt der Religion aus betrachtet.

Die Wissenschaft neigt dazu, den Körper als die einzige Wirklichkeit zu betrachten und zu sagen: Der Körper ist alles; der Körper ist es, der den geistig-seelischen Menschen bestimmt. Das Gehirn ist Ursache der Gedanken, der Gedanke hängt vom Gehirn ab. Der heutige Mensch, der von der materialistischen Wissenschaft geprägt ist, hat deswegen ja auch große Schwierigkeiten, sich vorzustellen, daß der Mensch nach dem Tode, das heißt wenn der Körper nicht mehr ist, weiterlebt.

Aber so wie die Wissenschaft dazu neigt, den Körper überzubewerten, neigt die Religion dazu, ihn unterzubewerten. Die Religion betrachtet den Körper als unwichtig, wenn nicht sogar als Hindernis, weshalb *eine* Verkörperung vollkommen ausreiche; man könne froh sein, sagt die Religion, daß man nach dieser einen Verkörperung endlich nur noch im Geiste lebe.

Das menschliche Denken ist heute so arm geworden – aber auch das ist eine Entwicklungsnotwendigkeit –, daß man oft notwendige Bedingung und Ursache miteinander verwechselt. Das Gehirn ist die «conditio sine qua non» für das gewöhnliche Denken. Folglich soll das Gehirn, da man ohne das Gehirn nicht denken kann, die Ursache des Denkens sein ! Das ist doch ein Unsinn! Wenn ich einen Nagel in die Wand schlagen möchte, ist der Hammer die notwendige Bedingung, das nötige Instrument, denn ohne Hammer kann ich den Nagel nicht in die Wand schlagen. Also soll der Hammer, weil ich ohne ihn den Nagel nicht in die Wand schlagen kann, die Ursache dafür sein, daß der Nagel in die Wand geschlagen wird! Solche gravierenden Denkfehler werden heutzutage auch in der sogenannten Wissenschaft oft gemacht.

Der eindeutige Unterschied zwischen notwendiger Bedingung und Ursache besteht darin, daß nichts, aber auch rein gar nichts geschieht, wenn zwar alle notwendigen Bedingungen vorliegen, damit ein Ereignis eintreten kann, aber die Ursache fehlt.

Wenn ich die Wand, den Nagel, den Hammer und das Bild habe, so können wir sagen, daß ich die notwendigen Bedingungen habe, um das Bild aufzuhängen. Die notwendigen Bedingungen sind alle da, aber wenn nur sie da sind, geschieht nichts. Denn die Ursache bin ich selbst. Aber nicht ich in meiner allgemeinen Eigenschaft als Mensch, sondern ich als Mensch, der mit einem Willen ausgestattet ist. Der Wille als solcher ist aber auch noch eine notwendige Bedingung, denn auch die Tatsache, daß ich mit einem Willen ausgestattet bin, reicht noch nicht aus, daß das Bild tatsächlich an die Wand gehängt wird.

Was ist also die eigentliche *Ursache*? Der Willens*entschluß*! Der Wille als solcher ist nur ein Vermögen. Wenn ich den Willen habe, das Bild an die Wand zu hängen, aber niemals die Entscheidung treffe, es auch zu tun, bleibe ich mit meinem Willensvermögen still stehen, und das Bild kommt nicht an die Wand!

So ist das Gehirn eine notwendige Bedingung für das Denken, Ursache des Denkens ist aber das Ich! Schließlich ist das Gehirn ja auch da, wenn wir schlafen. Wäre das Gehirn tatsächlich die Ursache des Denkens, dürften wir nicht aufhören zu denken, wenn wir schlafen. An der Tatsache, daß wir aufhören zu denken, wenn wir schlafen, zeigt sich klar und deutlich, daß das Gehirn nichts weiter als eine *notwendige* Bedingung zum Denken ist (es gibt auch Bedingungen, die nicht notwendig sind). – Die materialistische Wissenschaft neigt also dazu anzunehmen, daß der Körper Ursache ist für alles, was in der Seele und im

Geist geschieht. Und das andere Extrem finden wir in der Religion, die sagt, der Körper sei in jedem Falle von untergeordneter Bedeutung.

Die Reinkarnationsperspektive verhilft uns zu einem Gleichgewicht zwischen diesen beiden Extremen. Warum? Welches Verhältnis bekommen wir zu unserer Leiblichkeit, wenn wir von der Wiederverkörperung überzeugt sind?

Nun, als erstes hören wir auf, den Menschen mit seinem Körper zu identifizieren. Wir wissen, daß der Körper, den wir in diesem Leben haben, für uns so etwas ist wie ein Haus, in dem wir wohnen. Wenn ich also einen sogenannten «Schwarzen» oder einen sogenannten «Weißen» oder einen sogenannten «Mischling» treffe, so weiß ich von vornherein, daß nicht der Mensch, nicht die Individualität schwarz oder weiß oder mischfarben ist, sondern das Haus dieses Menschen. Das Haus, das diese Individualität in diesem Leben bewohnt, hat diese Farbe. Die Reinkarnationsperspektive bewirkt also, daß wir den Menschen nicht mehr mit seiner Leiblichkeit identifizieren. Denn jeder Mensch bezieht im Laufe seiner Entwicklung die unterschiedlichsten Leibesarten. Wir vermeiden also eine Überbewertung des Körpers. Das ist ein sehr wertvolles Geschenk für die zwischenmenschlichen Beziehungen.

Andererseits neigen wir aber auch nicht wie die Religion dazu, die Bedeutung der Leiblichkeit zu unterschätzen. Wir fangen erst recht an, die Leiblichkeit richtig einzuschätzen und zu lieben. Ja, wir lieben unseren Körper so sehr, daß wir immer von neuem nach Leiblichkeit streben. Wir suchen im Leiblichen, durch die wiederholten Verkörperungen, die Gesamtheit der notwendigen Bedingungen für unsere Entwicklung in der Freiheit.

Wenn solche Überzeugungen das tägliche Leben durchdringen, braucht der Mensch keine theoretischen Beweise der Wiederverkörperung. Der Mensch, der im Bewußtsein der Wiederverkörperung lebt, stellt fest, daß allein die Reinkarnationsperspektive ihn in die Lage versetzt, beide Einseitigkeiten zu vermeiden: die Überbewertung des Leiblichen einerseits und seine Geringschätzung andererseits.

Daraus ergeben sich entscheidende soziale Folgen: nicht nur in den Beziehungen zwischen den einzelnen Rassen und Völkern, sondern auch in der Beziehung zwischen Mensch und Mensch, zum Beispiel zwischen Mann und Frau, wo es darum geht, Einseitigkeiten auf beiden Seiten zu vermeiden.

Bevor ich auf die Grundlage der *Toleranz* im Bereich der sozialen Begegnungen zu sprechen komme, möchte ich noch ein weiteres Beispiel dafür anführen, wie der Reinkarnationsgedanke zu grundlegenden Veränderungen führen kann. Ich meine den Umgang mit Abtreibung und Empfängnisverhütung. Diese beiden Themen sind ja in unserer Gesellschaft in den letzten Jahren immer wichtiger geworden. Es stellt sich hier die Frage: Was ändert sich, wenn eine Frau, die mit der Frage kämpft, ob sie abtreiben soll, sich der Wiederverkörperung bewußt ist?

Eine Frau, die die Wiederverkörperung nicht in Betracht zieht, sondern nach herkömmlich westlicher Weise denkt und noch irgendwie religiös gebunden ist, glaubt, daß die menschliche Seele im Augenblick der Empfängnis geschaffen werde. Es bestehen darüber, wie die Seele in den Körper kommt, ungenaue Vorstellungen: Wann genau tritt die Seele in den Körper? Von welchem Zeitpunkt an ist der Embryo Mensch?

Wenn eine schwangere Frau sich für das Geistige überhaupt nicht interessiert, wenn sie nicht daran denkt, daß hier ein Mensch, ein geistiges Wesen, zur Welt kommt, sondern lediglich ihre psychischen Kräfte, ihre wirtschaftlichen Möglichkeiten und so weiter in die Waagschale wirft, kann sie natürlich leichter den Entschluß fassen, die Tür zu schließen. Allerdings betonen zahlreiche Ärzte immer wieder, daß nicht nur viele Frauen im nachhinein viel mehr Schwierigkeiten mit einer Abtreibung haben, als sie sich vorgestellt hatten, sondern daß auch sie selbst, wenn sie einen Schwangerschaftsabbruch durchgeführt haben, wider Erwarten später innerlich schwer damit zu kämpfen haben.

Was ändert sich nun, wenn wir in unsere Überlegungen zum Thema Abtreibung die Wiederverkörperung mit einbeziehen? Mir scheint, daß im Falle einer «ungewollten» Schwangerschaft jedes an die betroffene Frau gerichtete «du mußt» beziehungsweise «du darfst nicht» – abgesehen davon, daß es meist sowieso nichts nützt – fehl am Platze ist.

Viel wichtiger wäre es, folgende Fragen zu stellen: Auf welche Weise können neue Kräfte, zusätzliche Kräfte gefunden werden? Gibt es vielleicht einen Ursprung, eine Quelle, aus der die Frau die Kräfte schöpfen kann, von denen sie meint, daß sie ihr fehlen? Gibt es tatsächlich Kräfte, die ihr helfen können und die sie fähig machen, diese Schwangerschaft auszutragen – nicht aus Angst vor Höllenqualen, nicht aus irgendwelchen traditionellen Geboten oder Verboten, nicht aus Angst vor dem Urteil der anderen, sondern weil die positiven Kräfte wirklich wachgerufen werden, wodurch die Frau *freiwillig* die Schwangerschaft austragen kann? Gibt es Kräfte, die die Frau wirklich stärken können, so daß sie dasjenige *will,* was im

Grunde genommen ohnehin nur getan werden kann, wenn es auch wirklich gewollt wird?

Was hilft es, jemandem die Anwendung von bestimmten Kräften vorzuschreiben, wenn er sie nicht besitzt? Moral predigen ist leicht, Moral begründen ist schwer. Dem Ofen werde ich nicht vortragen, er solle bitte seine Pflicht erfüllen, das Zimmer warm zu machen. Ich werde Holz in ihn hineinwerfen. So sucht die werdende Mutter nicht Predigten oder Gebote oder Paragraphen, sondern *reale Kräfte*, die ihr real ermöglichen, dasjenige zu tun, was gut ist.

Wenn sie von der Wiederverkörperung überzeugt ist, weiß die werdende Mutter, daß sie auf die Kräfte einer ewigen Individualität bauen kann, welche sie zur Mutter gewählt hat. Und sie weiß, daß diese Individualität ihr all die inkarnatorischen Kräfte entgegenbringen wird, die ihr selbst zur Verfügung stehen. Wenn viele Frauen, die innerlich mit der Frage der Abtreibung ringen, um diese Kräfte wüßten, wenn sie wüßten, daß es diese Kräfte wirklich gibt, und wenn sie sich bereit fänden, diese Kräfte auch zu empfangen, wären sie erstaunt, daß sie das, von dem sie dachten, es nicht zu können, nicht nur sehr wohl können, sondern auch aus tiefstem Herzen wollen. Denn entweder gibt es diese Individualität, die sich inkarnieren will, oder es gibt sie nicht. Wenn es sie gibt, ist sie real, und dann sind auch ihre Kräfte real. Es ist keine Theorie.

Es ist nach Rudolf Steiner ein Grundgesetz der Wiederverkörperungen, daß Wahlverwandtschaften und Blutsverwandtschaften einander in der Inkarnationsfolge abwechseln. Das heißt, daß unser Karma in bezug auf die Menschen, mit denen wir in einem Leben blutsmäßig verbunden sind, normalerweise – Ausnahmen sind möglich –

so wirksam wird, daß Kräfte entstehen, die dahingehend wirken, daß wir mit denselben Personen im nächsten Leben aufgrund unserer freien Entscheidung verbunden sein werden. Denn worin besteht der Grundcharakter von Beziehungen, die auf einer Blutsverwandtschaft beruhen? Er besteht darin, daß sie nicht frei sind. Ich kann nicht plötzlich eine andere Frau zur Mutter oder einen anderen Mann zum Vater nehmen; keiner von uns kann das. Wenn man nun ein Leben lang mit jemandem in Blutsverwandtschaft gelebt hat, entstehen Kräfte, die darauf abzielen, diese Einseitigkeit des Unentrinnbaren, des Notwendigen auszugleichen. Im Nachtodlichen lebt dann in uns der Wunsch, unsere gesamten karmischen Beziehungen mit den Menschen, die unsere Blutsverwandten waren, auszugleichen, indem wir im nächsten Leben eine karmische Beziehung mit ihnen suchen, die auf unserer freien Entscheidung beruht, wobei diese freie Entscheidung nicht am Anfang des Lebens, sondern erst später möglich wird.

Unsere Blutsverwandtschaften werden uns am Anfang unseres irdischen Lebens mitgegeben; wir finden sie sozusagen vor, frei sind wir dabei nicht. Unsere Wahlverwandtschaften hingegen wählen wir selbst – ungefähr in unserer Lebensmitte, wie gesagt –, und dabei sind wir frei.

Dieser Wechsel zwischen Blutsverwandtschaften und Wahlverwandtschaften ist etwas Wunderbares. Hier erleben wir nun tatsächlich die konkrete soziale Realität von Wiederverkörperung und Karma. Denken Sie nur, was geschieht, wenn die werdende Mutter, die innerlich ringt und die Kräfte sucht – denn im Grunde möchte sie sie haben –, um ihre Schwangerschaft austragen zu können, sich sagen kann: Diese Individualität, dieses menschliche Wesen, wählt mich zu seiner Mutter – und die Beziehung zwischen Mutter und Kind ist die tiefste, die engste Blutsverwandtschaft, die es überhaupt geben kann –, weil unsere Beziehung in unserem letzten Leben eine Wahlverwandtschaft, eine auf freier Wahl beruhende Beziehung war.

Wodurch läßt sich eine Wahlverwandtschaft charakterisieren? Dadurch, daß bei ihrem Zustandekommen unser freier Wille entscheidend war. Somit kann die werdende Mutter sich sagen: Die Beziehung, die in einem früheren Leben zwischen mir und diesem sich inkarnierenden Menschen bestanden hat, war eine auf freier Entscheidung beruhende. Sie enthielt deshalb unvermeidbar ein höchstes Maß an Willkür. Als Folge ist der Wunsch entstanden, dieses Willkürliche auszugleichen durch eine Beziehung, die eindeutig ist, durch eine Beziehung, die objektive Zuständigkeiten aufweist. Deshalb hat es mich zur Mutter gewählt. Wenn es so ist, wenn dieses Wesen mir jetzt mit diesem festen Willen entgegenkommt, kann ich auf die Kräfte bauen, die es mir entgegenbringt.

Die Kräfte der Mutter, die eine Geburt will, sind nur die eine Hälfte der gesamten Kraftreserve, die bei jeder Schwangerschaft vorhanden ist. Die andere Hälfte liegt im Willen des Ungeborenen begründet. Und wenn wir diese doppelte Kraft zusammennehmen, diesen doppelten Kräftestrom, kann der inkarnierte Mensch im Grunde in gar keinem Fall sagen: Ich schaffe das nicht. Denn wären die nötigen Kräfte wirklich und wahrhaftig nicht vorhanden, käme es zu gar keiner Schwangerschaft.

Die Geisteswissenschaft fügt hinzu, daß es zu schweren Folgen im nächsten Leben führt, wenn sozusagen die Tür geschlossen, das heißt wenn der Inkarnationsprozeß unterbrochen wird. Es ist dies ein karmisches Ereignis, das die karmischen Beziehungen der beiden betroffenen Menschen in der Folge sehr, und nicht selten auf tragische Weise, komplizieren wird. Das Karma läßt sich nicht hintergehen. Die Geisteswissenschaft gibt uns dies als eine reale Tatsache. Sie moralisiert nicht. Denn das Karma ist die Aufgabe der Freiheit, die auf jeden Fall absolviert werden muß, weil das wahre Ich sie unbedingt absolvieren *will*.

Ich komme nun auf das zu sprechen, was ich das wahre Fundament der *Toleranz* nennen möchte. Ich gehe von der Annahme aus, daß alle Übel im sozialen Bereich letztlich darauf zurückzuführen sind, daß wir im Umgang miteinander zu wenig tolerant sind. Wir sprechen viel von Liebe, wir sprechen vom Geben, wir sprechen von Opfern, aber wenn wir die Wirklichkeit betrachten, so müssen wir feststellen, daß wir noch nicht einmal die allerersten Schritte in Richtung wahrer Toleranz getan haben.

Toleranz entsteht, wenn wir folgendes verstanden und zu unserer innersten Überzeugung gemacht haben: daß erstens jeder von uns mehrere Leben zur Verfügung hat, daß zweitens jeder von uns das jeweilige Leben, welches er gerade lebt, in Einseitigkeit verbringen muß, was gar nicht anders sein kann, weil wir uns mitten in einer großen Evolution befinden, und daß wir uns drittens aus den Einseitigkeiten, in denen wir gefangen sind, immer wieder befreien dürfen, weshalb uns die Möglichkeit gegeben wird, uns immer und immer wieder zu inkarnieren; denn die aufeinanderfolgenden Leben sollen uns dazu dienen, die einen Einseitigkeiten nach und nach durch andere Einseitigkeiten auszugleichen. Das ist der Lauf der menschlichen Evolution.

Stellen wir uns zum Vergleich eine Schaukel vor: Der Schwung der Schaukel erzeugt zum Ausgleich den Gegenschwung, und deshalb schwingt die Schaukel hin und her, wobei derjenige, der sich auf der Schaukel befindet, alle möglichen Positionen der Schaukel erproben kann.

Eine erste große Einseitigkeit, in der ein jeder von uns sich befindet, ist sein Mann- beziehungsweise sein Frau-Sein. Nehmen wir an, wir lebten nur einmal. Das würde bedeuten, daß keiner von uns sich als Mensch jemals ganz verwirklichen könnte. Ein jeder von uns könnte sich, wenn wir nur ein Leben hätten, in welchem wir entweder Mann oder Frau sind, als Mensch nur halb verwirklichen, denn zum Ganz-Mensch-Sein gehört sowohl das Männliche als auch das Weibliche.

Wir müssen jetzt ehrlich mit uns selbst sein und uns fragen: Bin ich mit meiner einen Hälfte des Menschseins wirklich zufrieden? Ich habe mich vielleicht daran gewöhnt, es zu denken. Aber habe ich mir das auch gründlich überlegt? Ist es nicht schöner, entspricht es mir als Menschen nicht besser, wenn mir die Möglichkeit gegeben wird, ein ganzer Mensch zu werden, das heißt ein Mensch, der sowohl das Männliche als auch das Weibliche in sich erlebt? Welche Gottheit, die voller Liebe ist, hätte jemals den Entschluß fassen können, uns allen nur eine halbe Erfahrung des Menschseins zuzugestehen? Warum und aus welchem Grunde?

Eines der Grundgesetze der Wiederverkörperungen besteht darin, daß auf eine Inkarnation als Frau eine Inkarnation als Mann folgt und umgekehrt. Es gibt zwar zahlreiche Ausnahmen, aber die Grundregel ist trotzdem diese. Eine weibliche Inkarnation ist einseitig und erzeugt deshalb während des ganzen Lebens eine Art magnetischer Kraft, eine Art globalen Wunsches, der darauf abzielt, auch die in diesem Leben nicht gelebte Seite des Menschseins, die die männliche Seite ist, zu durchleben. Die männliche Inkarnation ist ebenso einseitig. Deshalb erzeugt auch sie den Gesamtdrang, den starken Wunsch, im nächsten Leben die andere Seite, in diesem Falle die weibliche, zu erfahren.

Wer dies bedenkt, sieht sein eigenes Mann- oder Frau-Sein ebenso wie das Mann- oder Frau-Sein der anderen nicht mehr derart einseitig und intolerant, wie es sonst oftmals der Fall ist. Er sagt nicht mehr: «Die Frauen sind so» oder «die Männer sind so». Vielmehr sieht er im anderen seine eigene Vergangenheit beziehungsweise seine eigene Zukunft – eine Sichtweise, die sich, was die sozialen Beziehungen betrifft, selbstverständlich auswirkt. «Ich war selbst einmal so» beziehungsweise «ich werde selbst einmal so sein», sagt sich derjenige, der diese Zusammenhänge durchschaut. Ja, die wahren Fundamente der zwischenmenschlichen Toleranz werden aufgebaut, wenn sich die Menschen der Wiederverkörperung bewußt werden.

Ein weiterer wichtiger Wechsel ist der schon erwähnte zwischen Blutsverwandtschaft und Wahlverwandtschaft. Ich kann meine karmische Beziehung mit einem Menschen, mit dem mich Blutsbande verbinden, nicht frei wählen. Die Tatsache, daß ich nicht frei wählen konnte, erzeugt das ganze Leben hindurch den Wunsch, diesen Mensch wiederzutreffen und dabei in meiner Wahl frei zu sein, das heißt ihn zu meinem Wahlverwandten zu machen. Und umgekehrt. In der geistigen Welt zwischen Tod und neuer Geburt transformiert sich dieser Wunsch in karmische Kräfte, in Schicksalskräfte.

Viel Intoleranz im sozialen Umgang miteinander kommt daher, daß wir alles in einem Leben lösen und erledigen wollen. Diese unsere Ungeduld ist die größte Quelle von Intoleranz. Weil wir alles in einem Leben lösen wollen, versuchen wir, die Dinge zu erzwingen, manipulieren wir die Menschen und sind alles – nur nicht tolerant! Die sozialen Beziehungen werden verdorben, die Begegnungen zwischen den Menschen werden gestört. Wir können nicht alle unsere Beziehungen mit allen Menschen in einem einzigen Leben in Ordnung bringen. Nicht alles kann in einem einzigen Leben «ausgelebt» werden. Wenn wir das wollen, üben wir auf unsere Beziehungen einen starken Zwang aus, und es entsteht ein Druck, der mit der Zeit unerträglich wird, so daß unsere Beziehungen nicht besser, sondern schlechter werden.

Ein weiteres Grundgesetz in der Inkarnationsfolge besteht darin, daß auf ein Leben, in dem die eigene individuelle Entwicklung, das heißt alles, was einen selbst weiterbringt, im Mittelpunkt steht, stets ein Leben «für die anderen» folgt, ein Leben für sein Volk beispielsweise oder ein Leben für die gesamte Menschheit. Das mag überraschend klingen, aber auch diesem Wechsel von Einseitigkeiten kann sich keiner von uns entziehen. Der Sinn dieser Einseitigkeit besteht darin, daß derjenige, dem das eine von vornherein mehr «liegt», das andere freiheitlich sich erringen darf.

Denken Sie einmal, was diese Erkenntnis beispielsweise für einen Therapeuten bedeuten kann. Wenn ein Mensch krank ist oder orientierungslos und einen Therapeuten aufsucht – wie wichtig ist es dann, daß der Therapeut weiß, ob dieser Mensch sich vorgenommen hat, in diesem Leben die eigene Entwicklung in den Vordergrund zu stellen, also alle eventuellen Entwicklungsmöglichkeiten für sich selbst zu nutzen, oder ob er beschlossen hat, in diesem Leben mehr für die anderen zu leben.

Wenn jemand in sich den Impuls erlebt, ganz für die anderen da zu sein und dabei um die Wiederverkörperung weiß, wird er nicht intolerant sein. Er wird andere nicht verurteilen und sagen: Ihr seid nicht in der Lage zu lieben, ihr seid alle Erzegoisten, ihr bringt es nicht fertig, für die anderen da zu sein. Er wird sich sagen: Es kann ja sein, daß ich in meinem nächsten Leben auch in erster Linie darauf werde bedacht sein wollen – oder sogar sein müssen! – in erster Linie meinen eigenen Weg zu gehen; oder vielleicht bin ich ja auch in meinem letzten Leben hauptsächlich meinen eigenen Weg gegangen.

Was ist nun besser: hauptsächlich für sich zu leben oder in erster Linie für die anderen da zu sein? Beides ist einseitig gut! Aber beides gleichzeitig geht nicht: Man muß eins nach dem anderen tun. Wenn wir jedoch das Gesetz des Ausgleichs von Einseitigkeiten durch Wiederverkörperung nicht verstehen, werden wir immer und immer wieder intolerant sein. Denn wer «egoistisch» ist, das heißt wer in sich hauptsächlich den Impuls verspürt, die eigenen Talente zur Entfaltung zu bringen und auszuleben, wird zum anderen sagen: Du hast unrecht, du bist intolerant! Und der andere wird antworten: Du bist ein Erzegoist!

Wenn wir um die Reinkarnation wissen, lernen wir, uns nicht gleich haben zu wollen, denn wir sind nicht gleich. Der Mann ist nicht so wie die Frau, und die Frau ist nicht so wie der Mann. Blutsverwandtschaft ist nicht gleich Wahlverwandtschaft, Wahlverwandtschaft ist nicht gleich Blutsverwandtschaft. Ein Leben, in welchem die eigene Entwicklung im Mittelpunkt steht, ist anders als ein Leben, dessen Sinn hauptsächlich darin besteht, einen Beitrag zur Entwicklung eines Volkes oder der ganzen Menschheit zu leisten.

Noch eine andere Art von Wechsel besteht zwischen einem Leben mehr des «Glaubens» und einem Leben mehr des Erkenntnisstrebens. Es gibt einerseits Menschen, die dem Mysterium des Lebens in erster Linie vom Glauben her begegnen durch Hingabe, und andererseits Menschen, die die Dinge vor allem «verstehen» wollen. Beide Einstellungen sind berechtigt. Wenn wir das einsehen, haben wir wieder eine Basis für zwischenmenschliche Toleranz geschaffen!

So wie das tägliche und das soziale Leben durch das Bewußtsein der Grundgesetze der Wiederverkörperung und des Karma eine ganz neue Gestalt erhalten können, so kann dadurch auch das *Christentum* selbst eine zeitgemäße und erneuerte Form bekommen.

Oft ist der traditionellen Form des Christentums vorgeworfen worden, daß es nicht genügend ins konkrete Leben eingreife, daß es lediglich eine Sonntagsangelegenheit sei. Dieser Einwand ist vielfach berechtigt. Das tägliche Berufsleben hat sich immer mehr den Gesetzmäßigkeiten der physischen Welt angepaßt, wo Wissenschaft und Technik das Wahre sind. Die Religion hat von einer geistigen Welt gesprochen, von der der Mensch immer weniger erleben durfte. Die Naturordnung und die moralische Ordnung klafften immer mehr auseinander. Die Welt des Wissens wurde die Welt der Lebenspraxis; die Welt des Glaubens wurde immer mehr zu einer Welt des abstrakten Jenseits. Materialismus und Spiritualismus wurden beide immer einseitiger. So geriet auch das Christentum als «Religion» immer mehr in Mißkredit.

In der Geisteswissenschaft Rudolf Steiners wird das Christentum zur konkretesten *Lebenspraxis* gemacht. Denn entweder wird das tägliche Leben selbst christlich, oder es gibt gar kein Christentum. Wahres Christentum kann nicht *neben* dem Leben sein, es kann nur selbst *Leben* sein. Entscheidend für dieses Christentum, das zum Leben wird, ist ein Bewußtsein der Wiederverkörperung und des Karma, das selbst nicht nur theoretische Dogmatik bleibt, sondern das Herz so ergreift, daß jede Begegnung mit einem anderen Menschen zum christlichen Sakrament wird.

Ich kann die ewige, geistige Individualität im anderen – den Christus in ihm – nur erleben, wenn ich sein ganz konkretes Wesen als Folge einer langen Entwicklung betrachte. Auch die normale *Freundschaft* besteht darin, daß man nicht nur das jetzige Augenblickliche des Freundes – oberflächlich, ohne erklärende Tiefe – einfach gleichgültig hinnimmt, sondern so viel wie möglich von ihm und seinem Werden kennenlernen will. Christliche Liebe entsteht, wo das Interesse für die Gesamtvergangenheit jedes Menschen und jeder Kreatur aufwacht. Denn erst durch dieses erkenntniserweckende Interesse werden wir mehr und mehr imstande sein, uns gegenseitig tief und wirklich zu *verstehen*. Dieses tiefere Verständnis, das nicht halt machen kann und machen will an den Grenzen des *einen* Lebens, ist erst wahre christliche Liebe. Denn lieben heißt vor allem den anderen verstehen.

Das Christentum der Zukunft ist das Christentum einer solchen gegenseitigen Liebe unter Menschen, die die vielen vergangenen Verkörperungen, die in der gegenseitigen Verquickung der Schicksale durchlebt worden sind, berücksichtigen wollen, um aufzuhören, sich gegenseitig zu beurteilen und zu verurteilen, und um anfangen zu dürfen, sich gegenseitig wirklich zu verstehen. Im Evangelium sagt Christus lapidar: Richtet nicht, auf daß ihr nicht gerichtet werden. Aber nur der hat es nicht mehr nötig zu richten, der den anderen versteht. Und nur der versteht wirklich, der die diesmalige Lebensprägung eines Menschen in ihrem Woher und in ihrem Wohin betrachten will.

Zum Abschluß möchte ich – ausgehend von den vorangegangenen Überlegungen – noch auf einige Phänomene hinweisen, die im Alltag des Zusammenlebens von Bedeutung sind.

Nehmen wir beispielsweise den Begriff der *Treue*. Auch er ändert sich von Grund auf, wenn wir uns der Wiederverkörperung bewußt sind. Wenn wir davon ausgehen, daß wir nur einmal leben, ist das, was wir Treue nennen, immer mit einer gewissen Unfreiheit verbunden. Treue zu fordern bedeutet nach herkömmlichem Verständnis im Grunde genommen doch nichts anderes, als zu verlangen, daß alle Probleme einer Beziehung in einem einzigen Leben bewältigt und gelöst werden müssen. Das aber ist letzten Endes nichts anderes als eine moralische Erpressung.

Wenn ich in meine Überlegungen den Gedanken der Wiederverkörperung mit einbringe, verstehe ich Treue noch ganz anders. Ich gehe von der Tatsache aus, daß niemand, der mit mir karmisch verbunden ist, jemals aus dieser Verbindung herauskann. Eine karmische Verbindung ist eine Schicksalsverbindung, die niemals aufhört. Es treten immer mehr Menschen, immer wieder neue Menschen mit in diese Verbindung ein, denn am Ende der Evolution sollen ja alle Menschen miteinander verbunden sein, sollen wir alle ein organisches Mit- und Ineinander im einzigen Leib Christi sein.

Die Treue liegt also, wenn wir von der Wiederverkörperung ausgehen, in der Tatsache begründet, daß jeder Mensch, der jetzt karmisch mit mir verbunden ist, immer karmisch mit mir verbunden sein wird. Worum es geht, ist die jweilige richtige Ausgestaltung dieser Beziehung. Und wir haben Zeit, genügend Zeit, um die Dinge in Ordnung zu bringen. Wir brauchen nicht, wenn ein Leben zu Ende geht, mit allem fertig zu sein: Es darf noch unerledigte Aufgaben geben!

Ferner ändert sich durch das Bewußtsein von Wiederverkörperung auch unsere Sichtweise von *Lohn* und *Strafe* von Grund auf. Lohn und Strafe sind, wenn wir von der Wiederverkörperung als einer Tatsache ausgehen, nichts anderes als Illusionen, die immer dort in die Welt gesetzt werden, wo die Menschen das Bewußtsein der Wiederverkörperung verloren haben. Für jemanden, der sich der Wiederverkörperung bewußt ist, gibt es weder Lohn noch Strafe; es existiert für ihn weder das eine noch das andere. Denn was sind Lohn und Strafe?

Jemanden belohnen bedeutet, zu dem, was jemand geworden ist, etwas hinzufügen wollen; jemanden bestrafen heißt, jemandem noch eins auf den Deckel geben wollen, wenn seine Evolution ohnehin schon negativ verlaufen ist. Die einzige Belohnung, die es gibt, ist das, was wir im positiven Sinn werden. Die einzige Strafe, die wir bekommen können, ist das, was wir an eigener Entwicklung versäumt haben.

Zu dem, was jeder von uns aus sich macht, gibt es nichts hinzuzufügen. Ebensowenig gibt es davon etwas wegzunehmen. Das menschliche Wesen ist das Wesen der Freiheit, das sich, eben weil es frei ist, auf seinem Entwicklungsweg selbst schafft. Es ist ganz unmöglich, einen Menschen besser oder schlechter zu machen, als er sich selbst gemacht hat. Freiheit und Wiederverkörperung vorausgesetzt, ist jeder von uns auf jeder Stufe der Evolution genau das, wozu er sich selbst «gemacht» hat. Daran kann nichts und niemand etwas ändern.

All die Ängste, die man den Menschen einflößen will, indem man ihnen vom Höllenfeuer erzählt, und all die «Belohnungen», von denen man ihnen verspricht, daß sie

sie im Paradies erhalten werden, sind nichts anderes als moralische Erpressungen, die im Widerspruch zur Freiheit stehen. Ein Mensch, der selbst der Schmied seines Schicksals und seines Werdens ist, braucht weder Lohn noch Strafe zugeteilt. Wenn er frei wird, ist die Freiheit der höchste Lohn, den er erhalten kann; verliert er aber im Laufe seiner Inkarnationen die Fähigkeit zur Freiheit, so bedeutet das für ihn die Hölle, und eine schlimmere «Strafe» als diese Hölle gibt es ebenfalls nicht.

Man könnte natürlich noch vieles mehr sagen. Ich hoffe jedoch, daß es mir gelungen ist, Ihnen mit diesen paar Beispielen wenigstens eine ganz kleine Vorstellung davon vermittelt zu haben, wie tiefgreifend und real die Veränderungen im sozialen Miteinander sind, die sich ergeben, wenn die Menschen sich der Wiederverkörperung bewußt sind und wenn die Überzeugung von der Wiederverkörperung nicht bloße Theorie bleibt, sondern wenn es uns gelingt, ihre realen Konsequenzen im täglichen Leben zu erkennen und auszuleben.

Mit dem Bewußtsein der Wiederverkörperung leben – nicht nur im Kopf, sondern auch im Herzen – bedeutet, *tolerant* zu werden. Sind wir aber tolerant, haben wir auf dem Weg zur Liebe schon mehr als die halbe Strecke zurückgelegt. Mehr als die halbe Strecke. Denn wahre Toleranz ist Liebe.

Sechster Vortrag:

Wiederverkörperung, Auferstehung des Christus und Auferstehung des Fleisches

Wir wollen heute unsere Betrachtung vor allem auf den christologischen Aspekt der Frage der Wiederverkörperung richten. Dazu seien zunächst noch einmal einige der Grundgedanken dieser Tage kurz zusammengefaßt.

Das Ziel der Entwicklung der Menschheit besteht in der Vergöttlichung des Menschen; denn die Gottheit will den Menschen mit dem in Verbindung bringen, was in ihm selbst das Beste ist. Und das Beste im Menschen ist eben seine göttliche Dimension oder, sagen wir, der göttliche Funke, den jeder Mensch in sich hat. Der Begriff des Göttlichen ist in der Geisteswissenschaft identisch mit dem Begriff des Ich, mit dem Begriff der in ihrem Denken, Fühlen und Wollen freien geistigen Individualität. Jede geistige Individualität, die frei ist in ihrem Denken, Fühlen und Handeln, ist göttlich.

Das ist auch, wie schon erwähnt, der Begriff des Göttlichen im Neuen Testament: Der Blindgeborene ist deshalb blind, weil sich auf diese Weise äußerlich, das heißt an seinem physischen Leib die Werke der freien – und folglich für ihr Handeln selbst verantwortlichen – und göttlichen – das heißt zu eigenem Denken und eigenem, selbstverantwortlichen Handeln fähigen – Individualität, die in ihm ist, zeigen.

Dieser ursprünglichen Absicht, den Menschen im Laufe seiner Evolution in Freiheit die Stufe göttlicher Würde zu ermöglichen, entspricht auch die Gesamtbedeutung der Menschwerdung des Christus. Der Christus, die höchste göttliche Entität unseres Kosmos, wird Mensch, um uns zu zeigen, auf welche Art und Weise die menschliche Natur mit der göttlichen vereinbar ist, wie die menschliche Natur im Laufe ihrer Evolution zur Göttlichkeit erhoben werden kann, auf die göttliche Ebene emporsteigen kann. Deshalb haben wir im Christus-Ereignis – in der Mitte der menschlichen Evolution – seitens des Christus-Wesens eine Vorwegnahme all dessen, was der Mensch werden kann, wenn er sich nach und nach vergöttlicht.

Wenn man darüber nachdenkt, ob der Mensch göttlich *ist* oder nicht, entsteht leicht ein Mißverständnis. Wenn wir einen normalen Menschen nehmen, der auf der heutigen Entwicklungsstufe steht, dann müssen wir selbstverständlich in aller Aufrichtigkeit sagen, daß der Unterschied zwischen dem, was er bis jetzt als Mensch geworden ist, und dem, was uns der Christus als Entwicklungsmöglichkeit des Menschseins gezeigt hat, abgrundtief ist. Aber es handelt sich hier nicht um einen prinzipiellen Unterschied. Es handelt sich hier nicht um einen Unterschied, der dazu bestimmt ist, immer so zu bleiben, wie er jetzt ist. Im Gegenteil: Dieser Unterschied ist dazu bestimmt, überwunden zu werden.

Daß dieser abgrundtiefe Unterschied zwischen dem, was der Christus in menschlich-göttlicher Hinsicht seit seiner Menschwerdung ist, und dem, was wir heute – in sehr menschlicher und kaum in göttlicher Hinsicht – sind, überwunden werden kann, können wir aber nur denken und bejahen, wenn wir davon ausgehen, daß wir mehrere Leben zur Verfügung haben. Es ist uns allen ganz klar, und wir haben keinerlei Zweifel darüber, daß jeder Mensch heute als ein Mensch stirbt, der unendlich weit davon entfernt ist, göttlich zu sein. Denn wenn ich davon ausgehe, daß es keine Wiederverkörperung gibt, daß man nur einmal lebt, dann bleibt es dabei, daß das Menschliche und das Göttliche prinzipiell und für immer wesensunterschiedlich bleiben. Wenn ich dem Menschen jedoch mehrere Erdenleben gebe, während derer er die Möglichkeit hat, sich immer weiter zu entwickeln, sich immer mehr zu vergöttlichen, ergeben sich ganz neue Perspektiven.

Ich habe in diesen Tagen auch gesagt, daß das Christus-Ereignis eine völlig andere Interpretation erfährt, wenn man von der Wiederverkörperung ausgeht. Wenn man davon überzeugt ist, daß der Mensch nur einmal lebt, kommt das, was die Gottheit auf göttliche Weise in den Menschen als Gnade hineingießt, für den Menschen von außen, das heißt, der Mensch empfängt es als etwas, was nicht zu seiner eigenen Natur gehört. Wenn wir von der Wiederverkörperung ausgehen, sagen wir, daß uns Christus gezeigt hat, was der Mensch selbst im Laufe seiner Entwicklung werden kann.

Die göttliche Gnade und die göttliche Liebe werden einem viel größer und tiefer, wenn die Gottheit dem Menschen selbst die Möglichkeit gibt, alle Stadien des Göttlichen als Entwicklungserrungenschaften auf der Grundlage der Freiheit zu erleben. Dies ist nicht der Fall, wenn die Gottheit dem Menschen die göttliche Dimension von außen, das heißt als etwas, was nicht ein Eigenes des Menschen ist, zuteil werden läßt.

Eine Gottheit, die den Menschen erlöst, weil der Mensch sich nicht selbst erlösen kann, wäre eine Gottheit, die ihn um ein Unendliches weniger lieben würde als eine Gottheit, die dem Menschen die Fähigkeit verleiht, sich in

Freiheit zu vergöttlichen. Das ist der Grundgedanke dieser Tage. Und wenn die Gottheit dem Menschen die Fähigkeit verleiht, durch Freiheit immer «göttlicher» zu werden, dann ist diese verliehene Fähigkeit die größte Gnade, die es geben kann, denn der Mensch kann sich diese Fähigkeit ja nicht selbst geben. Und wenn wir sagen, daß die göttliche Liebe darin besteht, dem Menschen die Fähigkeit zu verleihen, die göttliche Stufe durch Freiheit zu erreichen, dann, so glaube ich, müssen wir konsequenterweise auch sagen, daß das in gar keinem Fall in einem einzigen Leben möglich ist.

Ich habe eine Schwester, die katholische Nonne ist. Sie kann es nicht ertragen, daß ich wegen des «Teufels» namens Rudolf Steiner in die Hölle kommen soll. Sie will unbedingt, daß ich in den Himmel komme. Und aus der Perspektive ihrer Überzeugungen kann sie auch gar nicht anders denken und wollen. Sie tut es mit viel Liebe, mit großer Liebe. Ich aber empfinde – und ich glaube, daß das der Wahrheit entspricht – ihre Haltung mir gegenüber als sehr intolerant, denn meine Schwester will mich zwingen, in ihr Paradies zu gehen, und zwar am Ende *dieses* Lebens – denn andere gibt es für sie nicht. Das ist eine objektive Realität. Sie will aber persönlich wirklich nur mein Bestes. Wir dürfen jedoch nicht nur die guten Absichten der Menschen sehen. Wir müssen auch die objektive Realität sehen.

Es nützt im täglichen Zusammenleben nichts, daß der andere die gute Absicht hat, tolerant zu sein oder daß der andere nur mein Bestes will. Tolerant sein heißt nicht nur, für den anderen unbedingt nur das Beste zu wollen. Tolerant sein bedeutet noch dazu, den anderen in Ruhe lassen zu können. Das ist etwas ganz anderes. Toleranz ist die innere Gelassenheit, den Weg des anderen zu respektieren und nicht, ihm das, was man selbst für das Beste hält, oder die eigenen guten Absichten aufzwingen zu wollen.

Im Bewußtsein der Wiederverkörperung besteht überhaupt kein Grund zur Eile, denn sonst wäre ja auch ich gezwungen, unbedingt zu wollen, daß meine Schwester Steiner kennenlernt, weil sie ewig verdammt wäre, wenn sie Steiner nicht kennenlernen würde. Ich müßte wollen, daß sie endlich anfängt, Steiner zu lesen, damit sie endlich die «richtige» Einstellung bekommt. Dank dem Bewußtsein der Wiederverkörperung kommt mir nicht einmal der Gedanke, es zu wollen. Ich sage mir: Jeder ist eben gerade an diesem Punkt seiner Evolution angekommen, an dem er sich jetzt befindet; und es ist Zeit genug für alle. Rudolf Steiner schreibt in seiner *Philosophie der Freiheit*: «*Leben* in der Liebe zum Handeln und *Lebenlassen* im Verständnisse des fremden Wollens ist die Grundmaxime der freien Menschen» (Kap. IX). Es ist zugleich die Grundmaxime der *toleranten* Menschen!

Was ich damit zum Ausdruck bringen wollte, ist, daß es notwendigerweise zu Intoleranz kommen *muß*, wenn man denkt, daß man nur einmal lebt, und wenn man dabei nicht vollkommen gleichgültig ist. Denn die Alternative wäre ja, daß einem alles egal ist. Was notwendig ist, ist *innere* Toleranz. Ich würde ein großes Fragezeichen hinter die Behauptung setzen, daß man sehr wohl tolerant sein könne, auch wenn man nur die Perspektive eines einzigen Lebens hat. Ich würde vielmehr sagen: Wenn man davon ausgeht, daß man nur einmal lebt, gibt es zwei Möglichkeiten. Entweder man ist intolerant, oder es ist einem alles gleichgültig. Die Auffassung des «alles ist relativ» ist auch eine Form von Gleichgültigkeit.

Bevor ich nun zu einigen positiven Betrachtungen der Geisteswissenschaft komme, die sich auf das Mysterium der Auferstehung des Christus und der Auferstehung des Fleisches beziehen, scheint es mir wichtig, auf die katholische Position zu sprechen zu kommen. Ich will deshalb auf ein Dokument der Internationalen Theologischen Kommission, die sich innerhalb der katholischen Kirche einer gewissen Offizialität erfreut, etwas eingehen. Das Dokument trägt den Titel «Aktuelle Probleme der Eschatologie» und ist Ende 1992 erschienen. In diesem Dokument geht es unter der Nr. 9 um die «Nichtwiederholbarkeit und Einzigartigkeit des menschlichen Lebens: Die Probleme der Wiederverkörperung». Ich lese Ihnen jetzt nur die Punkte vor, die mir von grundsätzlicher Bedeutung für unser Thema zu sein scheinen.

Es gibt da drei Abschnitte, die am Ende je eine in Klammern gesetzte Aussage enthalten. In der ersten Klammer heißt es «Negation der Hölle», in der zweiten «Negation der Erlösung» und in der dritten «Negation der Auferstehung». In drei kleinen Abschnitten wird also die Theorie der Wiederverkörperung so vorgestellt, als ob sie Hölle, Erlösung und Auferstehung verneinen würde. Dann wird folgender Schluß gezogen:

«Diese vier Elemente» – das erste Element bestand lediglich darin, daß behauptet wird, der Mensch lebe mehrmals –, «aus denen die Anthropologie der Wiederverkörperung besteht, stehen im Widerspruch zu den wesentlichen Inhalten der christlichen Offenbarung. Es braucht nicht weiter darauf hingewiesen zu werden, daß die Anthropologie der Wiederverkörperung damit grundverschieden ist von der Anthropologie, die für das Christentum charakteristisch ist. Das Christentum vertritt eine Dualität, die Reinkarnationslehre vertritt einen Dualismus.»

Dualität ist das Gegenteil von Dualismus, so wird hier behauptet. Dualität und Dualismus sind folglich nicht miteinander vereinbar! «Das Christentum vertritt eine Dualität, die Wiederverkörperungslehre einen Dualismus, in welchem der Körper ein bloßes Instrument der Seele ist. Die Seele verläßt nach jedem Erdenleben ihren jeweiligen Körper, um in einen ganz anderen Körper zu schlüpfen. In eschatologischer Hinsicht lehnt die Wiederverkörperungslehre die Möglichkeit der ewigen Verdammnis sowie die Idee der Auferstehung des Fleisches ab.»

Diese Behauptungen sind ungeheuerlich, wenn man sie beispielsweise auf die Auffassung der Wiederverkörperung bei Rudolf Steiner bezieht. Ja, sie könnten ungeheuerlicher gar nicht sein. Außerdem wird hier alles in einen Topf geworfen. Es wird von «der Wiederverkörperungslehre» gesprochen, ohne daß dazugesagt wird, welche Wiederverkörperungslehre gemeint ist. Wird von den Buddhisten gesprochen oder von Steiner?

Für uns hier ist es wichtig, uns diese drei kleinen Abschnitte, in denen gesagt wird, daß die Wiederverkörperungslehre Hölle, Erlösung und Auferstehung verneine, näher zu betrachten. Wenn man zu Steiner sagen würde, daß es seiner Auffassung von Wiederverkörperung nach keine Hölle gibt, würde er wahrscheinlich fragen: Was meint ihr denn mit Hölle? Die ewige Verdammnis?

Was die «Negation der Erlösung» betrifft, so hoffe ich, daß in diesen Tagen doch bereits klar geworden ist, daß die Steinersche Wiederverkörperungslehre die Erlösung nicht verneint – ganz im Gegenteil! Es war meine Absicht, Ihnen den Steinerschen Erlösungsgedanken so nahezubringen, daß klar wird: Hier wird die Erlösung des Menschen, die in seiner Vergöttlichung besteht, nicht nur konkreter, sondern auch viel substantieller und wesenhafter, und sie wird wirklich ernst genommen. Denn der Weg des Menschen durch mehrere Erdenleben hindurch ist seine reale Erlösung, die in seiner Vergöttlichung besteht, die *sowohl* das Werk der göttlichen Gnade *wie auch* der menschlichen Freiheit ist.

Ich möchte Sie jetzt um Ihre ganz besondere Aufmerksamkeit bitten. Ich lese Ihnen die drei genannten Abschnittchen ganz vor, denn sie sind, wie gesagt, nicht sehr lang. Ich bin sicher, daß diejenigen von Ihnen, die Steiner ein wenig kennen, erschüttert sein werden über das, was hier von der katholischen Internationalen Theologischen Kommission behauptet beziehungsweise denjenigen ohne jede Unterscheidung in den Mund gelegt wird, die die Wiederverkörperungslehre vertreten.

Erster Abschnitt: «Es gibt ein Naturgesetz, nach welchem die Entwicklung ständig fortschreitet, solange, bis die Perfektion erreicht ist. Es ist dasselbe Gesetz, welches die Seelen zu immer neuen Leben drängt und welches weder ein Zurück noch einen endgültigen Stillstand erlaubt. Ein endgültiger Zustand ewiger Verdammnis wird a fortiori ausgeschlossen. Nach Ablauf einer mehr oder weniger langen Reihe von Jahrhunderten erreichen alle Menschen den perfekten Endzustand eines rein geistigen Daseins (Negation der Hölle).»

Ich erkenne in diesen Aussagen nichts von Steiner wieder. Rein gar nichts. Es ist alles falsch. Also: «Es gibt ein Naturgesetz, nach welchem die Entwicklung ständig fortschreitet, bis die Perfektion erreicht ist.» Dies scheint mir in dieser Formulierung recht allgemein und abstrakt ausgedrückt zu sein; man kann es hingehen lassen. «Es ist dasselbe Gesetz, welches die Seelen zu immer neuen Leben drängt ...» Steiner spricht nicht von der Seele, sondern vom menschlichen Geist, das heißt vom Ich, von der

Individualität, nicht von der Seele. Die vorchristlichen Religionen konnten nur von der Seele, vom Astralischen reden. Solange kein Ich da ist, kann man nicht von Wiederverkörperung sprechen. Steiner spricht nicht von Metempsychose oder Seelenwanderung – womit das Übergehen einer seelischen Substanz von einem Körper in einen anderen gemeint ist –, sondern von Wiederverkörperung des *Geistes*, der geistigen Individualität, des menschlichen Ich. Das sind zwei ganz und gar verschiedene Dinge. Im anthroposophisch-christlichen Sinn wird von Wiederverkörperung gesprochen und nicht – niemals! – von Metempsychose, von Seelenwanderung.

Ich wiederhole: Unter Metempsychose (psyche, Seele) versteht man das Übergehen einer seelischen Substanz von einem Körper in einen anderen Körper, wobei die seelische Substanz aus dem ersten Körper heraustritt, ihn verläßt, sterben läßt. Seelische Substanz ohne geistiges Ich ist dem Tier eigen. In der lateinischen Sprache haben wir noch den gleichen Wortstamm für Tier (animal) und Seele (anima). Beim Tier haben wir solch eine seelische Substanz, nämlich die Gruppenseele: Wenn ein Löwe oder ein Wolf stirbt, so verläßt die Gruppenseele den toten Löwen oder den toten Wolf, um in einen anderen Löwen oder einen anderen Wolf einzuziehen, wobei es sich jeweils um dieselbe seelische Substanz handelt.

Also Steiner spricht nicht von Metempsychose oder Seelenwanderung, sondern von Wiederverkörperung des Menschen. In dem Text, den ich Ihnen soeben vorgelesen habe, gibt es nicht den geringsten Hinweis auf diesen grundlegenden Unterschied! Man verwechselt Seele und Geist, als ob sie dasselbe wären.

«... welches weder ein Zurück noch einen endgültigen Stillstand erlaubt.» Das Gegenteil ist wahr. Steiner sagt, es liege im Wesen der Freiheit begründet, daß der Mensch seinen Weg auch in die negative Richtung gehen kann. Denn wenn sich der Mensch nicht auch zum Negativen hin entwickeln könnte, wäre er nicht frei.

Ich werde nun das, was ich aus der katholischen Auffassung heraushöre, ein wenig verallgemeinern. Ich möchte aber noch etwas vorausschicken, und das ist Folgendes: Wenn Sie sich die Dinge, die in der ehrlichen Absicht gesagt werden, eine Gegenüberstellung zu machen, nur mit dem Ziel anhören, irgendwelche «Haken» zu finden, so werden Sie davon natürlich so viele finden, wie Sie nur wollen. Mein Ziel besteht aber darin, eine offizielle katholische Darstellung aufrichtig auf das zu prüfen, was in ihr über die Wiederverkörperungslehre geschrieben steht.

Wenn die Gedanken derer, die die Wiederverkörperung vertreten, auf diese Weise entstellt werden, sind sie natürlich absurd. Das ist der Grund, warum ich mir dafür jetzt ein paar Minuten Zeit nehme. Würde ich es nicht tun, könnte jemand kommen und sagen: Die katholische Position, das heißt die Argumente, die die Menschen gegen die Reinkarnation haben, ist ja überhaupt nicht berücksichtigt worden. Die Gedanken der anderen Seite sind ja überhaupt nicht zur Sprache gekommen. Ich will hier wirklich nicht polemisieren. Dazu sind mir die Dinge viel zu ernst.

Im genannten Text heißt es: «... welches weder ein Zurück noch einen endgültigen Stillstand erlaubt.» Viele Katholiken haben, wie schon erwähnt, mit dem Mysterium der ewigen Hölle, mit dem Problem einer negativ verlaufenden Evolution, an der nicht einmal Christus etwas ändern kann, weil hier das Mysterium der Freiheit berührt wird, viel mehr Schwierigkeiten als Anthroposophen. Denn in der Geisteswissenschaft Rudolf Steiners hat man den Mut zu sagen: Es liegt in der Natur der Freiheit begründet, daß der Mensch auch die Möglichkeit haben muß, seine Evolution immer mehr in die negative Richtung gehen zu lassen.

Zu einer Radikalisierung des Negativen, das heißt zu einem negativen Stadium, das in einem gewissen Sinne endgültig ist, kann man eben nicht in einem einzigen Leben gelangen. Wenn sich ein Mensch jedoch über mehrere Erdenleben hinweg systematisch so verhält, daß er seine Freiheit immer mehr verliert, daß er seine Freiheit nie wahrnimmt, so daß er immer weniger frei wird, dann hat am Ende niemand das Recht, das, was dieser Mensch geworden ist, von außen zu ändern.

Es gibt also, ganz objektiv gesprochen, in der Geisteswissenschaft Rudolf Steiners eine weitaus größere Bereitschaft, einen größeren Mut, zu sagen, daß die Konsequenzen der Freiheit sowohl im Positiven wie auch im Negativen durchaus endgültig werden. Unter Katholiken hingegen ist ein wachsendes Unbehagen zu verzeichnen, wenn es um die Frage der ewigen Verdammnis geht.

Das Problem liegt im Grunde genommen bei dem Wörtchen «ewig». Dieses Wort gibt es in der Anthroposophie nicht, denn es handelt sich dabei um einen völlig abstrakten Begriff. Ich habe deswegen im Zusammenhang mit dem Verlust der Freiheit von einem negativen Stadium gesprochen, das «in einem gewissen Sinne endgültig» ist. Nach dieser, sagen wir, «gewissen» Endgültigkeit wird es nämlich andere kosmische Zyklen geben, und es wird wieder möglich sein, von neuem eine Evolution zu beginnen.

Wer sich in der Anthroposophie auskennt, weiß, daß Steiner von sieben großen planetarischen Verkörperungen der Erde spricht. Wir hatten zuerst den Saturnzustand der Erde, danach den Sonnen- und dann den Mondzustand. Augenblicklich erleben wir die vierte Verkörperung der Erde als Erde; am Ende dieser Verkörperung der Erde als Erde wird es eine gewisse Abspaltung zwischen Gut und Böse geben, das heißt eine gewisse Radikalisierung des Guten und des Bösen: des Guten im Sinne der Realisierung der Freiheit und der Vergöttlichung des Menschen und des Bösen im Sinne eines radikalen Freiheitsverlustes.

Die Apokalypse spricht in diesem Zusammenhang vom «Abgrund des Tieres». Warum? Weil die erste untermenschliche Stufe, auf der es kein Vermögen der Freiheit, sondern nur Natur-Determinismus gibt, die Stufe des Tieres ist. Also endet ein Mensch, der im Laufe seiner freien Evolution die Freiheit immer mehr verliert, auf der Stufe des Tieres, das heißt auf der nächsten Stufe des Natur-Determinismus. Deswegen spricht die Apokalypse vom Abgrund im Tier, vom Abgrund des Tieres. Diesen Ernst der Freiheit bestätigt die Geisteswissenschaft Rudolf Steiners aufs entschiedenste.

Es wird dann noch eine weitere Evolutionsmöglichkeit geben, und zwar sowohl für die Menschen, die ihre Evolution auf der Erde in positiver Weise absolviert haben, als auch für diejenigen, die sie in negativer Weise verbracht haben. Erst auf der zukünftigen, sechsten Verkörperung unserer Erde, «Venus» genannt, wird es innerhalb der Menschheit zu einer noch radikaleren Trennung von Gut und Böse kommen. Auf dem «Vulkan» schließlich, auf der siebten planetarischen Verkörperung der Erde, wird es, was diese Siebenheit der Evolution betrifft, keine «Erlösung» mehr geben können.

Aber das Ende dieses Septenats ist wiederum nicht das Ende *aller* Evolution. Die Idee, daß die Evolution an einem bestimmten Punkt aufhört, ist eine ganz abstrakte. Die Evolution kommt niemals zu einem «Stillstand». Die

Möglichkeiten der Gottheit, Welten zu erschaffen, sind unbegrenzt. Jedenfalls werden die Menschen, die ihre Evolution in negativer Weise durchlaufen haben werden, in diesem unseren Zyklus, der nach Rudolf Steiner der größte Zuklus ist, den wir kennen und der aus sieben planetarischen Zuständen der Erde (Saturn, Sonne, Mond – Erde – Jupiter, Venus, Vulkan) besteht, eine letzte Erlösungsmöglichkeit auf der Venus haben.

Steiner führt diese Dinge aus unter anderem in seinem Vortragszyklus *Die Apokalypse des Johannes* und in seinem Werk *Die Geheimwissenschaft im Umriß.*[6] Es ist also – zumindest was Rudolf Steiner betrifft – objektiv falsch, wenn gesagt wird, daß die Wiederverkörperungslehre die «Hölle» verwirft. Denn der Begriff der Hölle ist identisch mit dem Begriff der Radikalisierung der negativen Evolution der Freiheit. Das allmähliche Rückgängigmachen des Vermögens der Freiheit: das ist die Hölle. Und die Möglichkeit, daß sich die Freiheit in die negative Richtung entwickelt, liegt nach Steiner in der Natur der Freiheit selbst begründet.

Ich kenne viele Katholiken, die den Gedanken der «ewigen Verdammnis» so unerträglich finden, daß sie unbedingt wollen, daß alle Menschen dank der Güte Gottes letzten Endes doch noch ins Paradies kommen. Wenn man so denkt, schafft man jedoch die Freiheit ab.

Der zweite Abschnitt, in dem es heißt, daß die Erlösung verneint wird, scheint mir in gewisser Hinsicht noch verhängnisvoller zu sein. Ich zitiere:

«Das Endziel wird durch die eigenen Verdienste erreicht. Die Fortschritte, die die Seele in jedem neuen Leben erzielt, richten sich nach den Anstrengungen, die sie selbst unternimmt. Alles Böse, was begangen wurde, wird ausgeglichen durch persönliche Sühnopfer, die der Geist in neuen und schwierigen Inkarnationen auf sich nehmen muß (Negation der Erlösung).»

Die Aussagen, die in diesem kurzen Abschnitt gemacht werden, sind meiner Ansicht nach richtig. Völlig falsch hingegen ist die Schlußfolgerung in der Klammer. Es wird folgendermaßen argumentiert: Da die Vertreter der Wiederverkörperungslehre von der Selbsterlösung des Menschen sprechen, schließen sie eine Erlösung durch Gnade aus.

Darin liegt ein ungeheurer Denkfehler! Das ist genauso sinnvoll, als wenn man behaupten würde, daß die Mithilfe der Eltern ganz aufhört, sobald ein Kind anfängt, mitzuentscheiden. Denn hier wird ja, mit anderen Worten, gesagt, dadurch, daß an der Entwicklung des Menschen die Freiheit beteiligt ist, sei die Gnade ausgeschlossen. Warum soll die Gnade ausgeschlossen sein? Warum soll die eine Tatsache, nämlich die, daß ich selbst mitverantwortlich bin für meine Evolution, die andere Tatsache, nämlich die, daß mir unendlich viele Wesen zur Seite stehen, ausschließen? Diesen Wesen verdanke ich erstens und vor allen Dingen meine *Fähigkeit* zur Freiheit – worin eine unendliche tägliche Gnade liegt! – und zweitens die täglichen Entwicklungsbedingungen, die ich nicht selbst schaffen, aber ohne die ich meine Freiheit nicht ausüben kann. Gnade und Freiheit passen also sehr wohl zusammen. Mehr noch: Keine Gnade ohne Freiheit und keine Freiheit ohne Gnade!

Hier wird aber so argumentiert: Wo Freiheit ist, wo ich es bin, der über meine Evolution mit entscheidet, da ist das andere ausgeschlossen. Das ist ein armes Denken; ein sehr armes Denken!

Ich lese Ihnen diese Sätze noch einmal vor: «Das Endziel wird durch die eigenen Verdienste erreicht. Die Fortschritte, die die Seele in jedem neuen Leben erzielt, richten sich nach den Anstrengungen, die sie selbst unternimmt. Alles Böse, was begangen wurde, wird ausgeglichen durch persönliche Sühnopfer, die der Geist in neuen und schwierigen Inkarnationen auf sich nehmen muß (Negation der Erlösung).»

Nein. Das folgt auf gar keinen Fall. Drei Personen, nennen wir sie A, B und C, arbeiten zusammen an einer Sache: Wenn A etwas macht, ist A für etwas verantwortlich. A kann etwas frei entscheiden. Haben dann B und C nichts zu tun?! So wird hier aber argumentiert. Da der Mensch mitverantwortlich ist für seine Evolution, wird gefolgert, daß kein anderer, weder der Schutzengel, noch die Erzengel oder andere, mehr etwas zu tun hat?! Und in Klammern setzt man dann noch hinzu: «Negation der Erlösung». Und das ist ein Dokument der katholischen «Internationalen Theologischen Kommission»!

Ich habe «Erlösung» folgendermaßen charakterisiert: Erlösung ist das unendliche Werk der geistigen Wesen, das darin besteht, uns täglich die Ausübung der Freiheit zu ermöglichen. Den Menschen dem Vermögen nach frei machen, dem Menschen alle Bedingungen der Freiheit zur Verfügung stellen, das ist Erlösung. Es ist eine unermeßliche Gnade. Darin liegt ein ungeheures Wirken der Hierarchien, und ohne dieses Wirken wäre die Ausübung der Freiheit absolut unmöglich.

Der dritte Abschnitt, wo es am Ende «Negation der Auferstehung» heißt, ist ein wenig komplexer. Ich lese ihn vor:

«Je mehr sich die Seele der endgültigen Perfektion nähert, desto weniger materiell wird der Leib sein, den sie in den folgenden Inkarnationen annimmt.»

Es stimmt nicht, daß die Seele einen Leib «annimmt»! Die Seele nimmt nicht Leiber an, die immer «weniger materiell» sind! Es ist vielmehr so, daß die Seele den Leib immer mehr durchgeistigt, daß die Materie, die Leiblichkeit verwandelt wird. Woher sollten denn sonst die Seelen diese immer «weniger materiellen» Leiber «nehmen»?

Weiter: «In diesem Sinne hat die Seele die Tendenz, schließlich ganz vom Leib unabhängig zu werden.»

Nein. Es ist ja gerade die Seele oder vielmehr der Geist, der die Leiblichkeit erlöst und verwandelt. Hier wird, mit anderen Worten, angenommen, daß die Leiblichkeit nicht verwandelbar ist, daß die Erde nicht erlöst werden kann und daß die Seele immer geistiger wird, so daß sie sich am Ende selbständig macht und den Leib verläßt. Und genau das ist nicht wahr.

Weiter: «Indem die Seele diesen Weg geht, erreicht sie schließlich ein Endstadium, in welchem sie endlich für immer leibfrei und unabhängig von der Materie lebt (Negation der Auferstehung).»

Steiner sagt genau das Gegenteil. Ich verstehe bei Steiner das genaue Gegenteil! Es geht bei ihm nicht darum, daß der Mensch «unabhängig» von der Materie wird und diese immer die gleiche bleibt, sondern es geht um die allmähliche Verwandlung und Vergeistigung der Materie selbst, es geht um die «Auferstehung des Fleisches» im echt christlichen Sinne.

Nun will ich einige wesentliche Aspekte der Christologie Rudolf Steiners im Zusammenhang mit der Wiederverkörperung betrachten.

Zu Beginn der Erdenevolution hat das Christus-Wesen – welches das Schicksal der Menschheit in Liebe zum Menschen führt und welches deshalb die Erhebung des Menschen zur Würde eines freien, selbständigen Wesens als Ziel an den Anfang des Weges der Erde und des

Menschen gesetzt hat – den Entschluß gefaßt, sich aus der Leiblichkeit der Erde herauszuziehen. Um uns Raum zu lassen, zog der Christus die Sonne aus dem Erdenleib heraus: Die Sonne entfernte sich aus der Erde.

Die erste Geste kosmischer Liebe des Christus der Menschheit gegenüber war seine Entscheidung, einer Evolution der Freiheit, deren erste Phase eine negative und egoistische sein muß, Raum zu geben. Das ist es, was im Gleichnis vom verlorenen Sohn zum Ausdruck kommt, wenn der Vater dem Sohn gern sein Erbteil gibt, damit der Sohn selbständig werden kann. Denn der Vater sieht im Erreichen der Unabhängigkeit von seiten seines Sohnes dessen reale Evolution – also das, was seinem Sohn zum Guten gereicht. Es handelt sich um so etwas wie ein Abstandnehmen; oder besser gesagt, es handelt sich darum, dem anderen die Möglichkeit zu geben, Abstand zu nehmen und selbständig zu werden.

Dadurch, daß sich das Sonnenwesen aus dem Erdenleib entfernt hat, hat es den Freiraum geschaffen, der notwendig ist, damit Evolution beginnen kann, und die erste Evolutionsphase der Freiheit ist eine egoistische. Die erste Stufe, die auf dem Weg zur Freiheit hin erklommen werden muß, ist immer eine Stufe des Egoismus. Wir haben es hier zunächst mit einer negativen Freiheit zu tun, das heißt mit einer emanzipatorischen Freiheit des Sich-Sonderns und des Sich-Absetzens.

Vor der Freiheit haben wir die Symbiose, die Einheit mit dem Mutterwesen, mit dem mütterlichen Kosmos, da haben wir den paradiesischen Urzustand. Wenn Unabhängigkeit entstehen soll, wenn wir Individuation haben wollen, muß der erste evolutive Schritt ein Schritt der Loslösung sein. Dieser Prozeß ist es, den wir «Egoismus» nennen.

Egoismus ist etwas Einseitiges. Gewiß. Wenn ein Junge oder ein Mädchen mit 14, 15 oder 16 Jahren anfängt, sich gegen die Eltern, gegen die Gesellschaft, gegen die Schule, gegen die Kirche und so weiter aufzulehnen, dann bezeichnen wir das als ein einseitiges Verhalten. Auch die Evolution im großen kann nicht gleich nach allen Seiten hin harmonisch verlaufen. Evolution besteht immer aus Einseitigkeiten.

Der erste Teil der Evolution, das heißt die Evolution bis zum Christus-Ereignis, verlief also «luziferisch»; bis dahin hatten wir eine egoistische Evolution, eine Evolution, die auf unsere negative Befreiung «von» abzielte: Wir sollten immer selbständiger, immer unabhängiger voneinander werden und in diesem Sinne alles zurückweisen, was von anderen kam und uns von außen in unserem Sein bestimmte.

Die zweite Phase der Freiheit ist die Liebe. Aber die zweite Phase kann nicht eintreten, wenn es nicht vorher die erste gegeben hat. In der zweiten Phase der Freiheit, die ihren Ausgang durch die Wende der Evolution, durch das Christus-Ereignis, nimmt, soll der Egoismus in Liebe verwandelt, ausgeglichen werden. Zu der Liebe zu sich selbst (Egoismus) muß die Liebe zum Nächsten hinzukommen.

«Liebe deinen Nächsten wie dich selbst.» Dieser Satz beinhaltet, daß jeder von uns sich selbst liebt. Denn es wird nicht verlangt, daß man sich selbst lieben soll. Die Liebe zu sich selbst wird schon vorausgesetzt. Warum? Weil sie das Gesamtergebnis der vergangenen Evolution ist. Es wird auch nicht gesagt: Schaffe die Liebe zu dir selbst ab. Es wird vielmehr gesagt: So wie du gelernt hast, dich selbst zu lieben, liebe jetzt auch noch dazu den anderen, das heißt, füge zu der einen Liebe die andere Liebe hinzu: «Liebe deinen Nächsten wie dich selbst.» In der ersten Hälfte der Evolution bist du dazu geführt worden, hast du gelernt, dich selbst zu lieben, indem du die anderen zurückstießest – denn auf andere Weise kann man zunächst keine Selbständigkeit erreichen, auf andere Weise ist keine Trennung, keine Vereinzelung möglich. Jetzt sollst du eine Individualität bleiben, jetzt sollst du die Liebe zu dir selbst beibehalten; außerdem aber – gleichzeitig – sollst du die Kommunion mit den anderen erreichen: «Liebe deinen Nächsten wie dich selbst.»

Was hat das Christus-Wesen vollbracht? Es hat die erste, egoistische Phase zugelassen, indem es sich zurückgezogen und Luzifer und dem Impuls des Egoismus Platz gemacht hat. Denn Christus ist nicht selbst für die egoistische Evolution verantwortlich; das ist die Aufgabe von, sagen wir, niedereren Wesen. Der Egoismus ist nur eine Dimension der gesamten Evolution. Die gesamte Evolution hingegen ist die Evolution der Liebe. Christus hat Luzifer also eine Phase des Werdens überlassen, und zwar eben diejenige, die den Egoismus erzeugt. Sich selbst hat der Christus innerhalb des Mysteriums der Liebe die Eingliederung des Egoismus in die Gesamtharmonie des menschlichen Wesens vorbehalten.

In der Mitte der Evolution ist der Christus in die Erde zurückgekehrt, hat sich erneut mit dem Erdenleib verbunden und in die Menschheit alle kosmischen Kräfte der Liebe gebracht, um die zweite Hälfte der Evolution, die der Liebe, einzuleiten. Jetzt kommt zum Egoismus die Liebe hinzu. Zur Eigenliebe kommt die Nächstenliebe. Und das Ziel besteht darin, die richtige Harmonie zu finden, das richtige Gleichgewicht zwischen der Selbst- und der Nächstenliebe.

Das erhabene Endziel dieser Dynamik besteht in der

Einswerdung aller Menschen, in der Organisierung aller Individualitäten. Im Evangelium zitiert der Christus einen Satz, der bereits im Alten Testament steht. Der hebräische Satz kann auf zweierlei Weise interpretiert beziehungsweise übersetzt werden. «Liebe deinen Nächsten wie dich selbst.» In der Mitte der Evolution sind ich und der Nächste zwei verschiedene Wesen. Wenn die Evolution aber vollendet ist und wir alle eins geworden sind, hat derselbe hebräische Satz jedoch diese andere Bedeutung: «Liebe deinen Nächsten, denn er ist du.» Weil er du ist, weil ihr eines Leibes und ein Wesen seid, sollst du ihn lieben. Entweder du liebst alle beide – oder du liebst keinen von beiden!

Indem der Christus in den Menschen Jesus von Nazareth eingezogen ist, vergöttlicht er die menschliche Natur auf reale und vollkommene Weise. Durch diesen Jesus von Nazareth, durch dieses «Nadelöhr» einer einzelnen menschlichen Leiblichkeit, tritt der Christus durch Tod, Auferstehung und Himmelfahrt in den gesamten Erdenleib, um die Voraussetzungen zu schaffen für die Vergöttlichung des Menschen und die Vermenschlichung der gesamten Erde.

Wir sehen also auf das Christus-Ereignis und sagen: Im Christus-Wesen sehen wir alle Dimensionen des menschlichen Werdens verwirklicht, die uns durch Gnade und Freiheit möglich gemacht werden; im Christus-Wesen sehen wir schon verwirklicht alle Dimensionen des Menschseins, die wir als Menschen erst im Laufe der gesamten zweiten Evolutionshälfte erreichen können, weil uns jetzt die Möglichkeiten dazu gegeben worden sind. Bis zum Ende der Zeiten.

Das «Ende der Zeiten» bedeutet das Ende der Erdenevolution. Danach wird es eine Art neuen Anfangs geben.

Die Heiligen Schriften sprechen von den «neuen Himmeln», von der «neuen Erde». Was ist die «neue Erde»? Damit ist eine Erdenevolution unter neuen Voraussetzungen gemeint. Wie schon erwähnt, heißt in der Geisteswissenschaft Rudolf Steiners diese neue Erde, dieser Neuanfang einer kommenden Erdenevolution «Jupiter». Man spricht von der Erde als dem «Jupiter». Aber die Wort-Bezeichnungen spielen keine Rolle. Man kann ebensogut von der «neuen Erde» sprechen.

Stellen wir die Frage nun konkreter: Worin besteht die globale Potentialität, die evolutive Gesamtmöglichkeit des Menschen, die sich im Christus-Ereignis manifestiert hat? Das Grundgesetz der Erdenevolution besteht darin, daß die erste Hälfte eine Hälfte der Inkarnation ist, des immer Dichterwerdens der Materie einerseits und des immer tieferen Eindringens des Menschen in die Materie andererseits. In der zweiten Hälfte kehrt sich die Richtung um durch allmähliche Zerstäubung und Auflösung, durch Vergeistigung von Mensch und Materie. Mit anderen Worten: In der ersten Hälfte wird das nicht-freie leibliche Natursubstrat – Mineralreich, Pflanzenreich, Tierreich – als Bedingung der Freiheit aufgebaut. Welches sind die für die Freiheit notwendigen Bedingungen? All das, was nicht frei ist, aber befreit werden kann.

Die zweite Hälfte der Evolution wird dem Menschen zur Verfügung gestellt, um ihm die Möglichkeit zu geben, sein Wesen, welches in all diese nicht-freien Reiche eingegliedert ist, zu befreien. Denn der Mensch vereint alle drei Reiche – das Mineralreich, das Pflanzenreich und das Tierreich – in seiner Leiblichkeit. Also ist alles Mineralische, alles Pflanzliche und alles Tierische für die Evolution des Menschen bestimmt. Es ist ihm gegeben und dreifach in sein Wesen eingeprägt, nämlich in seinen physischen Leib (das Mineralische), in seinen Ätherleib (das Pflanzliche) und in seinen Astralleib (das Tierische); es steht dem freien Ich zur Verfügung, auf daß das freie Ich seine Freiheit zum Ausdruck bringe und ausübe und all das aus der kosmischen Verzauberung befreie, was innerhalb und außerhalb des Menschen mineralisch, pflanzlich und tierisch ist.

Die Dinge, die außerhalb des Menschen sind, sind aber nur scheinbar außerhalb. Die Luft zum Beispiel, die in diesem Augenblick außerhalb von uns ist, ist im nächsten Augenblick in uns. Die Pflanzen sind auch außerhalb von uns, aber wenn wir sie gegessen haben, sind sie in uns. Die Wechselwirkung, die zwischen der Leiblichkeit des Menschen und der Leiblichkeit der Erde stattfindet, ist so intim, daß wir, wenn wir die Dinge genauer betrachten, in der Tat nicht sagen können, daß es eine Leiblichkeit außerhalb unserer selbst gibt.

Die ganze Leiblichkeit der Erde ist die erweiterte Leiblichkeit des Menschen. Es gibt also nichts auf der Erde, was außerhalb des Menschen wäre. Die Erde ist der Leib Christi geworden, Christus hat die Erde zu seinem Leib gemacht, denn die Erde ist der Leib der Befreiung des Menschen. Durch die Erde gibt uns Christus mit seinem Leib alle Entwicklungsmöglichkeiten durch Freiheit und Liebe.

Dies ist auf urbildliche Weise geschehen im Christus-Ereignis selbst als Einleitung der zweiten Hälfte der Evolution; gleichzeitig wurde im Tod und in der Auferstehung des Christus die Erfüllung gezeigt. Denn Tod und Auferstehung des Christus zeigen uns – an der menschlichen Leiblichkeit des Jesus – was für uns im Laufe der gesamten Evolution stattfinden darf.

Die Leiblichkeit, der physische Leib ist nicht das, was wir mit unseren physischen Augen sehen. Der physische

Leib des Menschen ist in Wirklichkeit eine Gesamtheit von Kräften verschiedenster Art, nämlich von magnetischen und elektrischen Kräften, von Kräften der Schwere, von chemischen, radioaktiven und anderen Kräften. Dieser physische Leib, der seiner Natur nach übersinnlich, das heißt sinnlich nicht wahrnehmbar ist, ist für unsere sinnlichen Augen sichtbar geworden, weil er sich mit Materie durchdrungen hat. Der Sündenfall besteht, mit anderen Worten, darin, daß unsere physischen Leiber, die ursprünglich lediglich aus übersinnlichen Kräfteströmen bestanden hatten, entlang der Linien dieser Kräfteströme mineralische Materie aufgenommen haben.

Der physische Leib ist also nicht die Materie. Die Materie ist vielmehr nur das «Füllmaterial» des physischen Leibes, sie ist das, was den physischen Leib sichtbar macht. Stellen Sie sich vor, Sie hätten ein Magnetfeld, aber keinen Metallstaub, um das Magnetfeld sichtbar zu machen. Da würden Sie ja auch nicht sagen, daß es diese magnetischen Kräfte nicht gibt. Es gibt sie sehr wohl; sie sind sehr real. Ich kann sie mit Hilfe von etwas Metallstaub sichtbar machen. Dann sehe ich, daß der Metallstaub gewisse Formen annimmt. Die Kräfteströmungen waren natürlich schon vorher da. Sie sind nicht erst jetzt entstanden. Lediglich sichtbar geworden sind sie erst jetzt. Auf die gleiche Weise hat die Materie den physischen Leib sichtbar gemacht.

Die Auferstehung des Fleisches besteht in einer kosmischen Analyse.

Die Synthese, die große kosmische Synthese hat stattgefunden zwischen dem «Phantom» des physischen Leibes – so nennt Rudolf Steiner den ursprünglichen physischen Leib, der nur übersinnlich vorhanden ist – und der kosmischen Materie, dem «Stoff» beziehungsweise der «ersten Materie» des Aristoteles oder des Thomas von

Aquin. Durch diese große kosmische Synthese zwischen dem, was übersinnlich ist, und dem kosmischen Füllmaterial, dem kosmischen Materiestaub, ist das Universum sichtbar, für die physischen Sinne wahrnehmbar geworden. Die Auferstehung des Christus hat die Umkehrung dieser Evolution eingeleitet: die große Analyse.

Da die Entität des Christus die größte Belastung für einen menschlichen Körper darstellte, die man sich nur vorstellen kann – denn es waren ja die Kräfte der menschlichen Evolution auf der Stufe ihrer höchsten Vollendung, die sich in dieser durch die Materie so schwer gewordenen Leiblichkeit ausdrücken wollten –, wurde diese Leiblichkeit im Laufe von drei Jahren so brüchig, daß sogar die Gefahr bestand, daß dieser Leib den Christus gar nicht bis zum Kreuz bringen würde; er hätte schon im Garten Gethsemane versagen können. Die Spezereien haben dann am Leichnam ihr übriges getan, um die Materie dieses schon so porösen Leibes noch staubähnlicher zu machen.

Als dieser menschliche Leib schließlich im Grab lag, genügte ein Erdstoß, um eben diesen Leib wieder zu Weltenstaub werden zu lassen.

Und die Erde als Lebewesen, die Mutter von uns allen, «bebt» und frohlockt im wörtlichen Sinne beim Sterben ihres «Erlösers», tut kosmisch – das sind keine Erfindungen der Evangelien, sondern Wahrheiten – einen Freudensprung, weil die Stunde ihrer Erlösung kommt, die Stunde, in der sie allmählich wieder frei wird in den Weiten des Kosmos. Dieses reale «Auffahren» der Erde, welches wir «Erdbeben» nennen und welches ein Beben der Erde vor unendlicher Freude ist, hat dort, wo das Grab war, eine Spalte aufgetan. Durch diese aber ist der Staub des Leibes Christi in den Erdenleib eingegangen als Zeichen der auflösenden Befreiung, die für die gesamte Erde im zweiten Teil der Evolution stattfinden wird. Unsere Mutter empfing als erste für uns alle die Kommunion des Leibes Christi.

Die Erde erlösen heißt, ihr einen Auferstehungsleib geben, sie von der Schwere der Materie befreien und die Materie wieder zu kosmischem Urstaub zu machen, damit sie wieder als Substrat für neue Schöpfungen dienen kann.

Der Begriff des kosmischen Urstaubs entspricht dem griechischen Begriff des Chaos. Es ist der Begriff der Urmaterie. Er kommt in allen großen Mythologien vor. Wenn von der Schöpfung aus dem Nichts gesprochen wird, bedeutet das nicht, daß vor der Schöpfung absolut nichts da gewesen wäre. Aus dem Nichts schaffen wir etwas, wenn wir beispielsweise kreativ denken. Und eine Schöpfung aus dem Nichts ist zum Beispiel auch jede Befruchtung, die im Mutterleib stattfindet. Wenn aus dem Nichts geschaffen wird, heißt das, daß die gesetzmäßige Ursachenwirkung, die «Schaffenskraft» dessen, was vorher da war, zunichte gemacht wird, aufgelöst wird. Wir haben, mit anderen Worten, im befruchteten Ei eine Materie, ein Materialsubstrat, dem jede gesetzmäßige Möglichkeit, etwas zu bewirken, genommen wird. Diese Materie verfügt über keine eigenen aufbauenden Kräfte mehr. Sie wurde, was ihre Fähigkeit, etwas zu verursachen, betrifft, sozusagen «auf Null gestellt».

In diesen Zustand, in dem sich die gesetzmäßige Ursachenwirkung, die «Schaffenskraft» der Materie auf dem Nullstand befindet, bringt der Mensch, der sich inkarnieren will, nun ganz allein seine eigene Form, seine eigene Fähigkeit zu verursachen hinein. Weil es ausschließlich die sich inkarnierende Individualität sein muß, die sich einen Leib nach ihrem Bilde formt, muß jegliche Eigenkraft der Materie, etwas verursachen zu können, annulliert werden. Der Materie des befruchteten Eis wird jegliche physikalische, jegliche chemische Kraft beziehungsweise Möglichkeit, irgendwie irgend etwas zu verursachen, genommen. Das ist der Begriff des «Nichts». Es ist kein absolutes Nichts, sondern ein Nichts, was die Fähigkeit, etwas zu verursachen, ein Nichts, was die eigenen «Schaffenskräfte» der Materie betrifft. Denn wenn diese Materie aufgrund von Vererbung und so weiter von sich aus in der Lage wäre, eigene Formkräfte geltend zu machen, könnten wir nicht sagen, daß die sich inkarnierende Individualität einen Leib ganz nach ihrem eigenen Bild, ganz und gar sich selbst gleich, aufbaut.

Die Schöpfung aus dem Nichts besteht also aus zwei Akten. Der erste ist das Zunichtemachen der Fähigkeit des vorherigen Substrats, irgend etwas zu verursachen. Der zweite ist, daß jetzt jegliche Fähigkeit, etwas zu verursachen, nur noch vom Geiste kommt. Sie werden vielleicht einwenden: Wie kommt es dann aber, daß das Kind äußerlich beispielsweise der Mutter ähnelt? Nun, das kommt daher, daß die beiden geistigen Wesen einander im Geistigen ähneln. Denn wenn sie einander im Geistigen nicht ähneln würden, so würden sie einander auch niemals im Leiblichen ähneln. Das Kind ähnelt also der Mutter in leiblicher Hinsicht nicht deshalb, weil die Mutter an der leiblichen Gestaltung des Kindes irgendwie in verursachender Weise durch ihre Materie beteiligt gewesen wäre. Nein. Alles Verursachende kommt ausschließlich vom sich inkarnierenden Wesen. Aber dieses sich inkarnierende Wesen hat, weil es mit dem anderen Wesen karmisch so tief verbunden ist, so viele geistige Züge mit diesem gemein, daß die Materie von beiden in ähnlicher Weise strukturiert wird.

Das Gegenstück zum Mysterium des Schicksals des materiellen Substrats der Erde, welches diese globale Erlösung vom Menschen erwartet, um in den freien Zustand kosmischen Staubes zurückzukehren, ist die Auferstehung des «Phantoms» des physischen Leibes aus dem Grabe. Aus dem Grab von Golgatha auferstehen die wiederhergestellten, erlösten Kräfteströme des «Phantoms» des physischen Leibes. Denn diese Kräfteströmungen des «Phantoms» des physischen Leibes sind diejenigen Kräfte, die es einem jeden von uns erlauben, uns jedesmal, wenn wir geboren werden, einen «maßgerechten» Menschenleib aufzubauen. Das Kraftgebilde des physischen Leibes – und darin liegt das größte Geheimnis der Erbsünde – war degeneriert, war «verzogen» durch seine Interaktion mit der Materie, mit dem «Füllmaterial». Durch die Gegenwirkung, durch die Schwere der Materie – hier haben wir die Erbsünde! – entstand im Laufe der Jahrtausende die Gefahr, daß die Kräfteströme des «Phantoms» des physischen Leibes so stark geschwächt und verzerrt würden, daß wir – wäre der Christus nicht auf die Erde gekommen und hätte er uns das Urbild des physischen Leibes nach Maß des freien Ich nicht wiedergegeben – schon jetzt nicht mehr in der Lage wären, uns einen für die Entwicklung unseres Ich in Liebe und Freiheit ganz geeigneten Leib aufzubauen.

Das Johannes-Evangelium erwähnt beim Tode Christi die Erfüllung von zwei gewaltigen Prophezeiungen des Alten Testamentes:

«Es wird ihm kein Knochen gebrochen werden.»

«Sie werden den schauen, den sie durchbohrt haben.»

Steiner äußert sich ausführlich über diese beiden Sätze des Johannes-Evangeliums, die im Augenblick des Kreuzestodes Christi nach dem Alten Testament zitiert werden.

Er sagt, daß es sehr wichtig war, daß das Knochengerüst – es bestimmt die «Architektur» des Menschen, seinen aufrechten Gang beispielsweise – des Christus nicht «gebrochen» wurde. Den beiden Übeltätern zu seiner Linken und zu seiner Rechten – alles Ahrimanische und alles Luziferische «verdreht» die formgebenden Kräfteströme des physischen Leibes – werden die Knochen gebrochen. Aber da die Heilige Schrift, also das Evolutionsgesetz, sagte, daß die formgebenden Kräfte des physischen Leibes des Christus-Wesens, des Wesens des Ich, nicht berührt werden dürfen, finden die Soldaten den Christus bereits tot vor, und es heißt: «Ihm wurden die Knochen nicht gebrochen.»

«Schauen werden sie den, den sie durchbohrt haben.»

Die Arbeit des Menschen auf der Erde, das Pflügen der Felder und so weiter, unsere gesamte moderne Technik – dies alles ist wie ein «Durchbohren» des Erdenleibes. Aber es dient uns dazu, den zu *schauen*, den wir durchbohrt haben. Mit anderen Worten: Wir haben bisher nur den *physisch-materiellen Leib* dessen, den wir durchbohren, gesehen, nur diesen in Betracht gezogen. Und das Versprechen für die Evolution lautet: Die Menschen werden in übersinnlicher und geistiger Weise vermögen, die *göttliche Entität* dessen zu schauen, dessen physischen Leib sie durchbohrt haben.

Die Menschen graben Furchen ein in seinen Leib, denn ihre Aufgabe besteht darin, die gesamte Leiblichkeit der Materie zu zerklüften. Wir *müssen* also die Erde in die Zerstäubung bringen. Aber dieses «Durchbohren» der Erde ist nur die Bedingung dafür, den Christus im Übersinnlichen – im Ätherischen – zu schauen, die Wiederkunft des Christus im Geiste zu erfahren. Wir durchbohren die Erde, wir befreien sie von diesem sterblichen Leib und bringen sie zurück in die kosmischen Weiten. Aber das wahre Ziel dieser Zerklüftung des Erdenleibes besteht darin, den, dessen Leib wir durchbohren, geistig zu schauen. «Himmel und Erde werden vergehen, meine Worte aber werden nicht vergehen.»

Ich schließe nun mit einigen Gedanken über das, was ich die zukünftige «Evolution der Rose» nennen möchte. Ich nehme die Rose als Teil des Erdenleibes und als Repräsentant aller Materie.

Wie wird sich die Rose im Laufe der nächsten Jahrhunderte und Jahrtausende real weiterentwickeln? Wie hängt diese Entwicklung zusammen mit der Wiederverkörperung des Menschen, der Erlösung der Erde, der «Menschwerdung» aller Kreatur und der Durchchristung des Menschen selbst?

Ich werde versuchen, einige Aspekte zusammenzufassen, die meiner Ansicht nach zu den Grundaspekten der Geisteswissenschaft Rudolf Steiners einschließlich seiner *Philosophie der Freiheit* gehören.

Die Rose ist im Laufe ihrer Evolution aus Liebe zum Menschen sinnlich wahrnehmbar, physisch wahrnehmbar geworden. Warum? Weil sie sich dadurch, daß sie sich physisch wahrnehmbar gemacht hat, für den Menschen denkbar macht. Ich habe im ersten Vortrag ausgeführt: Das Opfer des Kosmos, welcher dadurch, daß er wahrnehmbar geworden ist, diese unendliche Verzauberung aller Elementarwesen auf sich genommen hat, die Verbannung und «Verwünschung» in das, was wir Materie nennen, dieses kosmische Opfer ist die Bedingung, die dem Menschen für sein Denken angeboten wird. Die Gesamtheit des Wahrnehmbaren ist die Gesamtheit des Denkbaren.

Für die Menschen, die tot sind, gibt es die wahrnehmbare Rose nicht mehr. Unser Schutzengel kann diese Rose nicht wahrnehmen; sie existiert für ihn als wahrnehmbare Rose nicht. Die wahrnehmbare Rose existiert nur für das inkarnierte menschliche Denken. «Das Wort ist Fleisch geworden» bedeutet: Die göttlichen Gedanken erscheinen uns als Wahrnehmungen, um von uns gedacht zu werden.

Nun gehen wir einmal ein paar Jahrhunderte, vielleicht auch ein paar Jahrtausende weiter und denken immer daran, daß die wahre Rose nicht die ist, die wir mit unseren menschlichen Augen wahrnehmen und die heute da ist und morgen nicht. Die wahre Rose ist übersinnlich; die wahre Rose ist eine Realität im Ätherischen. Deshalb suchte Goethe die Urpflanze. Die, die ich sehe, ist also nicht die wahre Rose. Sie ist die Erscheinungsform der Rose. Den Begriff der Rose muß ich mittels meines Denkens hinzufügen.

Die Wahrnehmung fordert das Denken heraus. Das schöpferische Denken selbst ist aber reine Liebe; es ist der größte Liebesakt, den es gibt, denn wenn ich die Rose denke, werde ich in meinem Geiste selbst Rose. Das denkerische Erfassen des wahren Wesens der Dinge ist gleichbedeutend damit, mit den Dingen in Kommunion zu treten. Eine tiefere Kommunion als die des intuitiven Denkens gibt es nicht.

Der junge Steiner sagt in seinen Schriften über Goethe: «Das Gewahrwerden der Idee in der Wirklichkeit ist die wahre Kommunion des Menschen.»[7]

Die Liebe zum Menschen ist, daß wir eines Tages an den Punkt der Entwicklung kommen, an dem alle Menschen, nicht nur ein paar, sondern *alle* – denn dahin strebt die Rose, deshalb hat sie sich wahrnehmbar gemacht – durch das Denken (denn nur mit dem Denken ist es möglich) das

Wesen der Rose in sich tragen werden. Wenn alle Menschen in ihrer Denkkraft das der Rose innewohnende Metamorphosegesetz als geistige Denkform des Menschen selbst in sich tragen werden – und, sehen Sie, das gedankliche Erfassen des der Rose immanenten Metamorphosegesetzes in allen seinen Aspekten ist eine nicht unerhebliche Denkaufgabe –, wenn also alle Menschen als Dimension des menschlichen Geistes selbst das spezifische Gesetz der Rose als etwas Konstantes in sich haben werden –, dann erst wird es der Rose endlich gestattet sein, nicht mehr sinnlich wahrnehmbar werden zu müssen.

Dann wird die Entwicklungsaufgabe, für die sie sinnlich wahrnehmbar geworden ist, erfüllt sein. Dann können wir sagen: Die Rose hat sich in ihrem Wesen real verwandelt, ist zum wesenhaften Glied des geistigen Denkleibes des Menschen geworden. Sie ist auferstanden in der geistigen Leiblichkeit des Menschen. Und sie wird befreit aus diesem Gefängnis des Todes, sie wird empfangen in die menschliche Denkliebe hinein in der Erfüllung ihrer unendlichen Liebe für die Entwicklung des Menschen selbst. Denn aus diesem Gefängnis wird die Rose und werden alle anderen Kreaturen in dem Maße befreit werden, in dem sie vermenschlicht, in dem sie vergeistigt werden im realen Auferstehungsleib des Menschengeistes. Um dies zu vollbringen, genügt keineswegs ein einziges Leben.

Das ist die reale künftige Evolution der Rose, die reale Evolution alles sinnlich Wahrnehmbaren. Es sind dies nur sehr arme Worte – Worte, mit denen man nur stammelnd das größte Mysterium andeuten kann.

Das ist die Evolution, die zur realen Auferstehung allen Fleisches im Menschen und zur Auferstehung des Menschen im Wesen des Christus führt.

Anmerkungen

1 Rudolf Steiner, *Das Johannes-Evangelium im Verhältnis zu den drei anderen Evangelien, besonders zu dem Lukas-Evangelium,* Rudolf Steiner Gesamtausgabe 112, Dornach ^{6}1984.

2 Rudolf Steiner, Vortrag vom 15. Juli 1914 in Norrköping. In: *Christus und die menschliche Seele,* GA 155, Dornach ^{3}1994.

3 Rudolf Steiner, Vortrag vom 24. Februar 1924. In: *Esoterische Betrachtungen karmischer Zusammenhänge.* Erster Band. GA 235, Dornach ^{8}1994.

4 Zum Beispiel im Vortrag vom 26. November 1910 in Bremen: «Lebensfragen im Lichte von Reinkarnation und Karma». In: *Wege und Ziele des geistigen Menschen,* GA 125, Dornach ^{2}1992.

5 Rudolf Steiner, Vortrag vom 20. Februar 1912 in Stuttgart. In: *Wiederverkörperung und Karma,* GA 135, Dornach ^{4}1989.

6 Rudolf Steiner, *Die Apokalypse des Johannes,* GA 104, Dornach ^{7}1985. – *Die Geheimwissenschaft im Umriß,* GA 13, Dornach ^{30}1989.

7 Rudolf Steiner, Goethes Erkenntnisart. In: *Goethes naturwissenschaftliche Schriften,* GA 1, Dornach ^{3}1973, S. 126.

Rudolf Steiner –
Themen aus dem Gesamtwerk

Christologie

Anthroposophie als Weg zum Christusverständnis.
12 Vorträge von Rudolf Steiner.
Ausgewählt und herausgegeben von Heten Wilkens.
286 Seiten, kartoniert.

Die in diesem Band zusammengestellten Vorträge Rudolf Steiners wollen zu einem zentralen Inhalt der Anthroposophie hinführen: die Christologie. Vom Beginn seines anthroposophischen Wirkens an bis hin zu seinen letzten Vorträgen und Aufsätzen spricht Rudolf Steiner über das Christentum und das von ihm so genannte Mysterium von Golgatha. Sein innerstes Anliegen war es, die christlichen Inhalte in das Licht des modernen, erkennenden Bewußtseins zu stellen und zu zeigen, daß der anthroposophische Erkenntnisweg einen spirituellen Zugang zum Christentum eröffnen kann.

Verlag Freies Geistesleben